2023

中国年选系列

王剑冰 选编

2023年中国
精短美文
精 选

长江出版传媒 | 长江文艺出版社

图书在版编目（CIP）数据

2023 年中国精短美文精选 / 王剑冰选编. -- 武汉：
长江文艺出版社，2024.1
（2023 中国年选系列）
ISBN 978-7-5702-3383-0

Ⅰ.①2… Ⅱ.①王… Ⅲ.①散文集－中国－当代
Ⅳ.①I267

中国国家版本馆 CIP 数据核字(2023)第 218609 号

2023 年中国精短美文精选
2023 NIAN ZHONGGUO JINGDUAN MEIWEN JINGXUAN

责任编辑：杨　阳　　　　　　　　责任校对：毛季慧
封面设计：胡冰倩　　　　　　　　责任印制：邱　莉　胡丽平

出版：长江出版传媒　长江文艺出版社
地址：武汉市雄楚大街 268 号　　　邮编：430070
发行：长江文艺出版社
http://www.cjlap.com
印刷：武汉科源印刷设计有限公司

开本：680 毫米×980 毫米　　1/16　　印张：15.625
版次：2024 年 1 月第 1 版　　　2024 年 1 月第 1 次印刷
字数：248 千字

定价：36.00 元

目 录

辑六

辑
一

走河北

高洪波

我应该与河北有缘。

为什么？因为祖籍。

在我的履历上，填写的是内蒙古开鲁县。开鲁属科尔沁草原，建城历史短，满打满算刚过百年，是民国初年才有的城市。为啥叫开鲁？因为要开发扎鲁特旗一带的土地。谁来开发？山东、河北一带的穷苦农民，当时叫"闯关东"。

关东就是我现在的故乡东三省，也包括内蒙古的"东三盟"（通辽、赤峰、呼伦贝尔）。小时候听父亲和祖母讲故乡，告诉我是"兰州府"，一直认定是甘肃。20世纪90年代初，忽一日顿悟，我的故乡非"兰州"而是"滦州"，因为我当时与河北"三驾马车"之一的关仁山已成朋友，他是唐山人，聊天时听他口音，从几个关键词上辨析出我们是大同乡，哪几个关键词：一是"笔""北"同音，二是"兰""滦"不分，尤其是后者，让我对故乡进一步确认。这是口音上的判断，文化上亦有一例：评剧《杨三姐告状》，杨三姐告的豪门正是高家，可见此姓氏在滦县是大姓，大姓高家注定良莠不分，恶霸有之，穷人更多，而我闯关东的祖爷当是滦县高氏宗族的一条汉子，日子过不下去的汉子。

唐山后来我去过多次，滦县也走过，我甚至还对滦县的抗日名将高志远发生过兴趣，这个人物命运复杂，在孙犁先生的名著《风云初记》中，他好像是小说中高疤的人物原型。高志远也是滦县人，而且在敌寇入侵时能登高一呼拉起一支抗日武装令强敌丧胆，可见高姓在滦县的势力。

扯远了，还是说河北。

河北保定是我最早到过的城市。

因为我妻子的姥爷（外祖父）一直居住在保定，他是河北沧州人，通武术，老年卧病在床时，还跟我们说道："想当年，我一个'单刀花'就能飞身上房。"说这话时，老爷子已瘫痪多年，可虎倒威风在，所以在窃笑之余，我们都点头。

保定有一处老宅院，是姥爷的家，我入住时有点感到像进入《聊斋》的外景地，门楼里有宅院，宅院后面有荒芜的园子，如果有一只狐狸从草丛里出来，我肯定一点也不奇怪。

保定的美食是"白肉罩火烧"，还有马家老鸡铺的卤煮烧鸡，此外是叮当作响的铁球，在手心里滚动，有美妙的簧音，这工艺至今让我感到不可思议。

走保定时是在1976年，改革开放前，那时我刚25岁，保定古老又陈旧的印象，交织在李英儒先生《野火春风斗古城》的小说情节中，摇曳生姿，遥远而又亲近。其实当时这座古城中还有两个人：徐光耀与铁凝。还有一本在新时期文学史上留下重重一笔的刊物：《莲池》。它当年登载了莫言的小说《民间音乐》，让孙犁先生赏识，也被军艺文学系主任徐怀中将军认可，莫言从此走上文坛，直到获得诺贝尔文学奖。若再往深处说，铁凝也是从《莲池》这本保定文联的刊物上走出来的，因为她的老师徐光耀先生是刊物创办人之一。是谓莲池聚荷香，摇曳缀秋光。

河北是个好地方，我在河北的足迹中，留在文字里的有唐山、承德、曲阳、易县、香河，留在记忆中的则是邯郸。我写过关于唐山大地震的散文，也写过曲阳石雕大师彦昌的故事，我多次走过易县和承德，在香河出席过儿童文学作家玉清的研讨会，在井陉的秦驰道发思古之幽情，在兴隆的雾灵山参观过天文台，甚至在大城县还为自己的老砚台配过红木砚盒，在易县的台坛村买过古朴的易水紫砚……可这里我想说一说邯郸。

邯郸是战国文化集中的地方，也是寓言之都，美梦之乡。在2006年和2007年我曾两次走访邯郸，留下极深的印象，在涉县我一步一登高拜访女娲，又在赤岸村的八路军129师部旧址逗留许久，我记住一组数字：129师在涉县6年，进山时9000人，出山时30万，然后千里跃进大别山，成为著名的刘邓大军。

是邯郸的山水土地，养育了中国人民解放军这支劲旅（顺便说一句，我的老部队隶属于刘邓大军），而前面提到的莫言的恩师徐怀中，正是129

师在涉县6年中参军的邯郸子弟，最近他出版一本奇书《底色》，以83岁的高龄回忆20世纪60年代中期参加援越抗美的经历，书中不乏对冀中地道战与南越地道战的比较品评，颇有趣。

邯郸永年广府古城，是杨氏太极创始人杨露蝉故里，也是当年窦建德、刘黑闼战斗过的古战场，名将罗士信亦战死于此，在隋末唐初，应是兵家必争之重地。

邯郸更有名的一处景点是黄粱祠，那里有钟离权、吕洞宾及梦主人卢生睡像供人凭吊。卢生之梦，借黄粱之炊味，传之弥久，堪称"梦文化"之首。在杭州西湖边上，有"梦神殿"所祀之梦神，为明代赫赫有名的忠烈之臣于少保于谦，在科举文化盛行的时代，举子们可来此殿祈求梦神佑护，所以香火颇盛。而邯郸的黄粱祠，无论从历史年代还是梦者身份，都更适合举子们认可，只是没有做大做强，这或许是南北文化观念上的差异所致吧。

邯郸还有两处让我吃惊的地方，一是涉县的鲟鱼养殖场，场长是一位东北的石先生，养殖场却是从北京迁来，因为涉县的冷泉水适合鲟鱼生长，我在水池中见到若干黝黑如鱼雷般的身影游动，每条重达数百斤。石场长告诉我们，说这来自黑龙江水域的鲟鱼成年时可达千斤，寿命120岁。水中游动的大鱼虽体重百公斤，却刚刚6岁，是幼儿期，一旦成年，每条怀卵的母鱼价值数十万，鱼子价比黄金。

在观赏鲟鱼时，我想起苏联作家阿斯塔菲耶夫的名作《鱼王》，写的正是西伯利亚渔村的生活，描写对象恰是这种千斤鲟鱼！但无论如何我也想不到"鱼王"们有朝一日会从西伯利亚游到太行山深处，并让这里的冷泉水延续它们壮硕的种族！

奇迹每天都在发生！

另一件奇迹是古石龙。这处景点是罗敷故事的发生地，从李白小路走向山林深处，有美女罗敷的雕像与李白先生遥遥相望，这是人文景观，古石龙则是自然景观，几条颀长粗壮的龙形石梁，盘曲在山中，加上人工塑造的龙首，感到威严无比，石龙的形成有多种说法，石龙的功能也众说不一，大自然是奇迹的创造者，唯此一点是注定无疑的。

邯郸有磁州窑博物馆，我在参观众多瓷枕后留下一句话："把历史枕在脑后，让色彩固定黑白。"这丰富多彩的瓷枕，分明是一部北宋民俗风情史，是烈火与泥土把这风情史凝固在瓷枕上，也留驻在后人惊喜的目光中。

最后值得一提的是古邺城遗址和响堂山石窟，古邺城遗址在临漳，曹操在此居住16年，铜雀台、冰井台、金凤台均在此地，现在"铜雀春深锁二乔"的铜雀台已杳然不可寻，但金凤台还在，曹操留下的运兵地道亦可参观，在文管所欣赏文物时，意外见到8尊北齐镏金供养佛，又见到玉枕、席镇（又称茵镇），全是罕见的文物，这些宝贝堆放在一间不大的库房里，不免让人有些惋惜。

在参观响堂山石窟时，让人惊奇的除了摩崖碑刻，还意外地见到北齐（550—577）创始人高欢（又一个姓高的）的陵寝，居然在石窟里的佛头之上，由此可见此老想象力之超拔与匪夷所思的决断！高欢是河北景县人，世居怀朔镇，又名贺六浑，是鲜卑化的汉人，当过晋州刺史，为东魏政权的实际掌控人，在他任大丞相的时期，曾替其子高洋废魏立齐奠定了基础。他的陵寝让我在惊诧之余，还感悟到历史捉弄人的地方。因为高氏的北齐仅存在28年，后为周武帝所灭，而周武帝政权到手的第一件事便是灭佛，此为佛教传入东土之后又一劫难，不知是否与前朝佞佛过度有关！

历史正是这样踉踉跄跄地前行着，而河北在历史的前行中是不可或缺的一个阶梯，因此走入河北，便走入中华民族浓郁的文化氛围中，吞吐呼吸，全是文化的、历史的尘埃，不过这可不是PM2.5，是营养血脉与灵魂的那种与生俱来的基因，是你逃脱不了也挣脱不开的文化宿命。

这就是河北，我遥远而又具体的故乡，多慷慨悲歌之士的燕赵大地。

祝福河北。

原载《作家》2023年第6期

"山拾"笔记本

汤素兰

从中学时代起，我就有记日记、写读书笔记的习惯。几十年间，笔记本攒了一大箱，对笔记本的质量也有了自己的挑剔。最经久耐用的笔记本，是从前那种缎面、锁线、精装的笔记本，几十年岁月流逝，缎面依然完好，即便有些磨损，也是时光的痕迹，如珍藏多年的好酒，是岁月丰盈后该有的样子。然而，几十年前那种笔记本如今很难搜寻到，后来出现的各种硬壳的、仿皮的笔记本，都经受不了时光的淘洗。几十年间参加各种会议，也收到过不少单位做的笔记本。这一类笔记本的特点是，刚拿到手上的时候外表明艳动人，然而往往一个本子还没有记完，内页开始散架，塞进抽屉或者箱子里，两三年后再去看，从前华丽的封面不是起皮，就是发霉，像极一个原本光鲜亮丽的人，几年不见，历了坎坷，落了魄，境况令人唏嘘，模样惨不忍睹。有时候我从箱子里拿出这样的笔记本端详，觉得它们是形象的隐喻，跟单位办公室的主任或者领导一样，几年不见，物是人非。

因为对于笔记本的执念，我每每逛书博会、文博会或者书店，最喜欢寻觅文创产品，尤其是笔记本。某年在一个图书博览会上，我注意到了贵州的"山拾文化"，它们的展品里有靛蓝色布面书衣和布面笔记本。虽然我觉得笔记本里花花绿绿的插页有点多余，纸张的质地也离我的理想还有距离，但它们是布面的，装订用了锁线工艺，内页是空白的。这些年，我发现一个现象，凡是外观上我能看得入眼的笔记本，都会做成年轻人手账本的样子，按着日子编页画线，一天一页或者一天半页，内容精细到生活日常事项。到了我这个年纪，被各种规矩约束了半辈子，自己在笔记本上写写画画还得规规矩矩写在别人画好线的格子上吗？我本能或者潜意识里就拒绝。

如果说布面、内芯页空白、锁线装订、插页、纸张质量这五个项目，有三项能得分的话，笔记本就及格了，而我面前的这个笔记本就是及格的。

于是，我跟看守摊档的工作人员说，我想买这个笔记本。

工作人员回答：我们这次是来展示的，这是样品，不卖。

我参加过许多文博会、书博会，我知道展品肯定不止一个，参加展览，大家都会给产品备份。但是，人家说了不卖，我也不能强求，我只得悻悻地准备离开。

我和工作人员的对话引起了一个正在整理展品的女编辑的注意，她非常热情地走过来接待我。她果然从柜台下面拿出一个新的笔记本和一个新的书衣，一边给我打包，一边告诉我，她负责的编辑室专做贵州的非遗项目，这次带来的文创产品是他们初次尝试做非遗周边开发，没想到大家都很喜欢。她说，书衣和笔记本上靛蓝色布面都是老粗布手工蜡染而成的。她又翻开笔记本里面的插页，告诉我这些图片是从民间收集来的苗绣实物翻拍的，都是传统图案，配色鲜艳。他们的品牌叫"山拾文化"，"山拾"的寓意是"拾山"，他们想把贵州大山深处的非遗文化珍宝拾起来，让更多人知道……

"山拾"寓意为"拾山"，真好！

如今，这个笔记本在我的手中，"拾山"成了"拾书""拾日子"。我在每一次的阅读中，把思想的珍宝拾起来，在每一天的生活里，把美好的时光拾起来，全都珍藏进这个笔记本里。经过时光的沉淀和岁月的发酵，我相信有一天它们会变成我的流年叙事，生命诗篇。

原载《长沙晚报》2023 年 8 月 25 日

袁可嘉的书房

石华鹏

我有时会杞人忧天地想到一个问题：我等小文人，一辈子读书、购书，布置了一间安身立命的小书房，藏书不多，每本都是神交半生的朋友，那么我死后，它们的命运会如何呢？钱总有人拿去，我不在乎，书的下场就不好说了，我倒是有点在乎，毕竟，它们更像是肉身之外的另一个我。不是有句话说，读什么书就成什么样的人嘛。

这个问题之所以成为一个问题，盖因我见识过主人身后之书的种种命运。多数被当成垃圾卖给废品收购站，随后打成纸浆，或者如弃儿般散落街角旧市不知所终。有的教授有心，交代家人通知学生来家挑选，一做纪念，二物尽其用。少数名教授则幸运得多，藏书悉数被所在学校图书馆接收，或融入书海中，或设置专柜标识、陈列。我一个作家朋友活得好好的，也开始把书往自己老家中学的图书室运送，提前安置这些书的下落。也有大度超脱的朋友，说人都死了，管它几本书干啥，任由它去吧……

身后书的命运，有的令人唏嘘，有的令人欣然。最让我欣然的是袁可嘉先生的书和书房。

前些时日，一个风正暖花欲开的初春时节，我有机会到浙江慈溪，专程去位于崇寿镇袁家东路81号的"袁可嘉文学馆"拜谒。去的车上说起袁可嘉先生，同行的诗人、作家无不敬仰，记忆的门仿佛一下子打开，每个人都能说起袁可嘉的《外国现代派文学作品选》《现代派论》带给各自的文学震撼和写作启示，甚至细究起来，日后成为诗人似乎都与袁先生有着丝丝缕缕的联系。一句话，袁先生是出色的诗人，大翻译家，现代派文学翻译、研究方面重量级人物，"一位站在新潮流前面最勇敢、最睿智的先锋性诗人和理论家"（谢冕语）。叶芝诗歌《当你老了》近来被谱上流行曲大火了一把，这首教科书式的译作正是出自袁可嘉之手，只是大众并不熟识罢了。真正的英雄总在幕后。

"袁可嘉文学馆"是一座两层西式楼房，五开间，上下走廊，斜式屋顶，黑瓦白色廊柱。在四周仓库房和高楼间，显得低调雅致，有沧桑感。这栋楼房是袁先生的故居，由其父亲袁功勋在1930年建造，袁先生那时十来岁，到1946年西南联大毕业离家赴京，袁先生在这栋房子里进进出出十六年左右。袁家从事盐业相关生意，家境殷实，盖得起如此"豪宅"，也开明地送孩子到余姚、宁波、杭州、上海等地求学。这座百年建筑现辟为"袁可嘉文学馆"，展出他的生平经历和文学成就。

踩着嘎吱作响的木楼梯上到二楼，最里边的一间屋子吸引了我，这里是袁可嘉的书房。2008年袁先生去世后，袁先生在北京的书房整体搬迁至此。六个黄胡桃色的书柜排满墙壁，书柜高矮不一，可能是随书籍增多而不同时期加制的。靠北窗摆着与书柜同色的木质书桌，书桌正面凹进去一个弧形空间，写字时身子嵌入书桌——这种造型少见。书桌上的电话、笔筒均为袁先生使用过的。书桌前有一把黑皮金属转椅，椅背上搭着袁先生的一件灰色西服，仿佛伏案工作的袁先生刚刚起身离去。我们感兴趣的是袁先生的藏书，有莎士比亚全集、鲁迅全集以及一些理论书和工具书，更多的是英文书，英文小说、诗歌、西方理论著作均有。翻开一本，扉页上有袁先生"购于伦敦某年某月"的签字，字迹娟秀。一边的茶几上，放着一副袁先生使用过的眼镜，陪同我们的巧慧老师小心取出戴在了脸上，招呼我为她拍照，说沾沾袁先生的文气。

我在袁先生的书房流连许久，翻翻他的书，摸摸他的书桌，这里的气息仍是他的，似乎有种奇妙的相遇感。书房，是最易与一个作家相遇的地方。我相信他的精神与魂魄会留在书房里。同时，我也有了一种蒙太奇的时空剪接感，慈溪——北京，袁先生一生重要的两地在这里重新嫁接了起来。想一想，真是有恍惚般的奇特。

展览厅里有袁先生的多帧照片，圆脸，厚唇，半光头，总是笑着，憨厚质朴，一副可爱模样。展览板上介绍他的成就之后有句话我印象深刻：更重要的是，他是一个好人。他或许是像他的老师沈从文那样的好人。袁先生的同学回忆，"我们中间说话最少的是袁可嘉，读书最多的也是他"，"他深沉含蓄，修养之好，自我控制之强"，"他好学深思，唯书是务"；同学的评价是，"可嘉是典型的学人，非常质朴，一切处于自然与本色"。

　　还有一帧照片我也不忘，袁先生坐在北京的书房里，书桌、转椅都是我今天看到的这般，袁先生靠坐椅子上，右手握着白色电话贴着耳朵，笑容满面，正与谁通话。照片下配有画外音："2000年12月初回京：'我是袁可嘉，我又回来了！'"袁先生的女儿说，不止一次听到父亲迷迷糊糊念叨家乡，要回老家。如今，袁先生如愿以偿，回到了故乡，回到了老屋，还带回了他不大却文气浓郁的书房。有人说，一个士兵要不战死沙场，便是回到故乡。一个赤诚的诗人和大翻译家也是如此吧。

　　走出"袁可嘉文学馆"，夕阳的余晖洒满大地，洒满这栋老房子，也洒满袁可嘉书房的窗棂。文章开头的问题似乎有了最好答案，身后书最好的命运就该如袁先生的书和书房一样，回到故乡，回到老宅。当然，我等小文人又怎敢与袁先生这样的大先生相比呢？努力吧。

原载《福州日报》2023年9月10日

观山　观水　观文

尹汉胤

　　安卧在川南莽莽群山中的古镇观文，在漫长的历史进程中，始终是由川入黔的军事要冲，同时也是西南商贸往来的繁盛乡场，故被当地老百姓形象地称为"丫权场"。

　　明朝初年，这里发生了一场叛乱，朝廷遂派遣军队到此平叛。待叛乱平定后，出于稳固西南边地的考虑，朝廷下达诏令，命平叛军队就地屯垦戍边。据史料记载，当时到丫权场平叛的将士，多来自江西，其中尤以曾姓官兵居多，据考，这些曾姓官兵系孔子弟子曾参的后代。具有家国情怀的曾参子孙，义无反顾地以先祖"尽己之心，推己及人"的古训，在这里落地生根，开启了开垦田畴，修渠引水，架桥建屋的军屯生活，并将内地先进的文化和生产技术传播到了西南边地。

　　与此同时，他们还不忘弘扬祖先道德思想，在丫权场建起了一座文庙。以先祖"观文知礼义廉耻"的教诲，改变了当地的民风。由此，这块偏远的西南地域，形成了清风拂面、乡里和谐的人文景象。为感谢曾参后人传播文化的历史功绩，当地百民发自内心地将丫权场更名为"观文"。

　　初春时节，经过一路颠簸来到了观文镇。凭高放眼望去，只见形态各异的峰峦，斑斓多姿地起伏在蓝天白云下。再仔细看，见一汪妖娆的碧水，秀美地缭绕在峰峦间。其若隐若现的水色天光，犹如一串晶莹剔透的项链，倒映着山影，流淌着云霞，波动着水岸人家。远远望去，浅山静水，仿佛一幅徐徐展开的画卷，将苍翠的山峦，晶莹的水波，峰回水转的胜景，富有韵律地铺展在眼前。更令人惊叹的是，这幅现实山水画，还在创作中，不知在哪里便会点染出一处绝佳景致。

　　面对这幅令人陶醉的真实山水画，相信来此的大多数人，都未曾见过它的原始风貌。只有世代生活在这里的人们，才会在内心深处铭记着故乡的历史地理。在漫长的岁月中，被重重大山封闭在谷底的观文人，只能守望着流淌在山谷中的肖家、鱼洞两条河水，每日聆听着潺潺水声入睡，又被潺潺水声唤醒，日复一日仰望着头顶一片天空，过着与世隔绝的无尽岁月。唯一富有浪漫的举动，便是将清澈的溪水掬于手中，望着水中漂浮的蓝天白云、星星月亮，幻想着山外的大千世界……

这种深陷谷底的漫漫岁月，在进入到新世纪的 2012 年，传来了振奋人心的消息。在国家西南五省（区市）重点水源工程建设规划和四川省"十二五"水利发展规划中，这片亘古封闭的山区被列为国家重点水利工程建设区。经过前期艰苦细致的地质勘探，在掌握了大量地质数据的基础上，2013 年这项水利工程正式开启建设。

历经艰苦卓绝的四年奋战，2017 年水库大坝胜利完成了封顶工程，一道高 46 米、坝顶宽 7 米的宏伟重力坝，赫然矗立在了观文的高山峡谷中。在经过省、市、县三级移民搬迁工作的验收后，观文水库于 2020 年 9 月开始蓄水。

迁移到大山高处的观文老百姓，每日欣喜地注视着山中的河水一点一点扩大涨高，同时又心情复杂地默默凝视着河水将留存着童年记忆的山间小路、树木、石级、故居……慢慢淹没在水中。

更令观文人震惊的是，原来壁立高耸的一座座山峰，竟然也沉入水中，变成了一个个秀美的岛屿。昔日缭绕在山巅的日月云霞，静静地漂浮在水面上。连绵高耸的大山变矮了，曲折流淌的河流，化为了高峡平湖。一座以农业灌溉为主、兼顾乡村供水、库容达 1338 万立方米、水域面积 1.1 平方公里的水库，彻底改变了观文的历史山水地貌。

面对故乡发生了天翻地覆变化的观文人，从最初的惊喜、怀念、感慨中慢慢沉静下来。望着故乡山川地理的大改观所形成的秀美景观，还有升级改造后的交通道路，观文人开始在心里谋划着未来的新生活。

一条蜿蜒在水库山水风光带的马拉松跑道建成了，立刻召唤来了全国各地的马拉松爱好者。夏可避暑，冬可赏雪，四季变换的山光水色，更吸引来了操着"长枪短炮"相机的摄影发烧友。古老的观文镇，迅速成为集观光、摄影、体育、休闲、餐饮于一体的热门打卡地。

面对全国各地涌来的大量旅客，观文人没有盲目地扩张，而是在注重保护生态环境的基础上，选择具有可持续发展性的旅游产业。在海拔1200多米的箭竹卢家河苗族乡，宜人的气候，清新的空气，山间四季流淌的清澈山泉，经四川省水利科学院专家考察论证后，认为是高山冷水鱼生存的绝佳环境。在地方政府的大力扶持下，箭竹卢家河建起了高山生态冷水鱼养殖基地。几年时间，便形成了上百亩的高山冷水鱼养殖长廊。养殖有雅鱼、鲟鱼、虹鳟、金鳟、裂腹、钳鱼、乌鱼，以及来自乌克兰的鲤鱼、黄金鲫鱼、岩鱼鲤等珍贵鱼种。随着冷水鱼养殖产业的不断升级，在冷水鱼养殖基础上，当地适时地开辟了集避暑、休闲、观赏、垂钓、鱼类品尝于一体的康养旅游项目。这一综合产业一经推出，立刻受到消费者的喜爱，很快便发展成了观文独具特色的旅游项目。随着冷水鱼养殖产业的升级换代，这也逐步推升着观文旅游产业不断完善，以满足广大游客的多样性体验。

在箭竹卢家河苗族乡，一座充满浓郁苗族风情的文化历史博物馆中，陈列着苗族的民族服饰、手工艺品和生活用具。而在独具特色的苗家长桌宴中，历史性地出现了用冷水鱼制作的佳肴。其原生态的鲜美味道，不仅赢得了广大游客的交口称赞，也吸引着各方来客赴苗族高山冷水鱼养殖基地了解冷水鱼的生长环境。

在箭竹深山中的一处冷水鱼养殖基地，只见一个个冷水鱼池依山势排列着。远远望去，如同一面面巨大的镜面，静谧地倒映着远山、蓝天、白云……待走到池边，更加梦幻的景象出现了。只见映照着蓝天、白云、山峦的水池中，沉潜游动的冷水鱼，在上下天光的作用下，仿若穿梭在青山白云间。面对这一充满梦幻的图景，游客纷纷拿出相机，兴奋地捕捉着池中的"山水鱼乐图"。

来到观文水库畔的永安村，远远便望见一株树冠伸展在天空，形似珊瑚的大树，傲然挺立在岸边。此树为沙泡树（朴树），树龄已有280多年，被当地人奉为"神树""风水树"。

怀着崇敬的心情，我绕着古树仔细观察。时值初春，树叶刚刚萌芽，故可清晰地看到，在宏阔的树冠中，竟然高低错落、大小不一地筑有许多鸟巢。粗略数了一下，竟有20多个。白鹭、苍鹭、喜鹊、乌鸦以及叫不出名字的各种鸟，在这棵大树上和平共处。晨曦中，飞来飞去的鸟儿，发出各种鸣叫，和声有如天籁。仔细观察，有衔来树枝筑窝的，有觅食回来喂养雏鸟的，当然也不乏追逐于天空、枝头求偶的……由此构成了一幕和谐共融的欢乐颂。

　　据了解，在此树上筑巢的鸟，多数会在繁衍小鸟后离开此树，不知去往何方，在第二年开春时节才会回到此树。只有栖息在这棵古木上的苍鹭，始终不离不弃地与此树共同守望着这片山河，聆听着观文的历史回声，瞩望着观文的时代变迁……

原载《人民日报》（海外版）2023 年 7 月 1 日

羊的俘虏

李光彪

　　如今，我生活在"吃米不见糠，烧火不见山，喝水不见井"的城市，每当看见公园里、广场上、街道旁、河流边那些绿茵茵的草坪，就会想起羊……

一

　　故乡的山如攒动的羊群，一峰簇拥着一峰，白云缭绕的山间，草木郁郁葱葱，是黑山羊生长的摇篮。

　　在故乡，每个孩子呱呱坠地，总有人互相打听，是生了个"满山跑"，还是"锅边转"？

　　一打听便心知肚明，"满山跑"是男孩，长大以后是个放羊掌门立户的。"锅边转"则是女孩，长大以后是嫁出门给人做饭的。所以，在人们世俗的偏见中，男孩就像羊一样，比女孩重要，不仅可以放羊，还可以多读几年书，成为家里的顶梁柱。

　　每天黄昏，放牧归家的羊，母亲常叫我配合她，隔在门外，一只一只扒着头，数着进圈。有时，羊群乱了，数不清，又要把羊赶出来反复数，总担心哪一只羊丢失在山上。不论哪只羊生病受了伤，母亲总会想方设法给它们喂草药、包扎。尤其是哺乳的母羊，母亲还要牵出圈，拿来菜叶、苞谷、黄豆，隔槽喂养，生怕母羊奶水不足，直到小羊羔断奶，才平等对待。

　　母亲给羊喂盐，有时是在野外放牧溪水潺潺的山箐边，拿出一块随身带的盐巴，在那几个牛腰粗的石头上摩来擦去，一边摩擦，一边呼唤羊，羊就会听到指令似的争先恐后地跑来舔吃石头上的盐。此刻，母亲手里的盐巴成了遥控器，羊跟着母亲从这个石头跳到那个石头，仿佛一群幼儿园的孩子，把母亲围成了圆心。后来我才明白，这是母亲召唤羊群回头，准备赶着吃饱的羊群回家，清点羊的特有方法。

有一次，我们一群娃娃把羊赶上山，既没有人"扎羊头"，也没有人"收羊尾"，羊群就成了无将指挥的部队，散兵游勇满山遍野乱跑。贪玩的我们只顾跑到公路上，追路过的汽车和拖拉机。直到黄昏赶着羊群回家进圈清点时，才被母亲发现羊丢失了三只。家里的每一只羊，母亲都分别给它们命名，羊的档案就装在母亲心中的U盘里。火眼金睛的母亲一眼就看出丢失的是大羯羊、馋母羊和她的孩子。

故乡的每一座山都装在母亲的脑海里，每一条山路都连着母亲心中的百度地图。母亲反复盘问我放羊的地点和线路后，就带着家人和我，还有那条看家护院的大黄狗，打着手电筒，连夜翻山越岭去找羊。可是，不管我们怎样呼唤，羊没有半点回应，只有松涛阵阵，仿佛在号啕大哭。

那一夜，全家人倾巢出动，竹篮打水一场空，没有找到羊。闯祸的我躺在床上胡思乱想，梦见我家的三只羊是被贼偷的，已经赶进了汤锅房，变成了狗街集镇上热气腾腾的羊汤锅、香喷喷的粉蒸羊肉。

第二天东方发白小星稀时，睡了个鸡眨眼的我被母亲从梦中叫醒，催促我起床，跟着她一起去山背后的村庄找羊。

黎明的乡野被鸟吵醒，绿油油的苞谷、黄豆、水稻、烤烟，正在拔节生长，花枝招展打扮一新的母亲，就像传说中美丽的咪依噜，仿佛不是要去找羊，而是要去做客。我跟在母亲的身后，就像是追着一朵随风飘动的花在田间的小路上奔跑。母亲一路走，一路哼哼呀呀唱着放羊调……

母亲领着我，出了这个村，又进那个村，挨村挨户，见人就甜嘴甜舌询问羊的下落。果然不出母亲的预料，误把庄稼当作草吃，做了一夜俘虏的羊终于在白石崖村找到了。可是，虽然都是抬头不见低头见的父老乡亲，但按照乡村的生存法则，牛羊残害了庄稼，都必须按质论价赔偿。愧疚的我就像不会说话的羊，只好默默"低头认罪"，把头埋进裤裆里，听母亲反复向田地的主人道歉，双方磋商达成赔偿粮食的斤头，才把丢失的羊还给我家。

回家的路上，我像家里的那条大黄狗，屁颠屁颠跟在母亲后面，既高兴又气馁。高兴的是三只羊失而复得，气馁的是要赔偿人家三十斤粮食，已是我一个月读书住校的口粮。母亲好像看出了我的心思，就叫我猜谜语：三十六只羊，赶进汤锅房，宰单不宰双，七天要宰完，一天杀几只？可是，木头木脑的我横算直算，怎么也答不上来。母亲却不告诉我答案，只是丢下一句话：这么简单的算术都不懂，再不好好读书，就回家来放羊算了。

母亲的话仿佛是在用羊鞭狠狠地抽打我。吃了败仗的我耷拉着脑袋，跟在母亲和羊的后面，也成了羊的俘虏。

二

在那个缺荤少肉的年代，羊肉是难得的美食。每年到了端午节、火把节、中秋节、彝族年、春节这几大节日，生产队那几个当头的人，总会召集大家宰杀两三只羊，煮"羊汤锅"，蒸"粉蒸羊肉"。一勺一碗，多多少少，一人一份，分给全村人，不论穷家富人都能吃上羊肉，滋润滋润生锈的肠胃。

每当得知村里杀羊的消息，我们一群娃娃就像村里那些嗅觉灵敏的狗，马马虎虎做完老师布置的作业，敷衍了事做完大人安排的拾粪、找猪草之类的活计，就会早早地跑到生产队杀羊煮肉的地方看热闹。杀羊，对于我们孩子来说，是看一场不花钱的大戏。被杀的羊一般是羯羊，或者是不会生育的蒙母羊，看上去油光水滑，满身堆肉。只见几条汉子七手八脚把羊按倒在石级边沿上，杀手握着一把亮汪汪的尖刀，从羊的耳朵根部猛刺杀下去，鲜红的血顺着刀尖哗啦啦流淌，羊咩咩咩声嘶力竭挣扎，一直到死都睁着眼睛不闭。好奇的我们一边麻利地帮大人打下手，拉羊脚、剥羊皮、翻羊肠肚、烧羊头蹄，一边多脚多手不停地往那几口簸箕大的铁锅下添柴凑火，个个都争先恐后，拿出最积极的表现，讨好操刀掌勺的人，盼望早点分到肉、吃到肉。

柴火在熊熊燃烧，锅里的肉在不停地打滚，馋猫见肉的我们早已迫不及待，如饥似渴熬到下午，"总管火"就会打发我们一个还带有点筋筋肉的骨头，让我们先尝一口，我们一群娃娃吹口琴似的啃得津津有味。当我们把那些啃过的骨头扔出手时，看到的是一群狗互相"汪汪汪"争抢骨头的拳王争霸赛表演。作为旁观者的我们，也是导演者，如看一部很成功、很过瘾的电影战斗片。

临近黄昏，到了分肉的时候，兴高采烈的我们跑回家拿着锅碗盆，就像那些走村串户收废品、卖丁丁糖的"货郎当"，一边满村巷跑，一边高喊："分肉喽——分肉喽！"

前来分肉的大多数是娃娃，各家各户各式各样的锅碗盆依次排队摆开，等待分肉的时光总是那样漫长，迫不及待的我们叮叮当当敲响锅碗盆，催促"总管火"分肉。当"总管火"把肉一份一份分到自家锅碗盆里时，我们嘴里的口水不知往肚子里咽了多少次。

各自端着肉蹦蹦跳跳回家，一下子，整个村庄都弥漫着香喷喷的羊肉味。那一夜，全村人都成了羊肉的俘虏。

三

放下羊鞭，脱下羊皮褂，穿上皮鞋西装的我，客居滇中楚雄鹿城三十多年，骨子里浓浓的羊膻味总是让岁月无法漂洗干净，变成了我蛋白酶里顽固的乡愁。每年农历六月二十四彝族"火把节"，我和朋友总会互相邀约，去"羊汤锅"一条街凑个热闹，甩（吃）上几碗，喝上几盅，过上一把"羊汤锅"瘾。不知不觉，喝着喝着，歪歪斜斜、手舞足蹈的我们又成了"羊汤锅"的俘虏。

平时楚雄人吃羊肉，都喜欢跑去彝人古镇。那里卖羊肉的摊点很多，白天以卖"羊汤锅"为主，晚上卖烤羊肉。那里的羊肉货真价实，一只刚宰杀好的羊，掏空肚杂，赤裸裸挂在烧烤摊旁，挂在羊肉餐馆门口，实实在在地告诉你，绝对不是挂羊头卖狗肉，要吃哪块，割下哪块，一边加工，一边烧烤，一边吃，卖的就是眼见为实的新鲜。不少外地来的游客，看着就眼馋嘴馋，一屁股坐过去，又是羊肉又是酒，喝着喝着，酒也多，话也多，神不知鬼不觉就被羊肉俘虏。

十天半月，我们几个散落在城市夹缝中的老乡，如走进海市蜃楼森林里为数不多的几只羊，总会找羊似的你找我，我找你，互相邀约，轮流坐庄，聚在一起喝茶打牌，叙旧聊天，畅饮几杯。

老乡们经常约会相聚的地方，叫"乡巴佬羊汤锅"。那是一个餐馆的名字，是从小跟我"玩尿窝"长大的放羊娃进城打拼多年后开的，天天经营来自家乡的黑山羊肉和山茅野菜。天长日久，"乡巴佬羊汤锅"这个"根据地"就像羊肉串一样，把老乡们的血脉串联在一起。"乡愁"这个词，在我们的心里，已是"羊汤锅"里熬煮不化的骨头，总是那么余味绵长，那么耐啃，一次又一次把我们俘虏。

原载《西部散文选刊》2023 年第 5 期

翻山越岭去拜年

蒋　殊

零星几声鞭炮，炸醒星光依旧的乡村天空。

"起床了，今天去老舅家！"妈妈的手伸过来，推醒我。

冬日的被窝，实在太温暖，然而年的清晨不同，"去老舅家"的念头迅速驱除了我赖床的想法，人一下清醒了。天已大亮，灶台上的炖肉香弥散在屋里。

晨起便有肉香，是每个年才有的待遇。

在扑鼻的香气中，伸手拉过枕边的新衣，摸摸衣兜，昨日几张压岁钱还好好地躺在里面。这样的习惯延续几年了，这是恳请妈妈的结果：当天的压岁钱，允许在衣袋里过个夜，然后在早饭后出门前交到妈妈手上。

一阵鞭炮声响起，必是三叔家的蛋蛋的杰作。出门，一窝鸡也抖动着羽毛，散开在大年的院子里。初四啦，妈妈依然将鸡盆刷得洁净如新，如我们的新衣般亮眼。

妈从门里扬出一把玉米，几只鸡哗地冲过去。中间的黄鸡或许是吞咽的速度太快，被噎得仰天一缩一梗。而那只黑鸡，竟然与一只白鸡打了起来。出门拿柴火的妈妈生气了，一块石子飞过去："大过年的！"

不懂事的鸡，哪如我们这些孩子，一正月都乖乖闭了嘴，不骂人，不吵架。妈说，过年吵，一年吵。

香喷喷的烩菜馒头还没吃完，小姑已经在院里喊："走了，走了！"

今天，是她带我、二婶婶家的琴琴，还有蛋蛋出门。老舅家在十二里地之外的岭上村。老舅是奶奶的哥哥，每年自然是要上门拜年的。他的儿子们，也会带着孙辈前来。或许是每年的惯约吧，一般他们初三来，我们初四去。

那时候拜年，是从初一早饭后开始的。当天，是走本村的奶奶家，各个叔叔婶婶家，以及亲近的邻居家。一家一户进出后，口袋里便多了一张张面额不等的崭新压岁钱。七八家走下来，从村头走到村尾，也用不了一个小时。村子里本家与邻里间的走访，是不必带礼的，只需进门问声过年好，长辈便将早早备好的压岁钱递过来，往往是一拿，一笑，便扭身离开。身后的长辈，自然也笑着，不计较小孩儿是否留一句谢谢。

压岁钱装在兜里，便是可以做主的一天，可以随心所欲花一部分出去。半上午时分，小伙伴们便陆续从各个门里欢喜着出来，心照不宣地一道挤进村里唯一的小商店。男孩子们总是高高将钞票举进去，换几挂鞭炮出来。女孩子们随后趴在柜台上，一件件挑选。一把糖块，两条系辫子的红绸，或一块手帕，各自欢喜着揣进衣兜，散开在村子里。

"卖——芝麻饧来——"

一个半大小子，总会提一只柳条篓，适时叫卖过来。掀开那条半旧却洗得干干净净的毛巾，多半篓芝麻饧像列队的战士，整装待阅。女孩子们争相将兜里的钱拿出来，一人两支拿在手里。

寒风中，脆生生挂满芝麻的饧便入了一张张欢喜的小嘴。谁家妈妈恰巧路经，喊一声：还嫌咳嗽得不够难受？于是大家一哄散去，回家跑进灶台，将剩下的一支举在火上，用不了半分钟，它笔直的身躯便柔软如少女。咬一口，长长的甜甜的糯米丝便拉出来，芝麻香也随着溢开来。

初二开始，便要走村串户，姥姥家，姑姑家，姨姨家，拉开翻山越岭拜年的帷幕。平时不想走的路，过年却格外不计较。穿着崭新的衣服上路，换几张崭新的票子回来，如何不让人春光明媚。

去老舅家的路上，要经过三个村庄，有些凹在沟里，有些就在路边。临近一个村，便要传来零星的鞭炮声。随之，便有炊烟袅袅飘出来，进而又有肉滋味漫出来。

正月天，一村一村隔山越岭串为一体，只一片被风吹落的对联，便将沿途山路也布满年味。何况，路上一队一队，都是大人扯着孩子的拜年队伍。每个人的手臂上，大多挎一只竹篓，上面用带红花的毛巾盖得严严实实。不用看，毛巾下面是或满或半的白面馒头。

擦肩而过时，即便不认识，大人们也会笑嘻嘻打声招呼：拜年？而孩子们，会互相笑看一下对面来的少年，有些男孩子，还要忍不住拍一下迎面而过的男孩。被拍的，或腼腆或以同样的方式回应一下。而女孩子们，会盯了对面女孩身上一件没见过的花衣服，抑或是发辫上扎的一只花手帕，扭身痴痴看上一阵。

一路上，或同向的，或迎面的，热闹了寂寞难行的路。再远，也不孤独；再冷，也是暖的。

终于走到老舅家。路过谁家院门，便被认出来，"来了?"

"来了!"

那只熟悉的狗，又会像去年一样急急报出讯来，随之，坐在炕头的老舅便探身出来，笑脸长久朝向大门口。老妗，也已举着两只面手出得门边。

——将我们让进屋后，她做的第一件事，必是擦擦手，把早已准备好的压岁钱拿出来，分发到几个孩子手里。

小姑自然要坐定，先喝一碗老妗递来的水，再回答她关于爷爷奶奶身体如何的询问。浅浅聊过，小姑起身，她得把这离中饭差不多一个小时的时间，留给老舅的儿子——我的两位表叔家。于是跟着小姑，按妈事前的吩咐，用盖在篓子上的毛巾包出十个馒头，向两位表叔家走。

流程自是一样的，进门站定，表婶一定会先把压岁钱装在我们衣兜里。

一支小鞭，尖叫着打断小姑与表婶的说话，吓得表婶大吼：这小祖宗! 院中，那个依旧最淘气的男孩已被吓到树后，坏笑着朝屋里偷瞄。我知道，他是用这样的方式对亲戚的孩子示好，也或许示威。三叔家的蛋蛋，听到小鞭声早已蠢蠢欲动出得院中。很快，两个男孩间隔了一年的生分快速消除，扭在一起玩起来。

很快，饭时到了。表婶家另一个孩子，被老妗打发下来喊我们吃饭。两位表婶明知，这顿饭必得在老舅家吃，然而她们必要拉扯着客气一番，留我们。

一番推让过后，如期回到老舅家。几大盘饺子，老妗早已盛出来摆在桌上，再加半碗蒜醋，一盘炒鸡蛋。老舅早已坐定，磕掉最后一锅烟灰，端起他的二两酒催促我们快上桌。

那杯热辣辣的酒，老舅总要举过来逗蛋蛋：来一口? 而蛋蛋，准会笑着把嘴躲进饺子里。

饺子香，酒香，醋香，弥漫在老舅的窑洞里。

吃着热腾腾的饺子，老妗与小姑热烈的聊天较老舅的酒更为热辣。一个个饺子下肚，一桩桩家事出口。饭毕，两家分别一年的大事小情，便在各自心中明晰起来。老舅几乎不说话，他想问的，都在老妗的脑子里。

彼时，两位表婶会准时上门，给我们每个篓子里放回三个馒头，作为回礼。小姑或许会客气一句："留着吃就行，还拿？"

"哪有都留下的道理。"

于是不再推让。

饺子吃完了，饺子汤喝好了，天也聊够了，问候都带在身上了。

该起身了。回程山路上，我们并没轻松多少，还要再提一半还多的馒头回家。而这些馒头，还可以给明天拜年用。因此正月天蒸馒头时，妈妈们并不按每个亲戚家给五个准备，是要把回礼的三个抛除的。

路上，已经有锣声鼓声从一些村庄隐约飘出来。"破五"一过，拜年的气氛就会淡下很多。各家的爸爸们，开始一担担挑水，供妈妈们给孩子们一件件洗那些布满火药味的新衣。

孩子们一颗颗躁动的心，在小憩几日后将再一次喷薄而出。他们知道，新一轮的红火，将随着元宵节的到来，再掀高潮。

原载《散文选刊》（下旬刊）2023 年第 4 期

王来湾的诗意与深情

曲令敏

王来湾是郏县堂街镇的一个行政村，依山傍水，新楼瓦舍，竹映树掩，百鸟来栖，更兼质朴暖人的乡情和风味独具的美食，如今已成为众多摄影家和观光客的旅行打卡地。

偶然走近，那村、那人、那事，云影一样落在心头儿。

百草园

百草园是笳园管理者和来访者的菜园子。一道山岭，上下辟为三阶，如同三卷书。高树、浅花、低草、菜畦，野生的、人种的，数百样草木编排其中，别样的文字，灵动丰盈。阳光温暖，半片明月挂在杨树梢，与明艳的太阳对望。风声来去，人在其间，松爽、空明。

最下面是果园和菜园，更兼花园。

石榴、苹果、桃、杏、李，还有柿子和无花果。棠梨花谢了，红果挤成串。金黄的柿子压弯了枝，桂花已开过，柔条大叶的桑树清莹莹地把心思引向时光深处……

我喜欢丝瓜、瓠瓜和葡萄，它们与开花正艳的凌霄相映，浪漫又朴实。竟然还有云南白药，枝头花，一两朵，果实像长肥的秋葵。脚下的草路，镶着蜿蜒不已的鲜花，红红黄黄，笑眼如眸。蒲公英一路相随，竟然长到瓦盆大！

佛家有衣钵，乞食于万众。衣与钵，穿和吃，原本就是人生大事。百草园里亲到骨子里的，是菜蔬。韭菜、香菜、白菜、葱、紫苏、白莲、木耳菜，还有甘蔗，还有鱼……

中间一层迭起，野树野藤从土崖上垂下来，各色花和果树之间有一溜玉米篓，金色的玉米棒子，收拢着满园秋光。花脸长耳的母山羊咩咩呼唤着它的孩子，小羊羔怕晒，躲进圈舍，千呼万唤不出来。与羊舍相邻的，还有黑猪、鸡和鹅……这是百草园生态循环中的一环。

最上面是药草，离杨树梢上欲融未融的半片月很近。人没上去，风把茵陈的香味吹下来，浓浓的都是童年和老家的味道。

园主人告诉我，祁建华出生的窑洞就在园门西侧，掩藏在绿树长藤下。这一园子繁茂的草木，都是祁建华生命的转换吧？

祁建华

祁建华是王来湾清香远扬的人物，是这片钟灵毓秀之地孕育出来的人类生命的人参果，千百年一遇。

能成圣贤，自有他的清佳处。有句话，看清了生活真相之后，依然热爱生活，还有一句话"虽千万人吾往矣！"只是，这两种境界大多是教化的结果，这两种人都怀有清醒的悲壮，咬牙坚持用力。祁建华，这个贫民的子弟，他自带柔韧，就像稻麦要结果，就像汝河水千回百转东流去。这是一种源自生命本初的情和痴。生而为黄土大路上的草，哪怕被踩进马蹄印里，也要开出自己的花，结出自己的果。

祁建华让我想到五四诗人徐玉诺，活着的时候，背着箩头拾粪，卑微得如同草虫，被人讥讽为"神经病"。如今人已逝，他们光华四射的传奇却惊艳了历史和众乡邻。

祁建华出生的村落叫王来湾。一位名叫王来的人，从山西洪洞大槐树下迁此居住而得名。王来湾原本是一个山村，北汝河转头向北，绕行阴山下，一年又一年，滔滔水浪舔着村庄的脚跟。打从祁建华出生那年起，河水开始向西滚，淤出村下数百亩一湾好地，从此五谷兴旺，百鸟来朝。

这是祁建华的气息在人们心里生成的新的神话。

神话是迟来的拥戴。在新中国成立初期的中国人民解放军文化大练兵中，祁建华创造的"速成识字法"，让一个不识字的人在30天内熟练读写和使用3000多个汉字。他的"速成识字法"曾帮助5000多万人摘掉了文盲帽子。普世的价值、惠民的伟业，不是神话是什么？祁建华以"中国现代著名文字研究专家""文化教育学者"的身份，走进了中华文明的史册。

祁建华和他的"速成识字法"载入了《世界名人大词典》。

祁建华纪念馆

出百草园向东上一个坡，是落成于 2021 年 10 月的祁建华纪念馆。

这是王来湾一个名叫王谦的后生投资百万元建成的。

人与人相见相知，用的是心灵之眼。光阴如水，人就是无名的河砾，冲来撞去挤拥在河床里，往往对面相逢不相识。只有从眼睫毛下的鼻尖上抬起头来，才能看见山河，看见同样抬头望天光的同类。这样的人得气于天地造化，他们的生命是不断成长、不会枯朽的。纵然命若舜华，也要像小麦一样活着，像大杨树一样活着，一辈子生机勃勃，最终因结籽饱满，让短暂的生命有了意义。

我与王谦初相识，尚不敢把他定位到这样的高度。但我知道，他是气场与历史与山川相通的人。

下海创业，几起几落，终成事。值得庆幸的是，他和祁建华出生在同一片山水间。祁建华在白象山上拾过柴、开过荒，他也在白象山上割过草、采过槐花、扒过蝎子。少年仰慕的眼光对上了智者的星眸，有种令人神往的交流和相通。

为了那一缕魂牵梦绕的仰慕，王谦和祁建华的女儿一起，悉心搜集祁建华尚在的遗迹遗物，把他 80 年的人生踪迹拓印下来，存放在拙朴如祁老生时的纪念馆里。古色古香的黛瓦白墙、竹树院落，室内室外、壁上案头，都是祁建华曾手泽心润的物品，珍贵的旧照片、教科书、作业本、往来信件，默默地讲述他的传奇人生。

纪念馆落成后，80 多岁的老人来了、20 多岁的青年人来了，他们从广州来、从北京来、从全国各地来，只为表达对祁建华发自内心的感恩和敬仰。来得更多的是阡陌相连的邻县人，他们骑着自行车、电动车，或是让子孙辈开着农用车，数十上百里，为了曾经被滋养的心灵，联结起传承的绵绵青藤……

白象山

这座海拔不足 200 米的山，地处汝河右岸，得名阴山。传说妙庄王的女儿妙颜大皇姑，曾骑白象来这里修行，又名白象山。

祁建华小时候在山上放羊、割草、砍柴，长大后又在半坡的山洞里精心研读 11 天，背熟一本旧字典，悟出了独树一帜的"速成识字法"。后来，他在山上挖土洞独居，挥镢刨石、开荒种地。清清凉凉的星光，慰藉过他的孤苦吧？雨过天晴的日子，放眼四外田川村落，也曾拓展过他的心域吧？俯仰天地，呼吸草木，成就了一个柔韧而美丽的灵魂。

怀着朝圣的心，一路上行，扑面相迎的，是山石草木的气息。家常的榆、杨，熟识的荆、棘，黄果的柿子，红珠果的山葡萄，还有核桃和大枣，还有不知名的藤花，默默摇风的白草和茅草。祁建华的归息地，就这样被众多生灵捧护着，寂寂在山腰。朴朴素素一抔土，墓碑上只有五个字：祁建华之墓。

站在白象山山顶，看北汝河北去又南来，一个几字大湾，圈起 13 个村庄，楼台村镇，五彩斑斓的田园涌向天际。山脚下隐隐一痕，人称马岭，朋友说，这里曾是往来货船停泊的码头。北汝河还是汝海的年代，从马岭向北数十里到大留山，曾是一片汪洋。大禹治水，劈开龙门口，水国变成了桑田。

转眼曹操又来养马屯兵，留下摩陂、回军庙。

眼见他拆庙建学，眼见他小高楼替换了土坯房、斜拉桥取代了古渡船。机械耕作让犁耙锄头变成了文物，再一眨眼，手机上点几下，人在地球那一边，就轻松改变了作物的密度和土地的湿度……

"黄尘清水三山下，更变千年如走马。"抓起这个几字形河湾抖一抖，会掉落多少人烟故事、神话传说、文化瑰宝？崆峒山，钧天台、风穴寺、三苏园，张良、刘秀、诸葛亮，李白、杜甫、刘希夷……

祁建华和祁建华的传承者，正为这条文化长链添加着一段又一段璀璨迷人的故事。

筎园

过去不久的中秋节，来自北京、南阳、洛阳和平顶山的数十名诗人、文友，在祁建华纪念馆近旁的筎园聚会。与空明的月光竹影同坐，品鉴森子的诗歌。

竹林隔开了尘嚣，美酒洗净了尘心，琴语切切，唤起来自《诗三百》的雅韵，鸟虫唧唧，氤氲着如梦的浪漫，众人笑语晏晏，把酒言诗，忘记了今夕何夕……

火焰的舞蹈起自焦黑的木炭，这一片升腾的诗意，少不了灯光、碗盏、台桌和台布，美酒、瓜果、冷餐、热汤，这温情的支撑，让我记住了诗会的组织者王谦。

他说："站在田间，鸟儿打着胡哨从头顶飞过，感觉天空并不是高不可测，神灵就在不远处跟你挤眼做鬼脸。"

他说："岁月在精神层面的慰藉才是真正的奢华。"

我的理解：岁月的精神是情与思、诗与美，也包括它们的块根——日复一日的劳作和回味中的苦难吧。

因为对诗与美与桑梓之地的热爱，这些年，王谦把心中的诗与画立体在了这片土地上。

王谦专业学的是绘画，却酷爱诗。他创办公司、建学校。心心念念的是"流淌的文化""凝固的音乐"。有了收益，回乡创业，流转800亩土地，建起这个箈园……

竹尾扫云，天籁潇潇，箈园的竹子已有40多种。全国有500多种竹子，王谦打算把适生的品类种全，成就一处竹文化博览园……

王谦说："你看水边的马和羊，羊的样子多善良！"

靠近汝河种的100多亩竹子被水淹了，又栽了柳树。沙土湿地，长草浅草长得旺，成群的鸟盘旋，越发显得天蓝得深。白鹭戏水，拨乱了云影，野鸭打出成串的水漂，被脚步惊起的长尾巴雉鸡，扑棱棱飞起来，成双成对……

孩子们会来的，有闲心有诗心的人也会来的。《诗经》不远，就在这凡常的民间。

原载《河南日报》（农村版）2022年11月16日

茶青和桃红

赖韵如

茶青

一夜春雨，早起的云雾在山头荡啊荡，茶垄抽出百万芽尖。这是清明前头一茬茶青，一年日子袅袅，只此青绿金贵。

祖母看看坡上的茶垄，又拿眼风看我和堂姐，春风十里，茶青十里。我们立马丢了书包换上竹篓，蹿到屋对面的坡上，双手在芽尖上翻飞起来。

湘赣边的罗霄山脉，终年云雾，盛产绿茶狗牯脑。祖母就是冲着茶嫁进茶乡的，她瘦弱幼小，出嫁途中拜了茶山盘古仙寺的石磬为契爷娘。不知是水土相符还是拜石收到奇效，她孱弱的身体在茶汤和茶事里精壮起来，气息也变得强悍，人赐外号"石部长"，人们称呼起来褒贬自知。

从什么时候起呢，乡镇与村坊的田地开始撂荒，茶园流转。周边乡镇及村坊的人气逐年下降，屋檐的青苔张扬地铺展，墙根上的昆虫唧唧聒噪，池塘的蛙们也大胆鸣叫。听着这般中气十足的合唱，茶叶们也肆意生长。

南下的队伍浩浩荡荡，他们都是青壮力，靠天吃饭消耗了漫长的青春和耐心。向上长的梯田和蜿蜒的茶园，像男人的肋骨，又像女人的妊娠纹。这片天，哪里能擘画青壮年的宏伟蓝图和蓬勃野心？单身的，潇洒一甩头，成家有小孩子的，甩头也潇洒。

父母叔伯也跟着南下的队伍走了。祖母不走，幼小的孙辈便有了去处。

祖母和十里八乡的祖母一样，心思全在田间和茶垄上。她很少笑，我常想，她的笑怕是封印在石头里了吧？她缠上蓝格帕子，转眼便到了茶叶地里，帕子旧扑扑的，白头发跳荡出来，也顾不上捋一捋。

堆垄，除草，施肥，剪枝，采摘。

明前茶，清明茶，谷雨茶，夏至茶，深秋的禾花茶，都赶趟来了又去。

祖母双手提采，教孙女们采芽尖，孙女们嘻哈打闹，她的训话便如石子般弹射过来。傍晚，茶青贩子吆喝，茶娘们就出山了。背上的芽尖，在电子秤盘上渲染春天的色彩。一个贩子脑门锃亮，远远走向我们，他额头的光让白昼明晃晃的，也照得茶乡妇人的心明晃晃的。他收我们祖孙采下的芽尖，常常比别家价格多点零头。这时候，祖母的皱纹舒展，招呼贩子去家里喝一杯寡茶。茶青送往茶场制作，生意人捧起那些饱满结实的青绿，就像捧起茶乡旮旯日渐朗润的日子。

清明，自家园子的茶没摘完，趁着好时节，祖母又领着村里的留守妇人们去了狗牯脑大茶场做"采茶客"。几天后听闻高山茶的价格抬高了，又陀螺一般，转战伯公坳的高山茶园。

祖母似乎没有惧怕的人事。上屋叔婆，据说身体里住着笑仙，长年行走村坊算命卜卦，喉咙里发出咯咯笑声，能通灵种蛊，大家都恭顺她，唯有祖母不惧。

祖母的命根子是弟弟，那一溜的孙女算是草籽。弟弟不必采茶，留在空地上玩耍，溜坡，翻筋斗。

傍晚，弟弟一身泥土回家，洗澡时发现脖颈一片风疹，小丁丁肿胀透亮。他赤条条跑出来大哭，祖母炒茶的手套一丢，眉间的痣抖一抖：怕是中了地龙（蚯蚓）毒，这可是传宗接代的东西，翻天印啊。

她慌了神，转了两圈走到鸭埘，把绿头鸭婆抱出来。大叫孙女们摁住弟弟，鸭子呆头呆脑嘎嘎叫着，对着弟弟红肿的皮肤啄，一啄、二啄、三啄，弟弟的号声赛过杀年猪，屋场的孩子都赶了来，瞪大铜锣眼。临了，祖母把手指塞进鸭嘴掏一圈，把鸭嘴里的唾液涂在弟弟红肿的皮肤上。大鸭婆扑腾着走了，那锅上好的茶青，在锅里发出焦煳味。

入夜，弟弟全身发烫，小脸通红，昏睡半刻又惊厥大哭。祖母赤脚跑出去，又匆匆跑回来。她跑到半路才想起村庄唯一的赤脚医生赴远，也南下打工了。她蓬着头，手发着抖，舀泉水捣烂茶叶，用青绿的茶渣敷满了弟弟的额头、脖子与下身。弟弟终于安静下来了。

我裹着床单盯着弟弟的动静。祖母轻轻下楼，在灶官的牌位前点了香烛，从未慌神的她，竟低声地抽泣祷告。

夜那么深，檐上的月亮，那么胖，那么凉。

长风裹着茶青味爬到坡上来，攀上门户，我把头探出阁楼的窗棂，窗边吊着的鸭毛轻舔着我的额头。

桃红

堂姐阿桃也留在村庄，满地跑的孩子和坡上的茶芽都留在村庄。春风一吹，坡上的茶芽疯长，田里的稻稗疯长，好似只有我们见不到转机和变化。

阿桃是伯父的女儿，她拖着大辫子，也拖一条瘸腿。每走一步，辫子摇晃，身子也风摆杨柳般摇晃。除了我们姐弟，她没有什么伙伴。她的眸子在刘海之下躲闪，身形单薄如同纸片人。她坐在教室的那扇缺角的玻璃窗下，课间，她就跪在凳子上偷看操场上矫健的身形。

伯父从南粤寄回复读机，她便躲起来唱歌，阁楼里唱，茶园里唱。她一条腿斜撑着，眼神清澈、专注，低垂的头颅昂起来，压抑的嗓音放开，黑发被红丝绒头花绾成马尾。我站在暗处，羡慕又嫉妒。嗓音一出，阿桃神采飞扬。

伙伴们吆喝着屋场的孩子去学堂，阿桃在阁楼立马噤声。她远远地跟在队伍后面。回家亦是如此。总有这样的人造恶作剧，搬一截木桩或树蔸，挡在阿桃姐必经的小径中央，然后集体站在一旁嬉笑。阿桃低垂着眉眼，像一只风中瑟瑟发抖的羔羊。她迟疑着，天色将晚，她的残腿在原地空悠悠旋转，大概想跳跃过去，在寻找着力点。可小儿麻痹造就的残腿根本不争气，痉挛、跌倒、扑腾，终于抱住木桩，拙笨地爬过去。我才刚上一年级，胆怯之魔攫住我，让我站在叫嚣的队伍后面沉默地焦灼。

有一次，桃姐的男同桌挑了几条毛喇喇的松毛虫，追着放进阿桃姐的书包里，一整节课，阿桃姐不敢把手伸向书包拿课本，对着空桌子眼泪簌簌地流。复合班上课，老师给桃姐的年级讲课，点名提示桃姐翻书，她的手颤抖着伸向地上的书包。我们的眼神碰撞，一团火烧上我的喉管，我走到桃姐身边拎起书包，绕到男同桌身边，把书、文具、饭盒、一大一小的松毛虫，通通抖落在男孩的桌上。两条受困的松毛虫在书桌上得到自由，圆睁着红色的眼睛，毛茸茸的身体一节节耸动，惊悚地打量公元1996年的乡村课堂。女生被吓得哇哇大叫，课堂顿时炸开了锅……那团涌上喉管的火，让我和多人留校，单脚站立受罚。我用刚学的汉字加拼音，在检讨书里陈述了桃姐所受的欺凌。

攀爬的光有一天终于照进那扇窗——光来自一个叫燕子的实习老师。天外飞来的燕子身上有一股青草香，区别于我们见到过的所有女性，她的脸是干净的，指甲和头发没有半点茶垢和泥污。她讲山外的故事，语调舒缓，像天边漫过来的云彩。

那天老校长走后，她竟然提出去户外上课，而且是音乐课，这真是破天荒的事。茶乡的孩子除了看电视听歌，就是听老人哼采茶调，从来没有正儿八经上过音乐课。燕子老师在黑板上写下几个歌名，大家都摇头。班长拉开架势，用他的鸭公嗓吼了一段《好汉歌》，坡上的小牛哞哞叫唤，引得大家直揉肚子。林美群站起来唱了《牧羊曲》，声音尖细，唱到"林间小溪水潺潺"就忘词了。大家把稀稀拉拉的掌声给了林美群。这时候，燕子老师走到阿桃座位，蹲下来问：钟桃，你能为大家唱一首吗？阿桃把头低下去，又是静默。同学们开始起哄。燕子摆手示意安静，再次真诚邀请。阿桃终于站起来，弱弱地说，老师，我试一下《鲁冰花》吧。

"啊——"开音压抑，又逗笑了一群人。

"夜夜想起妈妈的话，闪闪的泪光鲁冰花……家乡的茶园开满花，妈妈的心肝在天涯……"音乐开始进入阿桃的身体，她气息平稳，胸腔藏着的百万只黄鹂，一个个飞出来，婉转甜润。黄鹂们从高远的天穹钻进茶乡的地底深处。阿桃眼里冒着雾气，那一刻她是妈妈的心肝，也是天地万物的心肝。她浪迹天涯，落拓不羁，整个世界都在疼惜她，并为她徐徐打开和收拢。

大家沉默，燕子老师带头鼓掌，潮水一般的掌声袭来。燕子老师用尽好词，夸赞阿桃的歌喉与音质。原来，她已经多次在窗户外听到阿桃的歌声。燕子老师把奖品给了阿桃，是一枚精致的桃花发卡，比村中任何一枝开放的桃花都要好看，定型条枝叶上，手工编织了粉色花苞、桃红花瓣，花蕊处还缝着几颗小小的水晶。

阿桃的春天来了，她开始爱说爱唱，跟着燕子老师学吹口琴，学歌。活泛时，她还跟村里的老人学采茶调，一早，雾还舒坦地盘在茶山山腰，阿桃开始放开歌喉，和茶场的邓妈妈对歌。

> 日头落岭夜了哩，
> 风绞乌云落雪哩，
> 乾坤日夜都在转哦，
> 天道毋争自来哩。

几年后，桃姐小学毕业，腿疾让她继续上学的路变得渺茫。

毕业典礼时，桃姐坚持要去县城的礼堂表演，她一瘸一拐，风摆杨柳一般走在舞台上。她戴着桃红的发卡，胸前有了微微的奔突。

原载《散文》2023 年第 7 期

董荼如饴

叶浅韵

　　田野上下，已经有人开始收割玉米了。我一时萌生出来的小冲动，丝毫没有瞒过妈妈的眼睛。她说，这些玉米秆子是新品种，没有一根是甜的。倒是脚下这些矮棵的猪草，村子里的人都掐回去，炒吃，煮吃，味道还不错。香黄花、苦马菜、小汗菜、灰苕菜、癞蛤蟆叶、缩筋草，它们正铺张地在玉米秆子的脚下横行倒走。小时候，我的镰刀遇见它们，一把一把地收割进篮子里，像是收割满心满意的快乐。其中的一些野菜，我是吃过的。在城里的餐桌上，细细地咀嚼，即使是苦的，也能嚼出些甜味。那感觉竟与《诗经·大雅》中的"董荼如饴"不谋而合。

　　董荼是一种苦菜，与眼前这些生机勃勃的野菜，也许只是名字上的区别。它们都是大自然的杰作，饥荒时用来饱腹，锦衣玉食时用来识别新鲜。当一些走过的日子蓦然在某个时点交集相认时，就连甘与苦都像是对调了一个位置。

　　在此时刻，我与妈妈悠闲地坐在地埂边上。过路的邻居递来一串葡萄，姿色诱人，我接过来，才想送到妈妈嘴边，马上又缩了回来。妈妈是不能吃这东西的。妈妈说，你赶紧吃吧。甜甜蜜蜜的汁液欢快地在我的舌尖上滑动，把我的思绪带回到对甜极度渴望的童年。是的，如今的甜蜜唾手可得。而眼前这些田野里的玉米秆子，却让我嘴里的甜蜜沾上了一些苦涩。

　　去年秋天，妈妈的体重迅速消瘦九斤。她很高兴，我也很高兴。在长秋膘的时间，能躲过核桃、板栗和月饼们重重贴上来的高热量，真是不容易。秋天过去，妈妈已经瘦得连双下巴都不见踪影了。我开始着急起来。带着她去医院检查身体。血糖居高。连测数日，医生几乎可以判定妈妈得了糖尿病。

我不相信，妈妈也不相信。她对每一次测量过后的数据找一些借口，昨天怪吃了酒，前天怪吃了红糖鸡蛋。后来，但凡能对血糖有影响的食物都忌了口，谨遵医嘱，再去检验，结果仍是相似的。我们开始对糖极度警惕起来。一些含糖较高的水果，成了家里的敌人。

寻医，问药。辅助一些西医的药品，甚至还加入了民间的土法，终于把体重稳住了。我下班回家，一进门就看见瘦小的妈妈嵌陷在沙发里，睁着两只大眼睛像个孩子一样探询我今天的忙闲和心情。其中一只眼睛已经上了好一层雾，医生说那是白内障，得等再严重一些时才好做手术。

晚饭后我泡了一壶茶，妈妈是爱喝茶的，我记得她年轻时常常喜欢在茶叶里放一块红糖。现在，谈糖色惧。民间给这种病取了个名字叫"富贵病"。在那些艰苦的年代，糖都吃不上，怎么会有人患上这种奢侈的病呢。居然尿糖了，我的妈妈，那些年在月子里都吃不上糖的我的妈妈！

我记得有一次妈妈和奶奶发生了争吵。双方火气都很大，互相埋怨对方把几斤红糖藏到哪儿了。她们甚至都发了誓，说绝不可能偷偷藏到娘家去。好些年之后，那些红糖终于现身了。它们被放在顶楼的一个小矮柜里，已经与柜子里的绵纸融为一体了。要知道，那些稀有的绵纸是留给爷爷后事之用的。长年咳嗽的爷爷熬过了一个又一个冬天，在他七十三岁那一年，丢下我们走了。爸爸想起了那一柜子的绵纸。打开，便成了一柜子面容模糊的心痛。

许多年后，她们都还在惋惜。妈妈埋怨在她坐月子期间都没得吃几口红糖水。奶奶埋怨自己老了不中用了，害家里白丢了不少钱。那时候，村子里的人都吃不上糖，家里有月子婆了，要去大队上打个证明，花上一块五毛钱才有得三斤红糖的供应。村子里的人为了得到点金贵的糖，想了许多办法。

在秋天收玉米的时候，镰刀挥过的玉米秆子留下好长一截立在土地上。我和小伙伴去找猪草，砍下一根玉米秆子，尝尝味道。遇上甜的，就当甘蔗一样，用牙齿剥开皮，像吃甘蔗一样，一根根吃完。一不小心，嘴巴皮也会被割破、出血，但没有什么可以阻挡我们对甜的渴望。吐一堆渣子在脚下，吃下一肚子甜蜜，再背起小箩箩继续找猪菜。

收割完玉米，村子里的婆婆妈妈们一得空就把玉米秆子收回去，清水洗净，用铡刀把它们铡细碎了，放进碓臼里春，汁汁液液就舀在桶里，放进一口大黑锅里煮啊煮，然后再用纱布过滤。一道道工序后，终于得到些混浊的液体，再用文火慢慢熬制，一些淡薄的糖稀就制成了。红褐色的黏液，它们被称作糖。它们被装进一只只土罐子里，密封，备用。

因为工序麻烦，所得甚少，村子里只有少数几个勤劳的主妇愿意下此苦力。有时村子里的娃儿被狗咬了，需要煮个糖水鸡蛋补血、压惊，就要端着小碗去讨点糖稀。我吃过那种糖，淡淡的甜味，总是让人意犹未尽，还不如和小伙伴们去田野里砍根甜玉米秆子嚼得痛快呢。

甘蔗要种在热一些的地方，这种东西我是长大之后才在街市上吃过，像蜜一样甜。对了，村子里也有一户人家里养蜂。他们家扯蜜糖的时候最馋村子里的孩子们。我们总是会得到一小块蜂坯子，含在嘴里，扎扎实实地甜进心里去。后来，那几窝蜂跑了，在一个夏天的午后，它们全体起义了。女主人像丢了孩子一样，佝着腰杆一句句在叫喊：蜂王落，蜂王落，蜂王蜂王落。但它们都没有听她的话，在村子后面的竹林里热闹了好一会儿，就飞走了。村子里再也没有养蜂的人家，存留在我舌尖上的甜进心头的感受就此高悬了许多年。

村子里还有人家用胡萝卜熬制成糖的，工序差不多，但糖的味道就比玉米秆的更浓了一些。我依然不喜欢那种甜，为此，被妈妈冠名为"嘴奸磨馋"。我爷爷是个有想法的人，不知从哪一年起，一小块的高粱地，就出现在了土墙边的自留地里。它们苗直苗直地长成了绿油油的一片。奶奶的山歌里有一句：高枝高秆是高粱，细枝细叶茴香草；妹是后园茴香草，轻轻摇动满园香。爷爷的个子很高，跟高粱一样高。

第一次收割高粱的时候，村子里很多人来围观。它的味道可比玉米秆的味道好多了。不甜不淡，纯纯正正地在舌尖上荡漾。高粱秆通过层层工序制成糖，高粱的穗子被制成了刷把，用于清洁。那时候，我特别喜欢这样东西，觉得自己拥有了整个世界。我总是在高粱秆子才出叶的时候，就去偷吃它们。

人们形容生活美好时，喜欢用"甜蜜"这两个字。事实上，人们为了得到它，几乎动用了一切智慧。慢慢地，这种原始加工糖的方式也快被人们遗忘了。某天我在街上看见有人在卖高粱秆，三元钱一根。我就像是遇见了童年的欢喜，迅速地买了一些回来。吃了几口，一时觉得我的童年像是假的一样。那些留在我记忆里的甜，到底跑到哪儿去了？我很沮丧地把它们丢了，然后像是报复我自己对甜的追忆一样，翻出柜子里的糖类。冰糖，晶莹剔透闪着光，有棱有角，它对咳嗽有帮助，滋润肺部。红糖，纯手工制作的，一些加了玫瑰花，一些加了姜，风味各异，暖人心腹。几瓶蜂蜜，来自不同的亲戚朋友，苦刺花蜜是白色的，枣花蜜颜色略深，槐花蜜看上去最想在此时吃一口。

我泡了杯浓酽的槐花蜜，足足加了四勺。甜到不能拔出来的味道，在我的舌尖上转悠着旋涡。才吃完，立即想起医生说的话，雌激素分泌过剩的人要少食，否则会让一些肌瘤汲取到最丰富的营养，促使它们长得更快。我想起我的子宫里潜伏着的那几个小东西，想着它们正在被我喂饱，然后在我的身体里繁衍、生长。我看那几瓶蜂蜜的眼色顿时就带上了许多幽怨。

那些年，我们是多么渴望这点甜蜜呀。在田野里，在悬崖上，在政策里，巴心巴肝地想得到点糖分。它们象征着生活中最美好的部分。大人哄孩子最有力的武器，永远是：你要乖乖的，乖了给你糖吃。对了，之所以说到悬崖，是因为悬崖峭壁上有时会得到野蜂蜜。偶然发现一窝，像遇见宝藏一样。冒着危险采集回来，放在一个瓶子里。妈妈把它安置在最高的柜子上面。我拿两个凳子也够不到的地方。在我心里，跟悬崖一样高。妈妈说吃太多会把牙齿甜掉了，但村子里从来没有过真的把牙齿甜掉了的孩子。在许多年后，糖吃多了的孩子没有一口好牙倒是一种事实。也许是因为太稀缺，好不容易才有了，就想着把甜吃个够。我上中学了，都还希望口袋能装着几个红色糖纸的水果糖，觉得那才是最高级的生活。

如今，我和妈妈都在抵制不同的糖，抵制的方式有时很奇怪。妈妈听说苦瓜是降血糖的，就种了许多苦瓜，晒干打成粉末，每天早晨食用，效果似乎还不错。我曾经多么不喜欢这种苦哈哈的食物呀，现在却到了迷恋的程度。仿佛它身上的坑坑洼洼也是另一种美，就像妈妈带着我们走过的路。

甘苦的人生，被田野里的风吹了一年又一年。一季一季的庄稼养活一茬一茬的娃儿。一年比一年好起来的日子，像是我和妈妈与糖展开的隐秘的战争。在苦中找寻甜蜜，在甜蜜中思忆苦涩。我和妈妈，以及许多人，我们都走在找寻自己想要的甘和苦的路上。

董荼如饴，如水岁月。从无到有，生生不息。

岚山的海

李学广

　　日照市岚山区在山东省东南部，与江苏省连云港市赣榆区接壤。岚山边的这片海居于黄海中部、海州湾北侧，海岸线总长不足 26 公里。我出生在这片海边一个叫童家庄子的小渔村里，从小听着这片海的涛声长大。20 世纪 60 年代我初中毕业后回到家乡，是这片海的丰饶与宽广给了我生活的信心。后来，国家恢复高考，我考上大学，人生命运从此发生转折。大学毕业后，带着对这片海的记忆和依恋，我走上工作岗位。虽然离开了这片海，但故乡那熟悉的涛声仍时常在我耳边响起。

　　20 世纪 80 年代初，海产品生意特别兴隆，各类海产品经营公司的数量快速增加，海上捕捞业也十分兴旺。一些沿海地区因此发展、富裕起来，当中就包括我的家乡岚山。然而，装备技术持续改进，捕鱼能力一年比一年提高，捕捞的产量却没有提升，反而一年比一年低，渔民的收入也一年年减少，家乡人不无忧虑地说："大海越来越穷了。"究其原因，海洋鱼类资源不是无限的，过度捕捞不可持续。于是，改变祖祖辈辈延续的捕捞方式，发展海上养殖成为岚山人的新选择。

　　其实，早在 20 世纪 60 年代，岚山人就开始海上养殖探索。我就曾参加过海带养殖，后来因为销售市场等问题，海带养殖年年萎缩，到 1978 年就全面终止了。之后，岚山人又开展了对虾养殖、滩涂贝类养殖、海中扇贝养殖、紫菜裙带菜养殖等，却因为水质、自然灾害等原因造成大面积减产，最终得不偿失。至今岚山人一提起 1997 年 8 月的那场台风还心有余悸。那场台风整整肆虐了两天两夜，海中养殖用的架子全部被卷走，养殖户们遭受了重大损失。

　　困难历来是打磨生命强度的砺石。岚山人没有被吓倒，他们同舟共济，相互帮扶向前走，一次次失败又一次次奋起。这片海不仅养活了岚山人，更锻造了岚山人的坚韧与顽强。

现在，站在岚山海岸上望向远处的海面，虽然那里依然是海天一色，但已经不是原来的那片海了。从空中俯瞰这片水域，会发现海面上有一片片长方形与一片片圆圈圈，那里被称为海洋"牧场"，是岚山人的养殖区，其中有三个省级养殖区。今天，岚山区的海水养殖面积接近30万亩，养殖着牡蛎、海参、鲍鱼、海虹、扇贝等20多种水产品。其中海虹养殖面积达到了15万亩以上，这里已经成为规模很大的海虹养殖基地，产量占到山东省的70%。

2005年起，岚山人在当地水产部门的帮助下，在海底投放人工鱼礁，优化海底生态环境，根据水深分别养殖不同的贝类鱼类，这样不但一年四季都有稳定的收成，还能够降低台风等恶劣天气带来的损失。去年，岚山区水产品总产量超过了22万吨，其中捕捞产量不足10万吨，养殖产量已经超过捕捞产量，全区水产品总产值达到52亿元，比10年前翻了一番多。今年岚山海虹养殖总产量预计比去年又有增长。从出海打鱼到海上"造田"，岚山人改变了数千年来沿袭的海上生产方式，实现了具有深远影响的新跨越。

这是一处神奇的海域。早在西周初期，这里的先民就利用这片大海的鱼盐之利谋求发展。这里渔民统一劳作的号令，现在被命名为"岚山号子"，列入非物质文化遗产名录。如今，这片海续写着传奇，在海水养殖之外，这里还有现代化的岚山港，有集阳光、沙滩、海水于一身的"多岛海景区"……一个全新的岚山已经呈现在人们面前。

在岚山的官草汪村，我见到了养殖户老赵。老赵入伍6年，立过两次三等功，退伍后投身家乡的海上养殖。如今他已近古稀之年，每天还能工作十几个小时。在1997年那场台风中，他的经济损失巨大，却还拿出两万元现金，帮助同样受灾的另一位养殖户恢复生产，这件事在当地被传为佳话。今年他的海虹养殖产量预计达到3000吨。当我向他表示祝贺的时候，他却连连摆手，高声回复我："今年的发展重心要从海上向陆地转移，要抓海产品高附加值的深加工，要抓市场，还要着眼海外市场。"老赵的一席话，给我一个强烈的信号，岚山人又有了新追求！

原载《人民日报》2023年6月17日

草原时光

萧　忆

风顺着嵯峨的阴山，越过黄浊的黄河，向南悠缓地驰来。

我现在所站立的地方，是暖城鄂尔多斯苏泊罕草原。自阴山而来的风，到苏泊罕已经没了力度，变得温顺极了。炎炎阳光下，清莹透亮的天空上，一抹抹云彩正聚在一起呢喃，它们许久安静着，不动声色，仿似永远就罩在辽阔的苏泊罕。

最是这一汪葳蕤的草，它们在这个夏日，绿成可爱的精灵，浅浅地曳动。蓝幽幽的马兰花，点缀着盎然的绿，苏泊罕一下子灵动了起来。我突然笑靥如花，那草子已经窥视到我内心的美丽，一瞬间就把我轻轻的笑，带给远处盛开的狼毒花。狼毒花是草原最艳的花，它妖娆婀娜，它柔婉舒雅，它的姿容与狼毒花这个名字似乎偏离了很多。我想着，一定是有人妒忌它草原上的雍容，偏就把这样的名字给了它。它也不争辩，安然接受，把最美的芳华，献给每一位驻足身边的过客。我想我的笑，也是因了狼毒花的绚丽，才被吸引而去。要不是这样，它为何不随风远去呢？

有飘动的经幡，带着经文，一刻不停地向四处浮动。那些红的、蓝的、白的、黄的经幡，是纯澈的祝福，它们接受了风的传说，也接受了神的旨意，把善良和纯真，沐浴给每一棵恣意的小草，每一条澄滢的小河，每一首婉转的歌谣。

洁白的蒙古包上炊烟袅袅，羊肉的芳香，就着盐粒的浸透，正把草原的炽热，咕咚咕咚翻腾。香气扑鼻的奶酒，再撒上颗粒金黄的炒米，浇上酥脆爽口的馓子，草原的温情就会在羊群的咩叫中穿透所有的束缚。老额吉摇晃着健壮的身子，满面春风地似乎要把所有的热忱，给予突然而至的我。蓝色的哈达，已轻轻挂在我的脖颈。喝下一盏浓香的奶茶，草原的气息就会迎面撞来。琪琪格的歌声，也就在此时飘起，悠长、曼妙，有着草原一样的辽阔，有着云彩一样的纯净。与歌声同时到来的，还有顶碗舞。几个女子顶着洁白的瓷碗，在柔美的舞姿中，翩若惊鸿，婉若游龙，仿似从曹植的《洛神赋》中走出来一般……

歌声还在继续，羊肉还在炖煮。蒙古包外，几棵硕大的伞状杨树，送来丝丝沁人的清爽。我迈开步伐，轻盈得像一只叽叽喳喳歌唱的鸟儿，一会伸出双臂，一会俯身观花。

突然，一阵杂乱的马蹄声自远处而来，循声望去，一匹匹矫健的骏马踩着风一般在草原上疾驰。马儿绷紧身子，鬃毛飞舞，我似乎看到了成吉思汗手持苏勒德的决然面孔。这些奔驰的骏马，一次次震撼着我，也震撼着所有人。所有人的目光都在蒙古马上绽开了花，草原的精神朝着人们释放了出来。

经幡还在翻动着，远去的马群还在继续唤醒着曾经的峥嵘岁月。我索性躺了下来，让草将我包裹，让蚂蚁爬上我的身躯，让歌声将我掩埋。我在内心里，一次次将苏泊罕书写，也让苏泊罕一次次书写我的舒悦。

天宇是这般蔚蓝，草是这般青嫩。嗅着草香，我可以把珍贵的芳华雕刻成生命最富丽堂皇的楼宇，我也可以把疏朗的笑声点缀在珍贵的芳华之上，我甚至可以将我的歌声，一次次放飞。苏泊罕的草原定不会觉得我的放纵是多余的，我多么愿意带着不停息的微笑将放纵的自由裂变再裂变，写在每一首没有题目的诗歌里，或者栽在每一抔蓬勃春天的泥土里。

暖城鄂尔多斯苏泊罕草原的上空，那似乎一直飘扬的草原歌曲，那似乎一直跃动的草原舞蹈，一定会让你把最美的辞藻堆积于此，也一定会让你在感受美的同时，收获另一种不菲的时光。

原载《鄂尔多斯日报》2023 年 5 月 23 日

故乡那片黄土地

刘传俊

耕播时节，一犋黄牛弓背伸脖拉一把犁子，在牛把式发出的"喔喔""嘚嘚""咧咧""哒哒"的号令下，迈动踏地有声的四蹄，一趟趟奔走在故乡的黄土地里。实在太累了，就立于地头，稍微打个站，"呼哧呼哧"喘几口粗气，再继续低头负重拉犁。这块地与邻近的那块地，这个村庄与另一村庄地里的景象如出一辙。此时的黄牛，多像长年累月躬身奔忙在希望田野上的我的父亲。

新犁过的黄土地里，一个土筏紧挨一个土筏，依次排列，渐序加宽，宛如海面，望无际涯，微微起伏着黄土地独有的脉络。近前摸摸像犁铧面一样的土筏子，潮乎乎滑溜溜的，细腻柔软。那扑鼻的泥土气息，在触摸间即刻浸染了身心，乃至灵魂。泥土的绵长幽香，在宽厚仁慈的田野里漫游着，飘逸着。每个地块，每道垄沟，每条河流，每棵小草，每片树林，每个村庄，每一个男女老幼，无不舒畅地呼吸着泥土的芳香，憧憬着美好的未来。

我曾像一条猎奇好动的虫子一样趴在黄土地上，一遍遍寻找，一次次窥探，总想破译黄土地捧出粮食的密码，但始终无解。起身向远处望去，地表氤氲着一层金色的雾幔，那是太阳投射的光芒。光芒静静地抚摸着黄土地，黄土地上的褶皱一闪一闪，扑朔迷离，深邃无穷，愈端详愈感神秘莫测。

黄土地犁够一遍，再横耙竖耙斜耙数遍，农人们就根据农作物生长的习性，先挥舞榔头打坷垃，再用铁锨折叠成窨窨畦畦，趁墒情赶节令，将芝麻、棉花、谷子、高粱等作物的种子播种到黄土地里。种子破壳出土了，发芽了，长叶了，起莛了，笑迎和畅惠风沐浴温润雨露，茁茁壮壮，充满生机。农人不管是锄地间苗拔草，还是翻秧整枝打杈掐顶尖，或站或立或蹲或低头或弯腰，天天与黄土地交友谈心，举案齐眉，相敬如宾。

富于感情善解人意的黄土地，压根就知道农人的所思所盼所愿，不分昼夜，不计阴晴，面对狂风暴雨，电掣雷鸣，毫无惧色，敞开胸怀均一一笑纳。继而积蓄能量，攒足劲儿为作物提供丰盛的养分，促使作物生长、养花、灌浆、抽穗、成熟，将农人描绘的愿景呈现在视野里。

农人视黄土地为知己，年年辛勤打理，季季将汗珠子浸透到黄土地的心坎上。不露声色的黄土地，牢记施恩者那片深情厚谊，孕育出丰饶的五彩缤纷的食粮。你看，夏季灿灿生辉的麦浪，秋季原野里金黄的谷子，涨红了脸的高粱，笑逐颜开的棉花，节节高的芝麻，饱登登的黄豆绿豆，黄澄澄的玉米棒子……不就是对忘我付出的农人的丰厚回报吗？

黄土地出产粮食菜蔬瓜果，充填农人对生存的渴望；黄土甘愿化为泥巴，满足农人惯常的必需。

那时，村村户户几乎是清一色的土坯房。土坯从哪里来？地头田边，沟沟坎坎，取回来的黄土大派用场。砌土坯墙修建房屋，垒院墙，盘锅灶，垫院落，垫牛羊圈猪舍鸡舍，糊火盆取暖……哪一项不与黄土有关。黄土在农人的生活中无处不在，将自身作用发挥到了极致。买不起烧制的瓷缸和瓦缸存放粮食，生产队分了粮食担心被老鼠啃噬，智慧的母亲想出一个办法，用黏性较强的黄土掺碎麦秸和成硬泥巴，匠心独运地糊成泥巴缸，晾晒干后盛放粮食。泥巴缸上下部位小，中间粗实，既盛粮多，又便于盖上盖子保管。那缸盖子，也是用泥巴糊的。母亲为使其光滑好看，边糊边用手掌蘸水一遍遍涂抹抛光，恰似给插入花卉的花瓶上彩釉般一丝不苟。那年新居落成，我在老屋内倒腾物件时，发现老屋门后仍放置着一个多年不用的泥巴缸。我知道它已陪伴母亲多年。母亲去了，它已成为遗物。

当母亲别出心裁糊就的泥巴缸轰然破碎，重回归于泥土的时候，心中有种敬畏之情在缭绕。小时候，我曾在黄土地里拾麦穗、铲麦茬根、捡玉米疙瘩、拔野菜、挖草根、割青草、溜红薯和花生……成年后，与父老乡亲并肩在黄土地里耕耘"刨食"度日。尽管黄土地变魔法似的每季都有求必应，我还是想有朝一日脱离那个"面朝黄土背朝天"的生活环境，脱离那片黄土地，过一种所谓的称心生活。机遇成全了我，我真的远走高飞，到城市谋求一份不错的工作并安了家。然而，随着时光的流逝，年岁的叠加，我对故乡那片黄土地有种久久不能释怀的负罪感，诚挚地感怀那片黄土地起来。那片黄土地，有我不舍的根和牵挂。是它，供给我食物，滋养我的生命，让我度过生不逢时，与饥饿抗争的难以泯灭的年代。那里，影印了我立志改天换地，让高山低头，使河水让路，建社会主义新农村的远大理想。也是那里，留下了我天真无邪的笑语，刻记着母亲离世时我呼天抢地的泣血哭声……

少小离家，恍然若梦；时过境迁，沧海桑田。故乡早已物是人非，变化天翻地覆，耕作基本实现了机械化。过去，我为寻求"新生活"，与那片黄土地"不辞而别"，远远地躲匿而走。父老乡亲们却一代又一代，至今仍在那里默默耕耘，朝朝暮暮，日复一日。他们从没有生发过要离开的奢望和更换另一种生活方式的贪婪念想。他们无疑是那片黄土地的真正守望者，是最值得敬仰的人。民以食为天，食以土为本。土地逐渐萎缩，保护土地迫在眉睫，时不我待。有时候，"脱离"也许是更本质意义上的贴近和归来。归来时我有一种无法抵挡的跪感，为那些守望者，也为黄土地……

原载《郑州日报》2023 年 4 月 6 日

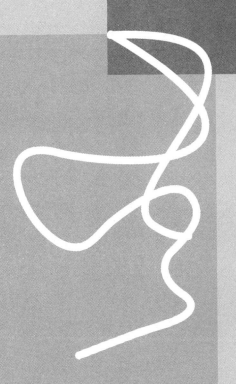

辑
二

一面茶

红　孩

　　家里有茶多种，可我还是喜欢喝花茶，尤其在酷暑的夏季。北京人就有这个习惯，上百年了。记得我七八岁，家里来了客人，母亲便拿着一把白瓷壶，打开盖，从茶叶罐里捏出一撮茶叶末儿点进瓷壶里，然后倒上开水，约莫过了五六分钟，才将黄绿相间的茶水倒进玻璃茶杯里，于是客人趁热就吸溜吸溜地喝了起来。那感觉，就如同他是皇帝似的，十分享受。我们那时沏茶用的是村里的井水，后来用自来水，再后来用纯净水、矿泉水，可怎么喝也喝不出当年的感觉。

　　北京的张一元茶庄很有名，总店在前门。我认识的几个街坊，专门舍近求远，哪怕买上二两花茶也要到前门。我说，这二两茶叶能差哪儿去，何必费那劲。一位老爷子不干了，说差哪儿去？差天上去了。接着，他就从新中国成立前讲到新中国成立后，高末儿如何，高碎如何，30块钱的如何，50块钱的如何。我说，现在的茶叶也是水涨船高，稍好点的就要卖三五百一斤。老爷子说，敢情，现在一棵白菜都十块了，可我还是爱喝咱北京的茉莉花茶。

　　北京茶庄除了张一元这个老字号，还有吴裕泰、元长厚、吴肇祥、庆林春几家，我记忆最深的则是京华茶叶。20世纪七八十年代，京华茶叶大多是锡纸袋包装，有三四毛钱一袋的，也有一两块钱的。在农村，人们都习惯买京华茉莉花茶，很少有人知道张一元、吴裕泰，那是城里人的所爱。20世纪80年代，我到一个乡镇领导家串门，他儿子与我是高中同学，我觉得第一次到领导家里，怎么也不能空手，想来想去，就到了一家新开的茶叶店。我那是第一次去茶叶店，看着货架上大大小小的茶叶罐，还有诸如毛峰、龙井、毛尖、瓜片等陌生的茶叶名，心说这茶叶里的名堂还挺多。售货员见我怯生生的，就问：您要买哪种茶呢？我支吾着说，先看看。说是看看，心里却在打鼓，兜里满打满算也就30块钱。要知道，我当时一个月工资才59元。见我犹豫不定，售货员便搭讪，你是自己用还是送人呢？我涨红脸道：送——送人，送一位中学老师。售货员接着问：他是外地人还是北京人？我说：北京人，50多岁。售货员看了我一眼，好像看出了我的心思，说：你买一筒高级茉莉花吧？我问：多少钱？售货员说：有80和100的，你买半斤即可。看着货架上的茶叶筒，特别是那惊人的价格，我说：太贵了，买不起。售货员重新上下打量我一眼说：你准备花多少钱？我壮了壮胆子，告诉他30块钱。售货员想了一下，说：这样吧，我给你60块钱一斤的，你买半斤，再给你分装在两个茶筒里，这样你送人也显得好看。我默许了售货员的建议，拿着两只红色的茶叶筒离开了茶叶店。路上，我想象着到领导家的样子，心里觉得很兴奋。

我高中毕业到乡镇机关工作了四年多。其时，北京郊区也不是很富裕，机关没有办公房，一直在一家张姓祠堂里办公。我刚去时，正值冬天，北风呼啸，祠堂的西门、南门、东门都开着，整个机关只有电话室和值班室亮着灯。我最初值班的几次，连撒尿都不敢轻易出门，只盼着白天早点到来。天亮后，上班的人来了，大家忙着生炉子，火苗熊起时，第一壶热水打着响笛就开了。我忙不迭地给大家沏茶水，茶当然是自己的。有次早晨开会，村里的一个生产队长，大概是路上累坏了，直接推开党办的门，抄起党委副书记的茶杯，也不管那茶水有多烫，咕咚咕咚几口就喝了下去，然后用袖口擦了擦嘴巴，对我说，兄弟，再给我加点水。我看了看书记，他冲我微笑着，并没有反对。时间一晃30多年了，现在想起来仍觉得历历在目。我很怀念那个时期人与人之间的感情与信任，同样，在下村下厂时，我也曾抄起别人的茶杯，当时真觉得没什么不妥。

数日前，有个在北京发展的南方老板找到我，希望我能帮他的一个亲戚评奖。我问老板，你也喜欢文学吗？老板说，自己是老文青，过去发表过一些豆腐块文章，现在准备专职写作，苦于找不到适合的老师。我问他，你搞生意的，认识一些作家编辑应该不成问题。老板说，成名的作家主编他确实认识不少，但他往往得不到具体的帮助。我说，你要怎么个具体法？老板说，比如帮助出题目、改作品、推荐发表、评奖什么的。我一听哈哈大笑，老板说，你觉得我可笑吗？我说，谁要是做了你的老师，恐怕得把后半生都交给你了。老板愣愣地说道：红老师，我知道您是老北京，喜欢喝花茶，我专门去张一元给您买了两包。见状，我赶忙推出双手把他的手拦住，说您先打住，我有话要说。

我相信老板是个真诚的人。我对他讲，他现在这个状态，就像一个得了怪病的人，到处求医挂号，但还没有找到病根。你今天来挂我的号，我并没有开诊，你即使给我非常高的出诊费，我也无从下手。而且，医患之间是有缘分一说的，医生也不能包治百病。

老板仿佛明白了我的话，信誓旦旦地说，我是真心想拜您为师，这点意思就算我的一点诚心。我告诉他，我只收你的一包茶，这就叫一面茶，其他的就免了。而我回赠你的是两本书，希望你回去用心看。假如你从中能悟出一些创作思想，或许我们能成为文学路上的知音呢！老板见我如此，就按我所说，把一包茶放到我手中，然后恭恭敬敬地给我鞠了一躬，说谢谢教诲。教诲我担不起，我嘱咐他，你可以把我们之间的谈话讲给那个亲戚听。

原载《北京日报》2023 年 9 月 19 日

小朱湾

杨海蒂

原本要去往梁子湖的，只是路过这个小村湾。

顿时就像走进了一首简素清新的诗词：清澈湛蓝的天空，沁人心脾的空气，枝繁叶茂的树木，百卉含英的花草……真乃春和景明万物生长。

悠悠走在花草葳蕤的青石板路上，落英在眼前翻卷。这座精巧别致的小村落，一栋栋错落有致的民居，都有着鲜明的荆楚特点——高台基、深出檐、青墙灰瓦，却又每家每户各具特色：有以竹子天成的篱笆，有用酒瓶垒砌的围墙，有以古窗镶嵌的阁楼，有用石磨装饰的庭院；每栋楼房自带小院，庭院花红柳绿，围墙爬满藤蔓，果树上挂着一串串小小的红灯笼，特别喜气，让人一看就心生欢喜，房前屋后的果园菜地里，走地鸡三五成群抢虫子吃，小黄狗大花猫懒洋洋晒着太阳，对靠近的来人连眼皮都懒得抬一下。

更让我惊喜的是，春风满面的村妇们，就在家门口售卖土特产，野菜时蔬鲜嫩欲滴，一览无余摊在青石板道上，小小的圆圆的土鸡蛋，装在造型别致的竹篮里，实在太诱人了！明知没条件炒着吃，也不会几天后带回家，但就是忍不住买下两把细嫩小水芹一把清新小竹笋，虽然后来它们不知所终，我还是为"曾经拥有"而心满意足。

大武汉城区中，竟有这么一片"世外桃源"！打听到小村名为"小朱湾"，隶属于五里界街童周岭村。

小朱湾，名字也很有味道，热爱生活的人，一定会被它迷住。

抬眼看到一面墙上画着一个少女，少女头戴的硕大花冠，是栽种在墙上的鲜花，这幅虚实结合亦真亦幻的画作，颇有拉丁美洲魔幻现实主义的风格，路过的男女老少纷纷与之合影，扛着长枪短炮的摄影师们十分乐意效劳。小朱湾是"中国摄影名村",也是湖北首个摄影特色村。

小朱湾,这个都市里的村庄,传统又现代,古朴又洋气,自然又惬意,超然出世又接地气,既人间烟火又"诗和远方",既艺术范儿十足,又没有为了体现"文化"的低劣人造景观来大煞风景,正是我理想中的居住地。

按照东道主的安排,该在梁子湖风景区管委会东篱老屋用午餐,但我赖着不肯离开小朱湾,疾步如飞蹦进一家农家乐。五里界豆丝、梁子湖武昌鱼、野地皮炒土鸡蛋、红辣椒炒小河虾,光看菜名就让我垂涎欲滴,暗自疑心跟进来的同伴也已食指大动,果然不出所料,他们半推半就地"从"了。野菜香干、土鸡土鸭、莲藕排骨,也全是原生态的材料,只用最简单的烹饪,那叫一个美味鲜香。

小朱湾一年四季有各种时令蔬果,都是村民自家种植的绿色无公害作物,游客若是深秋前来,还能吃到梁子湖的鲜美螃蟹。

吃饱喝足,沐浴着和煦的阳光,溜达消食。村头是田野,田间有梅林,据说数天前尚万树梅花"无意苦争春,一任群芳妒",仿佛有魔术师点化,转眼间,粉红色的梅花不见了,金黄灿烂的油菜花铺天盖地。"儿童急走追黄蝶,飞入菜花无处寻",嬉戏逐闹的孩童,在我眼前再现杨万里笔下的迷人情景。阳光带着花生奶糖的味道,怡人花香和着泥土气息,弥漫于山间、田园、村舍,秦观的《行香子·树绕村庄》浮上我脑海:

> 树绕村庄,水满陂塘。倚东风,豪兴徜徉。小园几许,收尽春光。有桃花红,李花白,菜花黄。
>
> 远远围墙,隐隐茅堂。飏青旗,流水桥旁。偶然乘兴,步过东冈。正莺儿啼,燕儿舞,蝶儿忙。

小朱湾位于梁子湖畔,坐落于将军山下,毗邻薰衣草风情园,连接七彩花海景区,与花博园遥遥相望,周边还有锦绣山、凤凰山、牛山、青山和汤逊湖、架子湖、牛山湖山环水绕。小朱湾湖光山色,远离喧嚣,竹林花海,风景如画。

美丽的村庄,美好的生活,引来游人如织,引得人气爆棚;骑行的少年,赏花的姑娘,度假的情侣,摄影发烧友,采摘的大妈,垂钓的"姜太公"，蜂拥而至小朱湾。有几户"全家游"，年轻夫妇喝咖啡去了，爷爷奶奶带孩子喂鸡鸭鹅，自己也"老夫聊发少年狂"，孩子们一边追逐"曲项向天歌"的大白鹅，一边摇头晃脑争相背诵"白毛浮绿水，红掌拨清波"，把平日里抢都抢不走的手机电脑丢到了爪哇国。也有武汉市民、教授、作家、画家不满足于游玩，前来租房自住或开设民宿客舍。村民眉开眼笑地说：他们带来了投资，也带来了文化。

小朱湾曾又穷又破，九年前，江夏区委区政府邀请中国乡建院规划设计，确定它改造的主题为"荆楚·花·人家"，将赏花休闲旅游与美丽乡村建设融为一体。不到一年，小朱湾化蛹为蝶华丽变身，一跃蜕变为全国文明村镇、"十大荆楚最美乡村"、江夏区最美村湾，多个国家的多位市长称赞小朱湾"代表全球村庄好模式"。

在小朱湾附近，有五里界拾光牧场，有梁子湖赏花大道，有葫芦山越野俱乐部，有房车自驾露营地，有杨梅生态园、草莓采摘园……时间宝贵，要去的地方很多，梁子湖就一直在等着我，可我依然恋恋不舍，恨不得长住小朱湾。五里界街道况伟书记很开心，"热烈欢迎！我们正在规划建设作家村"，我欢呼雀跃，简直迫不及待。

顺便广而告之：小朱湾没门票，有新能源汽车充电桩。

原载《中国青年作家报》2023 年 5 月 16 日

"乌龙"滚滚出太行

徐宜发

几天前的一个下午，一阵悦耳的手机铃声打断了我的沉思，屏幕上显示是新乡机务段同行的来电。他知道我对火车头情有独钟，每逢讲到开火车那些事儿总有说不完的话。接通电话他开口直说，瓦（塘镇）日（照）铁路万吨重载列车开行 5 年多以来，每天都有近百万吨晋煤，如滚滚波涛一泻千里出太行，气势如虹十分壮观……寥寥数语让我怦然心动。我们敲定一同前往，一起倾听"乌龙"滚滚出太行的故事。

这一天，我们乘坐汽车从新乡出发，沿着高速公路直奔"长子南"。

"长子南"是山西长子县南部太行山上一个综合性铁路生产区的简称。这里平均海拔 1100 米，2014 年年底建成通车的瓦日铁路就从这里穿过。

瓦日铁路是当今世界上第一条轴重 30 吨的运煤大通道，全长 1269 公里，分为三大牵引区段，分别由太原、郑州和济南局集团公司担当。其中，从长子南站至台前北站 335 公里的线路，由郑州局新乡机务段长子南运用车间担当。这段线路地理结构复杂，桥隧多，坡道长，坡度最大为 13‰。任务繁重，责任重大，守护安全是重中之重。

我们到达长子南，下汽车就和车间里不同岗位的员工聊了起来，有负责机车检修的工人师傅，有驾驶万吨列车的火车司机，还有从事生产一线日常管理的人员。他们日夜坚守在岗位上，全身心地扑在行车安全上，奉献智慧和力量。

天色已晚，我们敲定第二天登乘电力机车，亲身体验万吨"乌龙"下太行的磅礴气势。

第二天一大早，担当 71501 次万吨重载列车驾驶牵引任务的司机张彦锋、朱贵福，一起来到车间调度室，认真听取调度员关于行车安全的要点传达，以及行车调度命令和行车线路重要信息，确认准确无误后乘班车到长子南站接班，等待 71501 次列车的到来。

10 时 25 分，我们按计划乘坐班车来到长子南车站。

闯入我们视野的是一列列重载列车，如同长龙般列队整装待发，展现出一幅波澜壮阔、气势恢宏的壮丽画面，令人震撼。

我们登上牵引 71501 次列车的电力机车。张彦锋和朱贵福简要介绍了这趟车的基本情况，71501 次是一列由"HXD1756"和"HXD1764"两台大功率电力机车，双机重联牵引的万吨煤炭重载列车，列车编组 96 辆，总重 10191 吨，列车长度 1373 米……这是我第一次登上万吨重载运煤专列，触景生情，感慨万千。

一列列满载乌金的钢铁巨龙，伴随着车轮与钢轨摩擦发出的"隆隆"声，排队依次向远方奔去。

不大一会儿，我们车上的无线电话收到了准备开车的指令。张彦锋认真查看机车操纵台上各仪表工作状态，并不时地用无线电话报告，仪表显示正常，开车准备一切妥当。我们静静地等待着发车指令。

万吨重载列车运行机车牵引实行的是"单班双司机"乘务制。一个班配有两名司机，途中轮换驾驶以防疲劳，让司机始终保持充沛的精力操纵驾驶，确保列车运行安然无恙。

这趟车按照分工，前半段由张彦锋操纵驾驶。他来自山东，是一个刚刚步入"而立"之年的年轻小伙儿。10 时 58 分，出站信号绿灯亮了。张彦锋手握操纵手柄列车慢慢起动，速度表指针一点点缓慢上升。他两眼紧盯运行正前方，列车速度逐步在上升，越来越快。我回头张望，这列长达近 3 华里的钢铁巨龙蜿蜒出站。列车进入正常行驶状态，时而钻入隧道，时而跨过桥梁，它那独特的"隆隆"声在大山里回荡。

张彦锋聚精会神地驾驶着机车前行，我们耳边环绕着列车行进中发出的"隆隆"声。列车穿过隧道上了桥梁，过了桥梁又钻进山洞，我与跟车添乘检查工作的车间副主任张飞雄边走边聊，不知不觉我们这趟车运行到红旗渠车站。我隔窗远望，巍巍太行山群峰叠嶂，苍葱翠绿，山花怒放，生机盎然。前方的铁轨在阳光的照耀下闪闪发光，犹如缠绕在半山腰的"金腰带"，给人们带来无尽的遐想。红旗渠，这条彪炳史册的人造"天河"，是太行儿女迎难而上奋力拼搏竖起的一座丰碑，永远激励着人们勇往直前。

　　列车"隆隆"向前行驶，前面就是太行山隧道。这座长18125米的人工开凿的隧道，足足让列车运行了18分钟。可想而知，当年修筑瓦日铁路的建设者们，逢山开路遇水架桥，付出的艰辛劳动和汗水难以计算，他们用鲜血和生命谱写的英雄赞歌感天动地，在我国铁路建设史上留下了一笔宝贵的精神财富！

　　13时35分，我们这趟万吨重载列车稳稳当当驶出太行山，沿着千里铁路线，在广袤无垠的原野上向着日照海港方向疾驰而去……

原载《河南工人日报》2023年6月8日

故乡的味道

陈长吟

有人说祖籍在哪里，哪里就是故乡，因为根与血脉相连；有人说出生在哪里，哪里就是故乡，因为呱呱落地的印痕十分重要；有人说父母在哪里，哪里就是故乡，亲情是人生最大的牵挂；有人说口音是哪里的，哪里就是故乡，水土是人成长的重要基因；有人说口味是哪里的，哪里就是故乡，饮食习惯最让人留恋。

这些说法都有道理，但从日常生活角度出发，我认同最后一点。

一

今年春天，我独自一人，悄悄地回故乡去了一趟。

从西安搭乘长途大巴，在西康高速公路上行驶了三个小时，抵达陕南腹地安康城，然后又换乘中巴车，半个多小时就到了西路坝上的大同镇。

我在镇东头下车，向北步行了半个小时，穿过密集的民居，来到新建中学（现为汉滨区新建中等职业学校）的大门口。

四十多年前，从镇上到中学，沿途都是庄稼地。我们每天背着书包在田埂上、水渠边走过，曾发生许多浪漫的事儿。如今，途中已经房屋连片，人只能在街道中间穿行。一个地方最明显的变化，莫过于房屋的更新和增加了。

今天是周末，老师和学生放假了，操场上，只有几个少年在打篮球。我在校内走了一圈，以前的几排教室是平房，现在都盖成了三四层的楼房，只有四周的围墙还是过去的，墙内长着一排枝繁叶茂的老树，那苍褐色的枝杈像长长的手指，高高地伸向天空，护卫着身后的学堂。校园此刻还在扩建，旁边的工地上能看到施工器械。

我拍了几张照片，然后退出来。

学校的前边是恒惠渠，渠里的清水欢畅地流淌着。

我没有走来路，而是沿着渠岸往镇上绕行。现在正是农历的"春分"之后、"清明"前夕，水渠两边的庄稼地里，开满了灿黄夺目的油菜花，从眼前铺到山边，非常壮美。站在远处望中学，它处在一块高地上，周围全是油菜花海，像大自然的花环围着学堂，真是一块风水宝地。听说新建中学曾经几起几落，原为全日制高中，后来改成农中，又改成职业中学，近来有消息说要把城里的职中也合并过来，那么它将是安康市最大的职业中学了，前景可观。

我前行了大半个小时，然后离开水渠，插向大同镇。

在镇西头，看到了新建小学的大门。因是周末，大门紧闭，我站在门外，望了望里边的校园，干净整洁，肃穆宁静。我没好意思叫门进去，就沿着学校门前的路，走向镇街。

镇街虽然拉长了，新房也建得不少，但仍然可以看出老镇的风姿。那满布的店铺，缓行的市民，见出当前的时代繁乐；那仅存的几间木阁楼，还在营业的剃头铺子等，映出昔日的生活气息。

在镇上，我买了一顶草帽、一双草鞋（回来后挂在了墙壁上），又走进东头的一家小吃店里，要了一盘蒸面皮，一碗稠酒，坐下来用午饭。

老镇的蒸面皮，香在调料上，那汁水由多种东西合成，浇进面皮，再放上一些芝麻酱，搅拌均匀，嚼进来满嘴生香，再饮几口五里稠酒，故乡的味道就回来了。

二

我八岁时开始上小学，那是 1963 年。

当年，新建小学的初小部设在镇东头的天星庙场子。

天星庙是个旧寺院，还是旧学堂？我不大清楚。我们上学的时候，老房子只剩下最里边一个殿堂，高大宽阔，粗木头撑起，很有气势。前边的两排教室，则是新盖的，平顶简易型的。

小学前有个很大的广场，广场边临河处筑有土戏台，镇上开群众大会在这里，县上剧团来演出在这里，老百姓物资交易也在这里。

学校旁边那条小河，是孩子们的乐园，下雨看涨水，天热去游泳，闲时去摸鱼。记得有年暑假，本镇的一个大学生回来了，还是位美女，她来学校这天，大家都纷纷去瞻仰，这位才女加美女颇有气质风度，与老师们谈笑风生，拉直了小学生们的眼珠子。那时的大学生啊，可让人羡慕了。

小学三年级的时候，我们到镇西头的校本部上学。

沿着我家房后的小水渠坎往西走，约莫十来分钟，就来到学校前方，过了石桥，就是操场，那时没有大门。校园的中间是栋两层楼房，木楼梯，木楼板，踩上去咯吱响，让人有点担心它的结实程度。周围的教室都是平房，这唯一的楼房是办公楼。二层有一间房子是图书室，我曾借阅过一本书，是长篇小说《敌后武工队》，故事性很强，读起来像现在的武侠小说一样引人入胜。可惜这本书后来让我弄丢了，那时管理不严，也没让我赔偿，一直挂在账上。应该说，我至今还欠新建小学一本书。

楼房的墙壁上有黑板，每周需要更换内容。我是黑板报的负责人之一，找图案、编内容、组织版面，然后用彩色粉笔描绘上去。内容是根据当前形势写成小文章，或者顺口溜式的民歌体打油诗。我的正式文学创作从诗歌开始，可能与那时的训练有关吧。

读中学，上大学，参加工作，此后很少回小学校园里去。但奇怪的是，我经常梦到那栋小楼，正在上楼梯，木梯板吱呀响，快塌了，一阵心跳便惊醒。这说明，我从来没有忘掉小学母校，并时常为它操心着。

三

这次回乡，我在新建小学门口停留了数分钟，虽然没有进去，但能看到校园里边的大体风貌，应该说，比过去整齐多了，幽雅多了。我还看到大门上方挂着几个铜牌，有"文明校园""素质教育先进单位""小学教育先进学校"等字样，我的心头升起一股敬仰之情。

过后不久，突然接到来自大同镇的电话，是我认识的一位前辈教师，说要编写《新建小学校志》，嘱我写个序言。

放下电话，我是又欣喜又不安。欣喜的是故乡没有忘记在外的游子，还把写序的重任安排过来。不安的是新建小学有百年历史，人才辈出，前贤众多，我作为其中的一个学生，该说什么好呢？

无论怎样说，这份差事不能推托。

我要说的，还是情义二字。

情是感恩之情。一个人，不论你在外有多大成就，或者走得多远，都离不开最初的小学教育的知识铺垫，以及道德方向的正确指引。感恩之情应该人皆有之，它是人身的善性之一。

在老师面前，在故乡面前，你永远是个小学生。故乡是一本大书，你需要穷尽一生来阅读它，敬重它，感念它。

义是襄助之义。学生总是要走出校门，走向社会，成就各自的事业，承担各自的使命。可能岗位不同，职责不同，能力大小不同，但在母校面前，没有位置尊劣之分，没有品级高下之论，我们都是小学生。在母校需要的时候，金钱、物质、知识，甚至体力，不管多少，都是可以拿出来的本分。

人生是漫长的，小学是我们前进途中的第一块铺路石。

历史是漫长的，一座小学就是一个地域的永恒的坐标。

前贤远去，美德彰显；今人犹在，功劳自成；后生渐来，接班有望。我想，这就是校志出版的目的。

故乡，游子还会回去。

我们永远忘不了故乡的味道。

原载《文化艺术报》2023 年 1 月 13 日

凤栖梧桐

盛 夏

    我刚出生的时候，父母在灶房旁栽了一棵梧桐树。我五六岁时，梧桐树已长得比屋顶还高，郁郁葱葱的枝叶遮挡了一方天空，袅袅的炊烟也得从它的缝隙里钻过。

    我娘警告我：千万别爬梧桐树。为啥？我仰起小脸问。我娘瞥一眼天空，笑着说：梧桐树上栖着凤凰。

    凤凰是什么？我娘告诉我，它是一只长着七彩羽毛的鸟，它在哪儿，哪儿就有好运。

    我喜欢春天的梧桐树。那时，它会开出一串一串紫色的花，很香。清甜的香气弥漫了整个小院，又往天际飘去。凤凰也喜欢这种香气吧？要不，它怎么选择栖在梧桐树上？我被这香气熏醉了，想必它也被熏醉了。树上偶尔传来一两声悠长的鸣叫，也许是它的歌声。我不舍得打梧桐花，我只打杨花、槐花。梧桐花留给凤凰好了。

    毒辣的日头下，我折下最底下的一枚梧桐叶子，挡在头顶。我跳在大街上，去村西的育红班。隔壁张老头笑嘻嘻地说：哎哟，红红爱臭美喽！我用叶子遮住脸，白他一眼。到了学校，叶子已有点蔫了。不过没关系，洒上一点水，它很快又会清灵起来。

    下雨的时候，我也喜欢撑叶子伞。雨点啪嗒、啪嗒敲在叶子上，像仙女在弹琴。凤凰呢？此刻，它一定躲在窝里。这几天，我发现树上多了一个老大的黑黑的窝。它敦敦实实嵌在几根枝杈间，比我看到的任何鸟窝都大。也许凤凰就藏在里面，风吹不着它，雨淋不到它。凤凰比我想的更聪明。

    一场雨后，梧桐树下往往多出来一些小窟窿。我将小指头伸进去，没一会儿，指头麻酥酥的，一只知了猴攀了上来。我把它放蚊帐上，目不转睛看着。它会变成知了，在梧桐树上没命地聒噪。我不想让它打扰凤凰。安静的空气里，知了猴一点点地裂开背壳，探出一个完全不同的湿淋淋的身子。它生出来一对透明的翅膀，两只眼睛又大又鼓。盯着盯着，我揉一揉眼，歪在床上。等我醒来，知了已不见了。我光着脚跑出屋，果然看到它抓着一根树枝，"知了——哈哈，知了——哈哈"地叫。我只能眼巴巴望着树枝。

我这么喜爱凤凰，终于有一天，见到了它的影子。那是一个午后，空气非常闷热，乌云浓浓地挤在一起。忽地，一道白亮的光划破长空，一个个雷滚落下来。闪电在偌大的天幕上不停地舞蹈，喧嚣。这时，一道刺目的光线落在了梧桐树尖上。仿佛一支火柴，瞬间，红黄橙几种颜色沿着树身慢慢晕开，一只大鸟从树冠里一蹿而上，飞向遥遥的天心。灰暗的背景里，它是那么明丽，动人。我呆呆地望着。它消失在天空深处。等雷暴平息下来，梧桐树仿佛矮了一截。

我决定寻找凤凰。爹娘出去了，我抱住梧桐树，猴子样艰难地攀爬着。梧桐树这样高伟，我小小的胳膊搂不过来。我一边爬，一边喘着粗气。我要到那高高的窝上看看，凤凰究竟还在不在。我一点点蠕动着，眼下的世界一寸一寸小起来。瓮变成一个盆，月台好似一张长长的桌子，被炊烟熏黑的墙面则像一支毛笔刷子。当我又揪住一根树枝使劲一蹿的时候，我的脑袋一蒙。等我醒来，发现已躺在我娘的怀里。

我娘眼角残留着一些泪痕，浅浅的皱纹簇在一起："死丫头，你爬树上干吗？"

"找凤凰……"我小声地说。

我娘嘴角一动。

"凤凰还在不？"

我娘沉默一会儿，摇了摇头："飞走了。你一上树，它就吓得飞了，不过你还可以把它找回来呀。"

多少年后，我走回故乡的院子，首先会抬头朝高高的梧桐树上望去，望见那藏在心底的童话，望见童年的美好及母亲的爱怜。

原载《新民晚报》2023 年 5 月 18 日

杜甫如父

许冬林

一

少年时，我不喜欢杜甫。

是真的不喜欢。他给人的感觉总是有一种肃气，一身深重的秋色，在诗句里沉郁着。他的每一句诗都是沉甸甸的，是暗色的，要用半喑哑的嗓子吟咏。我总疑心古人抄写他的诗句时，要比抄李白的句子多费一些墨。抄他的诗句，笔锋要沉下来，落笔有力，墨色透得深。

初中时读《石壕吏》，第一句"暮投石壕村，有吏夜捉人"就把我吓着了。我们那时在乡下野蛮生长，也是一路"捉"过来的——学业之余的娱乐，是捉猫捉狗捉虫子，没想到还有夜晚"捉人"的。因为惊恐，所以读诗时我常常绕过杜甫，就像在乡下疯玩时，总要绕过一脸正色的父亲。

在我少年时的印象里，杜甫不仅严肃，还年老。我们当然不喜欢老脸孔，谁不喜欢一掐能掐出汁水的嫩面孔呢？所以那时喜欢李商隐，什么"相见时难别亦难，东风无力百花残"，什么"锦瑟无端五十弦，一弦一柱思华年"……而杜甫呢？他在一句又一句地老着、病着，什么"万里悲秋常作客，百年多病独登台"，什么"亲朋无一字，老病有孤舟"……杜甫像是总在叹息或者发牢骚的父亲，他又穷又老又病又孤单又壮志未酬，一副不走运的模样，让人想帮忙又帮不上，只好悄悄离他远点儿。

他自号少陵野老，我的语文老师在讲到杜甫时总喜欢称他老杜，就好像称呼一个老邻居似的。许多年后我才知道，杜甫并不老。他去世时不到60岁，按现在的标准，还没到退休年龄。他写"白头搔更短"时，45岁；

他写"南村群童欺我老无力"时，不到50岁。可是他的诗句就是那么很现实主义地描写老、病、愁，好像他一直是低头踽踽独行的愁苦姿势。以至读到"会当凌绝顶，一览众山小"这样气势磅礴的诗句时，我以为是中老年的杜甫半佝偻着腰喊出来的，使出了洪荒之力。事实是，那是20多岁的杜甫到洛阳参加进士考试落第后，北游齐、赵之时所作。他在诗句里老得让人怀疑他是否年轻过，是否豪情万丈过。

他还总是一副伤时忧国的样子。语文老师在讲台上深情讲解"感时花溅泪，恨别鸟惊心"，花开花落，禽鸟啁啾，倒是在乡下常见，可是"感时"和"恨别"那样的精神境界和情感高度，我们就抵达不了了。我摇头晃脑地背诵着这千古名句，心里是不服气的，总认为杜甫是个爱哭丧着脸的老男人，好端端的春天，硬是被他写得荒芜清冷。

二

可是，在岁月里走着走着，我慢慢发现自己喜欢上杜甫了。少年时绕过杜甫，没想到中年时忽然发现，怆然泪下、低头沉吟的杜甫正站在"中年"的路口等我。原来，杜甫隐匿在我的岁月里，隐匿在我的心灵深处，只等我长到中年，只等我经历人间坎坷、人世辗转后，就会现身，就会迎面走来，与我执手相看，心照不宣。

中年多奔波漂泊。"丛菊两开他日泪，孤舟一系故园心""飘飘何所似，天地一沙鸥""露从今夜白，月是故乡明"……在异乡的天地里，看枫叶飘零，看黄花盛开，看芒草萋萋，看大江东流。在那些思乡的清愁里，我们会与杜甫相逢。李白是少年，是我们激情四射、神采飞扬的青春年华，是我们曾经的理想主义；杜甫是中年，是我们正经历的辛苦辗转的当下，是我们不得不认领的现实主义。在中年的颠簸辛劳里，常常会慨然而叹：原来，我们离杜甫这样近！

半生过去，我已经切身感受过人事的疏离变幻，有时候一转身、一眨眼，便是沧海桑田。人间离散，是"有弟皆分散，无家问死生"，是"人生不相见，动如参与商"；人间重逢，是"今夕复何夕，共此灯烛光"，是"昔别君未婚，儿女忽成行"。

杜甫的感叹，是中年人的感叹，要用戏曲里老生那略显嘶哑的唱腔唱出来才得味。中年之后读《牡丹亭》，最喜欢读的是杜丽娘的父亲杜平章出场的那几折，尤其是《移镇》和《御淮》，一个中年的封建社会知识分子的沉郁苍凉之心和家国江山之情，令人感动不已。"砧声又报一年秋。江水去悠悠。塞草中原何处？一雁过淮楼。天下事，鬓边愁，付东流。不分吾家小杜，清时醉梦扬州。"在杜平章身上，我能感受到杜甫、辛弃疾那一群有家国情怀的知识分子的影子。

三

每一个苍老的父亲都像是末路的英雄，有未酬的壮志，有独酌浊酒的无奈。每一回读杜甫，都像是面对苍老的父亲，面对外表冷峻却内心火热的沉默的父亲。所以，中年之后每一次读杜甫，都会暗自替他心疼，像不忍见父亲悲伤一样，也不忍见杜甫在诗歌里沉郁顿挫。

杜甫如父啊。

在杜甫这样的"父亲"这里，发现"我"之外还有"你"，还有"他"，还有"我们"，还有泪眼婆娑中所见"三吏三别"这样的悲惨世界。读到"牵衣顿足拦道哭，哭声直上干云霄"，我会禁不住落泪；读到"朱门酒肉臭，路有冻死骨"，我会沉痛感慨到不能言……是杜甫，像父亲一样，以沉郁之语告诉我，这个世界除了"我"，还有苍生。

在我的印象里，李白抬头写诗。他仰望的是悬挂的瀑布，是长风和高楼，是不羁的心灵。而杜甫是低头写诗，在他向下俯视和照拂的目光里，有苍生，也有"烽火连三月"的家国。

中年以后，我和父亲聊天的次数越来越多，我们情感的交集，或者说对生命体悟的共鸣越来越多。我向着父亲变老的方向变老，我们越来越像盟友。每回和父亲聊天，像是在和杜甫对话。我在他乡求学时，不善言辞的父亲会在某个夜晚给我打来电话，跟我细说日常。父亲年轻时也曾出远门谋生，坐船行于江上，"星垂平野阔，月涌大江流"那样的旅途风景，他是习见的。我们都以匍匐的姿势努力行走，我们紧贴地面，不像李白那样高蹈飞升。我们走的每一步都是充满泥泞的。虽然人世道路艰难，但我们壮心未已。

我在理解父亲之后，读懂了杜甫；在喜欢杜甫之后，重新喜欢上寡言的、沉重的父亲。

就这样，在中年，我与杜甫在精神上相逢。喜欢杜甫，理解杜甫。原来他那么像父亲，像中年的自己。

喜欢杜甫，还喜欢他沉郁顿挫之间不时流露出的小清新。那是经历人世困顿之后，转身发现的寻常人间的清美宁和。又好像是天地仁义，用美景来安慰他的老病，安慰他的忧时伤世，告诉他人间也有亲切。

在蜀地，在草堂，他欣赏"两个黄鹂鸣翠柳，一行白鹭上青天"，他喜见"舍南舍北皆春水，但见群鸥日日来"……每回读到"肯与邻翁相对饮，隔篱呼取尽余杯"，我就不胜感动。因为，和杜甫一起匍匐在民间的，还有一个邻翁。那么近，隔着篱笆喊一声，杜甫就有了陪饮的人。如此，孤独就减了一寸。

杜甫如父，邻翁也是父亲。

原载《读者》（原创版）2023 年第 8 期

洞庭渔火

谈雅丽

每一个黄昏都不尽相同。

今天傍晚，全世界的水都汇聚在了洞庭湖。我家乡的沅水澧水，远道而来，那样清澈、无邪，义无反顾地扑向了大湖的怀抱。

大湖浪如花，今朝涛似雪，这是我来时的况景。我看见湖面一艘快艇，满载浪花，在湖上飞翔。洞庭湖有多少艘大船小船，像铁臂巨人，铿锵骑士，它们在青苍的天空底下航行，呜呜地拉响了汽笛声。这是一幅辽远而空阔的万里江山图。

一般而言，对自然风物的感觉是因人而异的。今晚，洞庭湖可比拟成宇宙中一只倾倒的酒杯，在浩渺的时空背景下，我用来盛装这一场烈酒般的湖水、星光、月色和渔火。

透过渔家酒楼那扇雕花的窗户，面对暮光中渐渐沉落的洞庭湖。我与大湖毗邻相对，近到可以看到她微笑的脸颊，透亮的眼睛，这令我多么欢喜啊！金色的暮霭正把湖面染成了一个金灰的幻景，熠熠闪光的湖水，灯光渐次亮起的湖堤，像一只驮梦飞行的鲲鹏，唯有此刻身陷梦境的我，感受到了那双巨大翅膀上的颠簸。

在浪花跃起的湖水深处，我确信有江豚逐浪而飞，这传说中的微笑天使，它无与伦比的身影，让我深陷其中，无法自拔。我来过洞庭湖很多次，但只有两次看到江豚的经历，一次是在华容码头，那是一江碧水之地，我们听到吹哨人呼唤江豚的口哨声，看到巨大的挖沙场搬迁后保护起来的完整湿地，一丛丛、一簇簇初生的芦苇，碧油油、清灵灵，阳光打在青草长堤上，一群江豚在湖面跳跃飞起，天空湛蓝如洗，阳光洒下金点，江豚逐浪大湖，那样的情景动人心弦。另一次是在春天的岳阳沙管局码头，风大浪急，我们裹紧了衣衫围巾，浪花激迫地敲打着快艇，下大雨了，我仍然一动不动地站在船舱外，紧盯着湖面，在江水簇拥起的浪花中，惊鸿一瞥，看到一只江豚露出了青苍的脊背，如一朵盛开的洞庭之花。

洞庭湖隐藏着多少神秘，就像人们心底里隐藏着多少不动声色的情感。

我们坐在湖畔，酒席渐散，人至微醺，我第一次强烈感受到了"流入"这样的词，仿佛我就是奔着这样的目的，不远千里，不远万里，接近了生命最美好的一次缘起。我深爱洞庭湖，这是无人知晓的秘密，所以拼尽全身去接近人生中不可能存在的幻景。我亲近的是一万顷湖面。此时，洞庭南路，这条阅尽人间冷暖的临湖路，到处是喧嚣的人群，人们在赶赴一场洞庭渔火。湖畔的薄霭，令人感到甜美的黄昏在向我们招手，我希望命运能更宽容，让一艘船带我们驶进浮光掠金的湖面。

焰火还未及绽放，但洞庭南路的灯火已逐次亮起。我跟随着你，跟随一座城市的人间烟火，跟随一座城市的浪漫在行走。璀璨的夜灯把一切都漂浮起来了，洞庭广场，巨大的雕像，那是传说中的后羿拉满弓箭，射杀金蛇，这雕像演绎着人与洪水争斗的神话。你停下了脚步，我看到头顶上的星空和月色，照射着不远的岳阳楼，这座巍然耸立的名楼，因为著名的"先天下之忧而忧，后天下之乐而乐"而名扬天下，我想象从未来过岳阳楼的范仲淹，在此寄寓他关注民生的理想。而今天的人们，会否也以此楼而心怀天下。

这世间，会有什么是永恒的呢？我们对生命的迷恋，情感上的执念，会不会都将如洞庭湖边的钩沉史料一样随雨打风吹去了。但以这样的方式接近大湖，我还是感到一种精神力量的生长，它是狂野的，生机勃勃的，仿佛大雨过后的沼泽，即将生长出整片郁郁葱葱的森林来。

洞庭湖广场，辉煌的洞庭渔火在上演。五彩灯河，激荡的鼓点，一群刚刚离校的大学生乐队热血沸腾，我也曾像他们，拥有不顾一切奔赴河山的青春岁月，一个风起云涌的时代被唱响，一种年轻的孤独被诠释，一份爱的渴望如盏盏渔灯，激荡阵阵水花，更如夜空中繁星点点，映照穿梭于湖面的舟楫船帆。

我羡慕可以尽情表达爱的年龄，尽管我感到了额头上的暮色。洞庭、名楼、古塔、夕阳、飞鸟、美食、月光、焰火……这些耀眼的词汇在闪烁，我停下脚步，只为一个人，为了和你共听一曲关于爱的歌声。

我想和你一起回望，洞庭南路经历怎样的过往？怎样的蝶变？那时候湖上到处都是往来穿梭的渔船，从湿淋淋的网里打捞出了湖鱼，这座"鱼巷子"藏在湖畔，曾是岳阳这座城市繁华的原点。清晨的鱼巷子，满盆满盆的鱼肥厚鲜活，鱼儿摆尾扑腾出的水花声激活了沉寂一夜的小巷，从早晨开市到夜晚歇摊，巷子里人来人往，买鱼的、卖鱼的、闲逛的，各种不同口音的方言，此起彼伏，不绝于耳。从南边的街河口到北面的南岳坡，停靠着上百条帆船。有下江船、川江船、宝庆船……巷子两边，有老字号的鱼档、布店、食馆、戏台、茶楼，三教九流云集，青砖院楼林立，一派繁荣兴旺的景象。现在，我们就在变迁后宽阔的洞庭南路上漫步，曾经车水马龙的一切销迹于洞庭湖的雪涛中，就仿佛是我和你一起经历了沧海桑田，只余下了这个傍晚的黯然销魂。

沿着洞庭南路我们一直走到古老的货运码头，那里似乎不再残存机器的轰隆声，实际只剩下钢筋水泥的骨架，曾为湘资沅澧四水由洞庭湖进入长江的主要港口，已经整体搬迁，这里成了岳阳港工业遗址公园，以滨水休闲体验形式延续着码头文化。我的脚触到了一块青草地，郁郁的青草安抚着我的脚踝和心灵，我身边是足球场，青草地上孩子们在奔跑，谁能在无边的星空下，平息我澎湃的心跳。

"且就洞庭赊月色，将船买酒白云边。"为洞庭夜色标注文化印记的李白早已羽化成仙。唯见一座接一座灯光灿烂的亭台楼阁，演绎现代版的红楼夜色。在如梦似幻的相逢时光，我看到了远处的慈氏塔，记得古塔上有叮叮当当的铜铃，这座水边之塔曾提醒往来客货船舶，见此塔，便知已到岳阳城，已经航行进入了洞庭湖的浩渺烟波之中。

眼前飞过时光之箭，洞庭湖岸有千枝玉兰，万朵湖浪如雪般绽放在初夏的洞庭渔火中。而我，只在乎你如湖水般微笑的脸颊和清透的眼睛。

原载《中国艺术报》2023 年 7 月 26 日

遇见素馨

朱东锷

车窗外，阳光明媚，看着沿途一朵朵一簇簇黄灿灿的黄花风铃，一树树桃红粉白的羊蹄甲和宫粉紫荆，不觉间就到了林业和园林科学研究院。

研究院的铁栅栏围栏上首冠藤蓬勃葳蕤，宛如一道绿色屏风。正对大门的屏风墙前盆栽一株造型独特的迎客松，墙后是一方莲池，周围树木葱茏，空气中弥漫着柚子花馥郁的芳香。

研究院的王所长领着我们走走停停，边走边介绍，依兰、宝莲灯、扭肚藤、虎颜花、望天树、胭脂树、非洲芙蓉、美丽梧桐、越南抱茎茶……我们好像走进了一个植物王国，见识了许多素未谋面或是闻所未闻的花草树木，研究院里的植物有三千多种，其中不少是自主研究、培育出来的新品种。

"这是素馨花，又叫大花茉莉、四季茉莉。"王所长站在一丛与肩齐高的灌木前说。近看，素馨花圆形有角棱的枝茎攀附着屏架，枝条柔长垂坠，枝叶袅娜。王所长抚摸着羽状的叶子说，素馨花的花朵与茉莉花很相似，过两个月你们再来看，一朵朵洁白的花朵拥抱着、挨挤着，密密麻麻缀满枝头，蔚为壮观，花香浓郁，满园芬芳。荔湾流花湖的名称就源自此花。

浮丘园、芙蓉洲、鸟岛、勐力园、杜鹃园、榕荫葵堤……我的眼前浮现出流花湖的美丽风光。

素馨花原名耶悉茗，相传由汉朝陆贾从西域带回中原，赵佗南征建立南越国后，难忘故土，遂把此花带来广州。海珠区庄头村的田地开始遍植素馨花，村民以种植素馨花为生，"悔不庄头村里住，一生衣食素馨花"，庄头村也有了"花田"的美称。至五代时，庄头村一个名叫素馨的美丽种花女孩娉婷长成，素馨姑娘从小偏爱耶悉茗，用绿丝线把花串成串戴在脖子和手腕上。适南汉王登基，素馨被选入宫，深受汉王宠爱，爱屋及乌，汉王令王家花园遍植耶悉茗，宫女都要将此花戴于颈项、手腕或簪于云鬓、衣襟。宫女每天晨起梳洗时，花瓣飘落随水漂流，浮满了下游的湖泊，人们就把这个湖叫流花湖。

在广州众多的公园中，流花湖公园是我最早到过的公园之一。姨妈家住西场，距流花湖公园不到三公里。小时候，随母亲从粤北山城乘坐长途客车到广州探望姨妈，越秀公园、流花湖公园、动物园让我们乐而忘返。到广州读书、工作后，闲暇时也不时到流花湖流连。当年流花湖畔的德宝保龄球馆、绿岛西餐厅、粥城、白宫都留下了许多快乐的时光。姨丈告知，20世纪50年代末，为解决城区水患，市政府大规模改造水环境，他参加了修建流花湖的义务劳动。流花湖在心里又添了一份亲切。

后来，弟弟家安置在流花湖对面不远的小区，流花湖成了我们陪伴孩子游玩的一个去处。流花湖南区毗邻市少年宫，休息日送孩子到少年宫学习，孩子上课时，我就到流花湖公园信步浏览风景观赏花树，或者静静地坐在一隅阅读……

素馨香消玉殒后，埋葬在花园耶悉茗丛中。南汉王朝灭亡，村民们将素馨的骸骨迎回安葬，三天后，坟地上长满了一簇簇洁白的耶悉茗，人们于是把耶悉茗改名为素馨花。

在1982年木棉花被确定为广州市的市花以前，老广州人心目中的市花就是素馨花。素馨花寓意着洁白无瑕、和蔼可亲、优美典雅，象征着坚韧、温馨。明末清初是素馨花最风行的时期，无论富贵朱门还是寻常街巷人家都喜爱素馨花。那时，广州城的大东门、大北门、小北门、西门等七个城门都有花市，花市里除了素馨花没有别的花出售。即使到了积贫积弱的清末，人们对素馨花的喜爱依然如故，"珠江南岸行六七里为庄头村，以艺素馨为业，多至一二百亩……花时珠悬玉照，数里一白"。

素馨花全株皆可入药，舒肝解郁、行气散结、止痒止痛，护肤美容，可用于多种疾病的治疗，可搭配各种食材做成美食、糕点佐餐食用。

阳光下，涂抹了一层亮光的素馨叶子在轻轻颔首，似在倾听，似在低语。花开无声，花落无息，"妙香真色得之天，羞御铅华学女妍"。素馨花，在花城美丽芬芳了两千多年，温暖着人间。感恩遇见，让我走近了素馨花，生命在来来往往的遇见中顿悟、升华。这些年，风风雨雨，忙忙碌碌中错过了多少生命中的美好与花香！

守一抹阳光，静待素馨花开。

原载《羊城晚报》"花地"副刊 2023 年 4 月 11 日

赶马少年

南泽仁

　　傍晚，太阳拉长了万物的影子。我还没有跃过磨房沟，影子就成了一座小桥。走到花踏坪，我放长了单肩书包带子，很快，我就看到一个忽然长大的女孩，匆匆地穿过了一片开满白花的荞麦地。

　　一缕夕阳柔和地照着院角，那张厚实的长木凳上坐着一个穿黑皮衣的男子。他清癯消瘦，像一只鸢鸟刚刚收起翅膀歇落在此处一样。镀在他身上的光正在逐渐消失，男子用皮衣裹紧身子，想望一眼夕阳落下去的地方，抬头就望见我站在前方。他大而哀伤的眼神掠过我，望了望身后的篱笆墙，长睫毛像那些篱笆一样围住了视线，使他不能看到更远。

　　我经过院坝，朝家门口走去。他在我身后喊了一声："格玉。"那声音温和而宽弛，像细风从远处传来了一枝向阳生长的藏杏逐渐熟黄的消息。我转身去看他，他朝我微微地仰起头。我走到他面前，收缩起书包带子蹲下身。他顶着一头松软的大鬈发，脸上隐隐有一层青气，目光透着寒冷。他没有说话，我就用他那样轻柔的声音答应："我是格玉。"他微微一笑，有说不出的喜悦之意，长睫毛在他的黑眸子上轻轻展开。

　　"我是秀君哥哥。"

　　说出这句话的同时，他把一只清瘦的手伸向我，像一枝藤蔓想要触摸光束一样。我把手放进他的手心，他发着低热，那热缓缓地传进了我的身体里……

　　几年前的一个傍晚，黑岩子山顶升起了半个月亮，把村口的平石板照得银子样明亮。

　　阿爷盘坐在平石板上抽兰花烟，就好像平石板是专为他这样有手艺的牧人铺设的要处。抽得恣意的时候，烟管发出了咝咝啦啦的叫声，接着一缕白烟就从阿爷口中悠然而出，又飘散了。孩子们从阿爷吐出的烟纹找到了乐趣，他们爬上平石板去捕捉那烟纹。阿爷一声不响地从石板边扯下一把火麻草，再吐出一口烟的时候，同时举起火麻草在眼前摇晃一下。孩子们被火麻草张开的毛刺吓得哄然闪离。他们的快乐如此鲜明，像一群麦蚊一次次扑向阿爷那明明灭灭的烟斗，又被阿爷手中的火麻草摇动出各种古灵精怪的尖叫。直到一阵脆亮的马铃声响起，平石板才静寂了下来。阿爷和孩子们一齐去望铃铛声传来的方向，只见一老一少两个赶马人吆喝着几匹骡马，从几棵老花椒树下走来。接近平石板时，骡马在少年吹响的牧哨中停止了脚步，它们对着干燥的地面打着响鼻，仿佛孩子们奔跑过的这片土地在对它们悄声说着欢迎。

阿爷看清他们时，嗖一下从平石板上站起身来，他那样高大，熠熠闪光的村庄像飘动在他身后的氆氇披毡。阿爷把火麻草丢弃在坎下，嘴角随之扬起了笑。赶马人也对阿爷面带笑容，他们不说一句话地赶着骡马朝村中走去。

"阿爷——"

阿爷听到一声稚嫩的呼唤带着愤怒，他猛地回头来看，只见我站在那些孩子们当中，用并不响亮的脚底踏着脚下的土地，像一头遭遗弃的马驹。赶马少年也回头来看，之后朝我走来，月色中的身影洋溢着纯洁天真和少年的俊伟。快接近时，他躬下身，伸出手来牵走了我。

他的手心潮乎乎的，且发着热，这样的温暖力量使我瞬间联想到了核桃树上的鸟巢。接着，我又为那鸟巢想象了一阵风雨，我的心里依旧安稳。

那晚，他们围在我家的火塘边吃茶，说话。阿爷把牛羊皮缝制的褡子、袋子和烟兜子全部铺展在他们面前，比呷尔坝的半间皮革商铺还要繁华。不知什么时候，赶马人把那些皮革全部收进了他的蛇皮口袋里。阿爷看着高耸的口袋，嘴角再次扬起了笑，像提早收获了几张大钞票。阿爷在那样的笑中低头看了一眼我脚上快要磨破的布鞋，陷入了短暂的思索，我知道，他是在提早为我挑选一双红马靴。

我坐在少年身边，手一直放在他的手心里，他不曾松开手，我也没有收回来。后来，他握住我的右手食指，在他的掌心里画了几座大山，指头轻敲最高的那座山顶，那座山顶上就散发出了太阳升起时的光芒。接着又在山脚画下一条河。我的指头随他的节奏起伏，河水淌过了他的手心、手背，一直流向了手臂，我感到他皮肤下的脉络其实就是一条河。我们的手停止下来时，他还在轻声模拟河水流向远方的响声，时缓时急。我在那刻合拢一双手指头，又轻轻打开。他露出明媚的笑，是看到了河边有一朵朵小花在无声绽放。我在跳跃的火光中，不时仰头看他大而明亮的眼睛，他的神态那么美好，像一只停在花中的鹿在等待另一只鹿到来。

第二天早上醒来，我的手心里握着两颗红双喜的水果糖。我捧起它们展示给阿爷看，他在腿杆子上搓一条细皮绳，是又准备缝制新的皮革了。糖果鲜亮的颜色并没有吸引阿爷的眼睛，他只说是昨晚那个少年留给格玉的，他叫秀君，房背后那栋房子就是他们家的老宅。

此刻，我看着秀君的脸，还有眼睛，依然那么美好，只是他显得那样柔弱，像云片使一颗星子暗淡了下去。

后来几天放学，我都会见到他坐在我家院角的长凳上，有时低头看自己瘦削的双手，有时又微闭着双目。我从他面前经过，他也不能察觉，只沉浸在自己一个人的世界。微风拂过他的脸颊，他微蹙起眉头，像在一声不响地承受着痛苦。他的鬈发在额上舒展，有一缕盖住了他的眼睛，他也没察觉。我走到他面前，对着那缕头发轻吹气息，它就卷到了头顶，亮出了他清亮的额头。他睁开眼，眼窝深陷，一双像做着梦的眼睛看向我。他想轻唤我一声格玉，但他用舌头舔了舔干燥的嘴唇没有发出声。

我端出一碗茶水递给他，他就把嘴巴凑到碗沿抿了一口，然后睁大眼睛深深地看着我，像那一口茶水是治愈他的灵药一样。他轻拍了拍边上的长凳，让我坐在他身旁。我从书包里取出一本书，一页页翻给他看，是我特别喜欢的页面就会停下片刻。我去看他的态度，他就展开睫毛表达同我一样喜欢。院门口经过了三五个人，两个小女孩走进院坝跳绳，叽叽喳喳地吵嚷。我像并没有看见他们一样，真的长大了一样，一心一意地为他翻动我喜欢的图书。翻到最后一页，我们都看到最高的山头上升起了太阳，一对鹿踩着优雅的步子走进了一片白色的花地，再没有一丁点影子。我合上书，用看了白色花地的眼睛去看他，他的睫毛滑下了两颗泪水，像水晶一样透明。

我伸手为他擦拭眼睛，他就把我的手心贴在他冰凉的嘴唇上，我感到他在微微颤抖。倏然间，他有了力量似的，一起身撞进了夜色里。我目送他的背影，一无所知的眼噙着热泪，我感到，一只鹿在向另一只鹿默然告别。

那天夜里，我梦见一阵风使那本书里的画面活动了：漫天繁星的夜空下，两只鹿在白色花地里奔跑，戴在它们脖颈上的银铃奏出悦耳的音乐，使天上的星子也跟着一起忽闪忽闪的。

我在黎明时分醒来，耳边还响着那银铃声，恍惚还伴有一阵悠长的诵经声。有些脚步在不远处急促地奔跑，有些声音在低声啜泣。我起身出门去看，房背后的老房子门口亮着昏暗的灯，许多人进进出出。秀萍蹲在门口看着那些人的脚步，像看着一片密林那样茫然。

我走向秀萍，她站起身来，把门口里的光指给我。我顺着她的手指看去，一盏酥油灯后放着秀君的半身相片，他在微笑，像被一抹温暖柔和的夕阳照着。

我使劲用手揉搓睡眼，希望梦里的风快停止下来。

原载《散文》2023 年第 3 期

黄雀的注视

周　莹

　　我站在清风谷的山冈上，眺望着绵绵起伏的山峰。山峰上，飘荡着一层层的洁白的云彩。那些飘逸的云彩，好像蓬松的面包，又像涌动的海浪，有时候飘飘浮浮，有时候平平展展，有时候像一幅淡雅朴素的画。

　　我站着的山冈地势有点高，前面的山冈比这座山冈低一些。山冈上清新的空气缓缓地流动着，细风微微吹拂，我吸溜了一下鼻子，感觉神清气爽。一个人来到山冈上，真是一个不错的决定。

　　阳光温暖地照耀着大地，山谷沐浴在阳光里。山谷里的田野很宽阔，田野里的庄稼青葱茂盛。不远处，有菜地和村庄，还有弯弯曲曲的小路以及大片的果树。果树附近是一畦畦的稻田，稻田里碧绿的秧苗正在拔节生长。这时候，正是萌动的初夏。

　　万物都已萌发出勃勃的生机，万物都显示出一种隐藏的力量，万物都在不停地发出生命的声音。我看见植物蓬勃生长的姿态，我听见树林里鸟儿的叫声，叫声最欢的是黄雀，飞得最快的也是黄雀。在这片森林里，黄雀活得诗意盎然。它们翱翔的身姿多么有力呀，它们的叫声是多么响亮啊！从这棵树飞到那棵树上，又从那棵树跳跃到另一棵树上。它们扇动翅膀的声音，轻微又轻巧。哇！好生动的黄雀呀，好有力的黄雀呀，好快乐的黄雀呀！无忧无虑的黄雀，在阳光下的树林里飞着、舞着，发出"喈喈"的歌声，声音清脆婉转，悦耳动人。

　　我停下脚步，侧耳聆听黄雀的歌声。

　　黄雀的歌声，是大自然最美的交响乐。我被这首乐曲优美的旋律迷住了，心情也像黄雀的叫声一样欢快起来。一会儿是时断时续的颤音，一会儿又变成不停喘息的音调。这首以黄雀为"主角"在大自然的舞台上演绎的交响乐，有多少人会静下心来聆听和体会呢？

忽然，我的大脑里冒出一个想法。我拿出手机，给远在城市工作的家人录了一段黄雀的交响乐。接着，又给一个玩得好的朋友发了一段黄雀唱歌的录音，让大家都能感受大自然的美妙和乐趣。

树林里的黄雀，三五成群地飞舞着。飞过来的，又飞过去了。飞上来的，又飞下去了。低飞的是雌雀，雄雀习惯高飞。黄雀一直飞，一直飞。飞着飞着，有的就隐在前面的树林里不见了身影。它们唱歌，它们自由，它们幸福。

这时，我扭头看了一下远处的天空。刚才那片波浪起伏的云海，已经发生了一些变化。棉花团一样的云朵，开始隐退，姿态从容而平静，悄无声息。等到那些小小的云朵慢慢消失不见时，一只黄雀从我的头顶飞了过去。它飞到悬崖边的一棵小树上停了下来。我仔细看了看，原来小树上有一个鸟巢，鸟巢被一簇青叶子覆盖着。

在这片山林中，黄雀与黄雀之间，彼此都认识吗？又或者，有的黄雀之间是熟悉的，有的黄雀之间是陌生的。雀海，难道也像人海那样密集和疏远，亲近和熟悉吗？

黄雀俯视的鸟巢里，安安静静地躺着六枚鸟蛋。蛋壳上点缀着大小不一的斑点。鸟蛋里面，藏着一个幼小的生命，还没有孵出来。等待降生的它们，还没有见到这个世界的阳光，还没有见到横冲直撞的冷风，还没有见到笔直生长的树木，以及偶尔来到山冈上的"闲人"。悬崖上的鸟巢，与我的距离并不远。黄雀一直盯着鸟巢。许久之后，它突然飞起来，消失在悬崖下面的树林里。

过了一会儿，一阵清风慢慢地吹过来。树林里，风吹，叶动，树枝晃动。我的心，是那么安静。我坐在山冈上，四周没有一个人影，只有一些黄雀在飞，一只、两只、三只、四只、八只、九只……一大群黄雀飞起来啦！"呼哧哧"一阵，接着又"呼哧哧"一阵。我坐着，没有动。有的黄雀从山那边飞过来了，有的黄雀从山这边飞过去了。黄雀飞呀飞，我仰起头，看着黄雀飞。黄雀一直在飞。

期待了很久，我终于回到故乡，来到山冈上闲坐。风儿发出回响，山谷里有了"呼呼"的声音。天空中，那片白色的云海又出现了。白云压得很低，好像山峰戴着一顶白色的帽子。清清爽爽的风儿，像个调皮又可爱的孩子，从山谷那边跌跌撞撞地奔过来，丝绸般地抚摸着我的脸颊，在我的头顶转了一个圈，又摇摇晃晃地飘向了远方。我和一股素不相识的风，相遇在山冈上。安静的风，奔跑的风，永不停下脚步的风，瞬间就跑远了。我望着风儿离去的方向，但我看不见它们的背影，也不知道它们去了哪里，只晓得它们远离了我，远离了山冈，远离了树林。生命中有些事确实像风一样。

我在山冈上，静坐了一个上午。

我站起身来，准备离开山冈。这时候，我一回头，发现身后的一截横木上站着一只黄雀。那只黄雀"喈喈"地叫唤着，好像在召唤它的同伴，又像是雏鸟在呼唤妈妈，娇气中还带着一丝喜悦的渴盼。我望着黄雀。黄雀也望着我。我们互相对视着。我屏住呼吸，站稳脚步。黄雀闭着细长的嘴巴，头顶的羽毛竖了起来。它是在害怕还是在欢迎我呢？难道它一直在背后盯着我吗？我看着它那双小小的眼睛，目光里充满着温柔的暖意，我的心里也暖融融的。原来，在这片山冈上，还有一只黄雀在注视着我，观察着我的一举一动。从我来的时候，它就停留在那里。我走的时候，它还停留在那里，看着我。黄雀是山冈的"主人"，我只是树林的"过客"。过客和主人，只需要打个招呼，不需要套近乎，更没必要靠得更近。我和一只黄雀，需要保持距离，进而产生好感。

一只黄雀陪伴的时光多么美好。黄雀陪伴我的时候，它的心里是高兴的还是恐惧的呢？也许，黄雀正高兴着呢！它看到了我离去的背影。

"嗨！黄雀，再见啦！"

我朝黄雀挥挥手。这时，黄雀飞起来了。它飞到一棵高大的树枝上去了。呀！原来，这只注视我的黄雀，是一只雄性黄雀。只有雄性黄雀，才可以飞到那么高的枝头上去。

我仰起脖子，努力地寻找着黄雀的身影。

此刻，它站在高高的树枝上，低着头，用一双圆溜溜的眼睛，看着我呢。

我明白了，注视我的黄雀，其实不是被我的友善所吸引，而是承担了肩上的责任，它需要守护这片山林的安详与和睦，守护鸟儿们自由自在的快乐家园，守护幸福与和平的生活。

原载《东方少年·阅读与作文》2023 年第 11 期

富贵最是姑苏城

王 立

当日地陷东南，这东南一隅有处曰姑苏，有城曰阊门者，最是红尘中一二等富贵风流之地。

有一回去苏州访友，专程至阊门。如今的阊门，不是春秋时期伍子胥所建的阊门，不是唐朝苏州刺史白居易踏访过的阊门，不是明代画家唐寅诗中的阊门，也不是作家曹雪芹印象里的阊门。于新千年后重建的阊门，只是老苏州的象征，四海一统，已无须防御，故城无门。清乾隆年间宫廷画家徐扬绘有《姑苏繁华图》，阊门内外商贾辐辏、百货骈阗的景象，今已不再，尽管出阊门，往寒山寺、往虎丘山，依然是车水马龙的主干道，然而，毕竟"风光不与往日同"了。

当然，姑苏城古时繁华，今日亦繁华；古时富贵，今日也富贵。

太湖之滨的水都苏州，在京杭大运河的依依环绕下，显得妩媚婉约，风情万种。水陆平行、河街相邻的市井生活，使姑苏城独具白居易所写的"绿浪东西南北水，红栏三百九十桥"之东方韵味。

江南之水的妩媚温柔，使苏州出落得精致而又空灵。美丽的苏州恰似一座巨大的园林，民居、河水、石桥……错落相映，画意悠然。分散在苏州城内各处的一座座园林，更是精巧神奇，别有洞天。在苏州城外围，又有甪直、周庄、同里、木渎等水乡古镇，如众星拱月，皆为风光幽雅、放飞性灵的旅游胜地。

在中国四大名园中，苏州独占两席，那就是拙政园和留园。

建于明正德年间的拙政园，是苏州城内最具代表性的一座庭园。傍水而建的亭台楼阁，分成东、西、中三个园区，每区皆是碧水萦回、荷香扑鼻的山光水色。位于阊门外的留园建于明万历年间，布局精美，建筑精致，奇石精彩，是中国园林教科书一般的巅峰。因此，晚清名士俞樾赞誉留园乃"吴下名园之冠"。

无论是拙政园，还是留园，自门而入，风过处，飘来皆是富贵气息。

沿着一条又一条石板路，走进幽深的巷陌，不经意地推开古朴民居虚掩的木门，或许就会惊喜地发现一座巧夺天工的园林，亭台楼榭，小桥流水。

苏州的内敛与贵气，就是这样从园林中优雅地体现了出来。

如此苏州，文人骚客无不眷恋而沉迷。唐朝诗人张继徜徉于拱形的枫桥之上，夜泊无眠时脱口吟出的七言绝句"月落乌啼霜满天，江枫渔火对愁眠。姑苏城外寒山寺，夜半钟声到客船"，二十八个字，就使得他与城外寒山寺一起永远地定格在了千年历史文化中。

有一回，与同事在拙政园品茶听评弹。不熟悉吴侬软语的人，一时半会是听不懂评弹的，但没有关系，要的就是弦琶琮璫的氛围，轻清柔缓的雅韵，领略"最苏州"的腔调。男演员一身长衫，女演员一袭旗袍，当三弦遇上琵琶，柔情、婉转的苏州情韵顿时袭来，他们边弹边唱，男唱："虎丘山麓遇婵娟，疑是嫦娥出广寒。"女唱："展齿一笑含半羞，淑女窈窕君子逑。"男又唱："佳人拜佛我求天，愿千里姻缘一线牵……"唱的是唐伯虎三笑点秋香的故事，此为《笑中缘》。

富贵风流的姑苏，并非弱不禁风的小家碧玉，而是外柔内刚，既有歌哭飞扬的名士，又有慷慨赴死的义士。明万历年间苏州织工大暴动，反抗朝廷的重税压榨；明天启年间苏州市民群起与阉党抗争，以鲜血和生命保护东林党人，五位义士因此就义；清顺治十八年四月，苏州一百多名学子与千余民众聚集文庙，在孔子牌位前痛哭抗粮……皆是苏州人发出的刚烈巨响。因而，在吴中第一名胜虎丘山，峰峦塔影下的"五人墓"就具有了钢质铁骨的意义。

姑苏之富贵，原是在于世道人心，看似柔和悠闲，却往往特立独行。唯此富贵风流，令人心生欢喜。

原载《散文选刊》（下旬刊）2023 年第 10 期

盼桥记

卓 美

唐带福老师站在教室门口望天，望乌云散开没有，望瓦沟水细下来没有。他让我们放学过后别跑太快，他要送我们过洗羊塘河。洗羊塘河没有桥。唐老师是个叠着身子走路的驼背。我们是读一年级的细娃娃。

鸡肠子般的山路上，我们几个前脚跟后脚地走。唐老师跟在我们身后，艰辛地跟着。走完七八里路，洗羊塘河横亘在面前，土黄的浪花开了又开，河水的气势让人心慌。唐老师掰了根树枝伸进河水，又把那树枝竖在腰杆边比画，像乡场上的土裁缝在意尺长寸短。

一双破洞的布鞋摆在河边，苍凉万状地摆在那里。唐老师讲，"我先下河克试哈焊火"。我们眼巴巴地看着他，他的样子，又胆小又勇敢。从河中央返回来的时候，唐老师挥着长长的手臂大喊，拿得起来吃！拿得起来吃！意思是，他能征服洗羊塘河。

唐老师背我的时候，紧紧箍着我的腿，反卷着手。我缩着肚皮，我跟他篮球样的脊背壳始终隔着一颗米的距离。冰凉的河水没过我的小腿。唐老师走得极慢，他力求踩稳。他的脸就要贴到水面上了，他努力朝高处伸脖子。将我们都背到河对岸，唐老师蹚过土黄的浪花，独自回家去了。

那是一个永恒的黄昏。

某天早上去读书，我拎着鞋走进洗羊塘河。没走几步就倒下去，就要摔下石崖的时候，我慌乱的手薅到了长向河面的一蓬青枝。那青枝有一个吓人却很文艺的名字——鬼吹箫。在没有桥的河流上，我是有幸活下来的人。在端午的一场雨水里，某个读二年级的学生娃被这条河没收。他的父母和奶奶顺着河流喊他的名字，喊了半年。在河岸的山脑包上有三座坟茔，那里面，埋着三个被河水夺去的生命。

唐老师去乡里找，去区里找，他希望在学生经过的河流上都建起一座桥，哪怕是用木杆子搭建的木吊桥。在那些苦楚的光阴里，唐老师和我们这些学生娃都不知道，世上有一种路叫高速铁路，还有一种路叫高速公路。以此，我们当然不会期盼有一天，沪昆高速铁路通向盘州，沪昆高速公路通至我们的家乡——乌蒙草原牛蓬梁子的大山下。我们的奢望仅仅是，在上学路上有一座小桥连接此岸与彼岸。

　　20世纪90年代初，我被单位派去江南某地学习。下火车后在路边的小店吃面。那店老板得知我来自贵州，说了一通贵州的不是。偏远、贫穷、落后，她听来的贵州无非这些。看着她又嫌弃又同情的样子，我心头生出一种疼痛来，欲哭无泪的疼痛。

　　大山有两种阻隔，空间的、认知的阻隔。山与山靠白云相连的贵州，壮阔美丽的贵州，多民族文化精彩纷呈的贵州，何时能突破空间的封锁？何时才亮得出去，被山外人真正了解？

　　二十年来，在贵州绵延不绝的大山上，硬生生地长出来两万多座桥。在世界第一高桥北盘江大桥合龙的当天晚上，生活在它565米高度之下的我和我的同事，将酒杯举过头顶，向大桥也向伟大的建设者致敬。被几杯酒加持，模糊的往事突然就清晰起来。我想起来因脚下无桥而被河流吞噬的生命，想起来我那被一条条野河为难的唐老师。一想起来，我心底就涌出酸楚。

　　现在，是建立在过去之上的。过去，是今天的基础和代价。

　　贵州的生命之路、致富之路，是桥撑起来的。现如今，从前做梦都不敢梦到的好日子，被贵州各族儿女给赶上。路拉近时间与空间的距离，也拉近心与心的距离。多彩贵州，被越来越多的人亲眼看见、深度了解和由衷喜欢。多彩贵州，被无数人当作了诗与远方。贵州各族儿女，当然也有自己的诗与远方。只要想抵达，我们的脚下，有的是路。

原载《文艺报》2023年3月8日

辑

三

仁者老田

王必胜

9月1日，著名的作家，资深的报人，恩师袁鹰先生，因病去世。他原名田钟洛，又名田复春，在单位大院和朋友中，大家都叫他老田。他生于1924年秋，是望百之寿，去年初秋看望他时还说百岁一定要祝寿的，没承想酷暑流火，9月头一天，他竟没能挺住，住院大半年后，永远离开了我们。

老田多年前一次摔倒卧床不起。三年前，他不能下地，我与同事罗雪村去看望，他仰卧在可升降式的床头，给我们写字，找书，聊天。他精神尚好，谈吐清楚。每每雪村为他素描，他风趣地说，这样子画不好的啊。床头柜上放着翻旧了的唐诗选和几本新书刊。之前，他虽不良于行，但偶尔下地与大家交谈。他的手札雅致，钢笔字和毛笔字都很有力道。一次，我忍不住求他写句留念的话，他文不加点，用粗笔写了李白的《渡荆门送别》的诗，说我是那块人，此诗的楚地乡愁，我最能理解。看他有点抖动的手，一气呵成地默写，多么不忍，多么荣幸。其实，我本已收藏他的多封信札，随手记在便笺或台历纸上，随意，温馨。这次，专请先生毛笔字，因年事高，行动有难，只好用签字笔，但是笔力仍劲道，有章法。他的随和，明慧，每每相见，都是很愉快和美好的，所以，每隔一段时间，我便约上雪村到袁府拜望。

他的家在普通单位小区，并不宽敞。客厅一角，有三两书柜和一张旧式两屉桌，形成一隅书斋，自谓"未了斋"，雅致隽永的斋名，由书法家黄苗子题写。书桌上老式玻璃板，压着原来报社老领导邓拓的著名诗作《留别〈人民日报〉诸同志》手迹，墙头挂有冰心的题词：海阔天空气象，风光月霁襟怀。东侧是夫人吴老师的生活照。局促的未了斋，明德惟馨，袁老晚年在此安度十数载，时有文章面世，也接待来访友人。

老田原籍江苏淮安，他自述，初中时从杭州逃难到上海，住在曹家渡一带弄堂里，1943年考入上海之江大学，后来受进步人士和革命志士精神感召，参加地下党工作。1947年毕业，先后在上海集英中学等学校任教，在联合晚报、新民报工作。20世纪50年代初从上海《解放日报》到人民日报社。他主持报纸副刊，任文艺部主任多年。人们印象中他是谦和的兄长，也是尊敬亲和的师长。无论单位同事，外面作者，年长年少，多以老田称之。一是当年不兴别扭的官名叫法，那样子显得俗气；二是他的慈祥和厚道，大哥大叔甚至大爷似的慈爱，你没法去生分地叫个官名来。

他创作凡七十多年，作品有四十多部，可谓著作等身。高中时，写有《师母》一文，是他最早的文字。取名袁鹰，见于上海孤岛时期的诗作，因为母亲姓袁，也渴望人生如鹰高飞，笔名沿用至今，成为响亮的文名。查资料，袁鹰散文，在当代文学史上留有专门的评述和分析。早年的中学课本收有他的《井冈翠竹》《小站》《渡口》《黄河的主人》等散文。

他的散文，写事记人，情怀幽幽，触景生发，内蕴深挚。早年作品，如20世纪五六十年代发表的上述名篇，具有浓烈的现实感，细密的生活细节，对社会历史人的激情思考。新时期开始，他正当盛年，创作了《十月长安街》《玉碎》《京华小品》等意蕴深沉的散文随笔。个人的创作，也与他主持的报纸副刊上的高扬思想解放大旗、思考社会人生相契合，特别是为受迫害的冤假错案申诉，为思想斗士讴歌，传诵一时。长篇散文《玉碎》，记叙了被"四人帮"污蔑为反党反社会主义的"三家村"主角的邓拓，一个忠贞于革命和党的事业，为革命文化做出重要贡献的人。散文《十月长安街》，描写天安门举国欢腾，庆祝粉碎"四人帮"胜利的历史时刻，抒发了"千秋青史人民创造"的豪迈情怀。这一时期，他以散文随笔加入了新时期文学的拨乱反正、激浊扬清的工作。人生风风雨雨，新闻工作几十年的历练，他"万千风云心底过，一支毛锥写纵横"。无论是长篇，还是短制，大处着眼，细部下笔，思想锐利，情感浓烈。晚年的作品，回忆人生，记录史实，描绘文坛过往，个人性的回忆见出新闻文化史，文字冲淡，平和，简约，深思。他回忆人生过往，出版了《袁鹰自述》。2006年出版的《风云侧记——我在人民日报副刊的岁月》，是一本有特色并引起较大反响的书。回首副刊岁月，悲欢交集，编辑往事，写来随意轻松，却意蕴沉实。有文化名家的过从，也披露一些文章发表经过。如电影《武训传》讨论、《红楼梦研究》批判及诸多新闻文化史上的重要事件。书中描绘与文化大家，如冰心、夏衍、胡乔木、周扬、邓拓、林淡秋、袁水拍、陈笑雨、赵朴初、赵丹等人的过从，写文字交谊，谈他们的文章，并附录了一些珍贵的信件、手稿、照片。曾经引起过麻烦的"编辑部故事"，老田一一写来，风云岁月留下深深印记，启迪后人。作为过来人，以对历史和文化负责的精神、一颗老新闻人的赤诚，八十高龄的作者遍查所有资料，完成了一部当代副刊史的扛鼎之作。

20世纪五六十年代，是老田写作的重要时期，他有散文《第一个火花》《风帆》、诗集《江湖集》等出版，同时，他的儿童文学有《丁丁游历北京城》，诗《篝火燃烧的时候》。少儿诗作涉及国际题材。1953年，他的《寄到汤姆斯河去的诗》，以美国和平战士不幸的事迹，讴歌了反战和平的爱国主义和国际主义主题，获得1949—1953年全国少儿文艺创作二等奖；1960年创作的《刘文学》，获得全国少儿文学一等奖。他的少儿诗作，敏锐隽永，音韵铿锵，是散文之外的重要收获。

他在文坛、报界几十年，曾任中国作家协会的书记处书记、主席团委员等职，为文、为人，谦谦君子，始终葆有清纯的童心，无论是写作还是生活，善心美意，持守不变。那年搬家，我们多次表示去帮忙，看他满屋的图书刊物，想打包装车多么难，可是，他却自己一本一摞地收拾。他每有文字成稿，八十多岁高龄，亲自到街头自费打印，即使是我们的报纸约稿，都找人录成电子版打好，又专门到邮局寄出。他住没有电梯的旧楼，一住三十多年，上下三楼是个大难题，可他泰然以对。

他的爱心善行，修身修为，是人们熟知的。"文革"前，他将八千元的稿费交了党费，这笔钱当时可以买一个小院。他回忆说，我们夫妇两人工资完全够生活，家庭负担并不重。那个时候这笔钱大体上相当于三年的工资。当时想得也很简单，交了也就交了，也没有什么，当时报社其他同志也有过，不像我这么多就是了。这之后，常是有了稿费他就交党费。

四十多年交往，我几乎没见他生气发火，也没见他与谁红过脸，批评过人，哪怕是部属、学生。工作上有了问题，他主动担责。有人说他宅心仁厚，有人说他老文人风范，也有人说他是老好人。总之，他是宽厚长者，他以一个老派文人、老共产党人的风范，像一股清流，诠释了善良和美好的真义。

　　9月1日，得知他仙逝，匆匆在朋友圈写上几句寄哀思：顷悉噩耗泣无声，半载沉疴不忍闻。音容慈怀德劭高，文采华章风骨存。一身清气百年寿，满心春温后辈情。"风云侧记"谁人续，"井冈翠竹"忆故人。

　　仁者老田。

　　呜呼，先生之风，山高水长！

原载《中国社会报》2023 年 9 月 18 日

秋水长天

陆春祥

我登滕王阁，脑间不断有一个纠缠：是滕王李元婴成就了王勃，还是王勃成就了滕王阁？滕王其实不用王勃成就，这位李渊最小的儿子，生得好，活得好，11岁就封王，他25岁造阁时，王勃才3岁，王勃去世后，他还活了8年。不过，确实是因为王勃的《滕王阁序》，我们今天才同时记住了李元婴。这个问题，或许就是蛋与鸡的悖论。这里，我想将滕王阁当作蛋，王勃的序当作鸡（你完全可以倒过来），比喻一下。

一

此蛋，滕王，一生纵情声色犬马，亦是文艺大家，工书画，妙音律，喜蝴蝶，选芳渚游，乘青雀舸，极亭榭歌舞之盛。比如，他画蝶，被尊为"滕派蝶画"之鼻祖。

滕王阁第五层的西厅东壁，有一幅大大的磨漆画《百蝶百花图》。画的上半部分背景为金黄色，百蝶以各种姿态在空中飞翔，下半部分则是各种花卉，整幅画蝶恋花，花粘蝶。李元婴常常在酒后，兴致所至挥毫作画，画中每一只飞翔的蝴蝶，似乎都挟带着他的理想。

公元649年，李世民去世，四年后，李元婴任洪州（南昌）都督，章江（赣江）边上就矗立起了这座高楼。滕王阁啊，我的阁！登临观赏的佳境，文人雅集的胜地，歌舞宴乐的殿堂。李元婴把酒临风，常常肆意地将空酒杯用力扔向江中，在他眼里，那就是一只自由飞翔的蝴蝶。

二

鸡来了，不雅，就将其称作"长鸣都尉"，或者"酉日将军"吧，这才配得上王勃，王才子。这位老王家的老三，6岁能文，9岁撰《指瑕》十卷，指摘颜师古《汉书》注文之失，16岁科考及第。王神童横扫唐初文坛，名列"初唐四杰"之首。

然而，上苍在文学上给了王勃神力，却不给他好运气。高宗李治想：你文才这么好，授个朝散郎吧，如此年轻，去给六子沛王李贤做文学指导老师吧！就从此时起，王勃开始被坏运气招惹。小王老师认为，沛王与英王斗鸡（与我上文鸡的比喻无关），自己有文才，给小王子写篇《斗鸡檄》助助威。小菜一碟，手到擒来。毕竟他还是少年呀，政治极度不成熟。不知道沛王有没有斗赢，反正，王勃惨了，文章是好文章，可经不住别样的解读呀。高宗知道后，大怒：歪才！歪才！二王斗鸡，王老师身为博士，不行谏净，反作檄文，还有意虚构，夸大事态，这不是激发兄弟间的矛盾吗？绝对的不合时宜，对少年王子的人生成长极不利，罢去官职，逐出王府！

一进滕王阁大厅，正面就是一幅汉白玉浮雕，《时风送滕王阁》，青年王勃昂首挺立于船头，四周浪涌波翻，他正借神力日趋七百里赶赴洪都。王勃能做出惊天地的妙文，各种神奇附会便接踵而来。这幅图的故事，来自明朝冯梦龙《醒世恒言》第40卷《马当神风送滕王阁》：阎伯屿为洪州都督，重修滕王阁，重阳节宴宾客于阁，欲夸其婿吴子章（一说孟学士）才，令宿构序。时王勃省父，乘船逆长江而上，船至马当山，突遇风浪，就地泊下。夜晚，水神托梦于王勃，我给你个成大名的机会吧，你去滕王阁写个序，会千古流传。滕王阁在洪州，此地离洪州虽有七百里，但我助你一帆风顺，即日可到彼地，正好赶上那个盛会。王勃之才惊鬼神，神都来助他，不出名都难。

这位"酉日将军"，再次一鸣惊人，他写序的一个多时辰，没必要再细叙。总之，王勃已经将公元675年这个重阳节，弄得天翻地覆。天地间有雄文诞生，这雄文，汪洋恣肆，极尽用典夸张比喻之修辞功能，为汉语留下了40多个成语，开始不服的阎都督及女婿最终心服口服。

不少唐人笔记虚构了另外一个神奇故事。王序的结尾是一首诗，诗有八句，最后两句为：阁中帝子今何在？槛外长江　自流。众人当时被序所惊倒，少了一字，也没注意，发现时，王勃已经离开。少了何字呢？有人说"水"，有人说"独"，皆觉太直、太白。都督急忙派人追上王勃，请求填补那个空白。王勃一脸诡谲地对使者两手一摊：一字千金。都督此时已经彻底被王勃折服，这流传后世的好文章不能缺字呀，应了他吧。等都督的人又追上王勃时，王勃却笑着说：何劳都督下问，我早已将字留在滕王阁了！对方一脸不解，王勃笑着解释：空者，空也。阁中帝子今何在？槛外长江空自流！众人恍然，这千金，值！

三

26岁的王勃英年早逝，多少人读序叹息。建阁30余年后，李元婴也离开了人世。其实，他们的离开，滕王阁的故事才真正开始。1300多年来，滕王阁历29次修缮，每一次修阁，都是一次历史的打捞，那些洋洋洒洒的诗文皆是明证。

唐元和十五年（820年），滕王阁又一次重修后，王仲舒致信韩愈请求作序。彼时，韩愈正从潮州调任袁州（宜春）刺史不久，这个邀请函迅速激起了他的文思。他虽没登过滕王阁，却一直仰慕王勃，少年时就知道这江南第一美景"瑰伟绝特"，于是欣然命笔，一气呵成《新修滕王阁记》。

除了韩愈，历代无数文人墨客，杜牧、欧阳修、曾巩、王安石、苏辙、朱熹、辛弃疾、文天祥，都为滕王阁留下了诗文。我看一面《滕王阁序》书法墙，整面墙由16块黄铜制作而成，这幅书法来源于陈继儒选编的苏轼《晚香堂苏帖》。我喜欢苏轼的小行楷，慢条斯理，从容不迫。我不清楚，他写这幅字的时间，十有八九是他人生的晚期，"时运不济，命途多舛"，王勃序中所表现出的牢骚，任何被贬官员都适用，何况他为官30年，被贬17次？我想象着苏轼书写时的情景，端坐，脑中风云激荡，侧握笔的姿势，扁平，稍肥，质朴，序文的字如一朵朵莲花次第盛开而来，这770多个字的书法，苏轼的再创作，是他与王勃高度的精神交流。

滕王阁第三层，中厅屏壁前，我驻足，看《临川梦》壁画。前几日我去北海涠洲岛，岛上有汤显祖雕像，再一次让我记起这位多次写过的老朋友。汤显祖因言辞触犯万历皇帝，被贬雷州半岛的徐闻县做了一年典史，而涠洲岛就在徐闻的对面。一年后，他被任命为浙江遂昌知县，一千五年，又因不满朝廷官员的所作所为愤而辞官在遂昌任上，他写作发表了《紫钗记》，还构思了《牡丹亭》。辞官一年后，万历二十七年（1599年）的重阳节，汤显祖的大戏《牡丹亭》在家乡的滕王阁隆重首演。看着壁画，那些线条，仿佛都变成了400多年前的热闹场景，隔空袭来。

四

夜幕初启，滕王阁宛如一只凌波西飞的巨大鲲鹏，忽地披下了七彩幕屏，大型情景剧《寻梦滕王阁》上演。梦中之阁，山河之阁，社稷之阁，风雨之阁，情爱之阁，心印之阁，盛世之阁，滕王阁1300多年的兴衰史，一一展现。

梁思成首先出现在舞台上。这位著名的古建学家，他在叙述自己的理想：伟大的文化瑰宝，不能一直埋没人世，他要将她重现。1942年5月，梁思成与助手莫宗江绘制成了《重建滕王阁计划草图》。然而，一直到了1985年，重建工程才真正奠基，1989年的重阳节，毁于1926年的滕王阁，再次以惊艳的姿态出现在世人的目光中。

我在滕王阁的顶层俯瞰。大江宽阔，有三两游船游弋，岸边高楼林立，西南水天相接处，南昌大桥依稀可见，东引瓯越，西控蛮荆，北辰高远，真是"压江"而"挹翠"，"襟江"而"带湖"，王勃的序依然切题切景。

仰头看瓦当，勾头为"滕阁秋风"，滴水是"落霞与孤鹜"，又觉沉沉的瓦当忽地轻盈起来，腾空而去，化为秋水长天里的落霞与孤鹜。

原载《解放日报》"朝花"副刊2023年10月20日

勐拉的栀子花

杨小波

勐拉的傍晚是迷人的。

当我们几位讲师团的老师走出学区校长家的竹楼时，夜幕渐渐罩在了这个宁静的傣家村寨上。竹楼前洁净的街面上，铺席散坐着一簇簇纳凉的傣家人，我们深深地呼吸着南国多种草木的气息，缓缓来到傣家朋友中间，仿佛无声地化入了这片土地，也享受起劳作一天后甜蜜的松弛、闲适来了。

我们刚在一群欢快的孩子旁边停下脚步，一位傣家大嫂就从竹楼中搬出竹凳，邀我们就座品茶。

"你们上学了吗?"

我们刚一提问，孩子们便都咯咯地笑了起来，有的捂着嘴害羞地低下头去；有的悄悄说声"二年级"，便又忍不住笑个不停。

"你们会唱歌吗?"

出乎预料，孩子们对这个问题的回答却大胆得多。好几位小姑娘异口同声地说："会的，我们会唱歌!"几乎同时，童声大合唱便从孩子们中突然迸发出来，响彻整个村寨。尽管我们不熟悉它的旋律、听不懂它的傣语歌词，但孩子们歌声那热情、那纯真、那甜美，任何人都会被深深打动。我们情不自禁地为她们热烈鼓掌喝彩。

一位披长发、穿筒裙的小姑娘站起身，把身旁的其他小姑娘拢在一边，用傣语悄声说了些什么，然后，她转身来到我们面前，优雅地鞠了一躬：

"下一个节目：舞蹈——《勐拉是个好地方》!"

随着孩子们的歌声，8个小姑娘分成两组，踏着轻柔的舞步从两侧款款而来，跳起了婀娜多姿的傣族舞。

"下一个节目：《我爱故乡的藤条河》!"……

"下一支歌：《我们在祖国的怀抱里》!"……

这场傣家院落的即兴歌舞晚会刚过几个节目，一个原在圈外凉席上打滚乘凉的婴孩，不声不响地爬了起来，挪动着稚拙的小脚，慢慢摸进人圈，站在表演者的前面。

在大家有节奏的歌声掌声中，奇迹出现了：这个刚会站立的婴孩，居然面对众人开始了表演！一双可爱的大眼睛若无其事地打量着周围，两只小手端在胸前，小脑袋和胖胖的身体随着音乐有节奏地摇摆起来、摇摆起来，直到一支长歌终了为止。当音乐又起时，孩子又准确地踩上步点，悠然自得地晃动起来、晃动起来……

好家伙，什么情况？我们都看呆了。当恍然大悟的人们哄然大笑、争抢着举抱这个婴孩时，孩子却被吓得"哇"地哭出了声来。

含笑的年轻母亲细声告诉我们，这是个女孩，刚出生13个月。我开始怀疑，傣家人是否未出世就早已附着了歌舞的神灵。艺术在他们根本不是学来的，他们本身就是罕见的艺术品。

晚会结束后，一大群热情欢快的孩子，一直坚持跟随着，把我们送回学区招待所。

第二天中午，我们参观考察完几所学校，准备登车离开勐拉时，发现面包车已经被团团包围了。

女孩子们得知我们要走的消息，都穿上了自己干净漂亮的筒裙，早早地等候在那里。我们刚走到近前，她们就呼啦一下，把藏在身后的礼物全都呈现在我们面前。望着那鲜美的杧果、菠萝、甘蔗和孩子们纯洁真诚的眼睛，我们几位北京来的客人都感动得说不出话来。

"长大后来北京找我们，好吗？"

"好的，我们会去的！"一位深眼窝的小姑娘认真地说。

车子即将开动的时候，昨晚报幕的小姑娘气喘吁吁地跑来了。她抱着一大把洁白的鲜花，满脸通红，明亮的眸子闪着光芒："老师，送……送你们的！这……这是栀子花。我刚用冷水泡过，这样会更香……"

车子开出学区大门时，我们发现孩子们都已爬上了前面路边枝繁叶茂的大树，绿叶丛中，她们纷纷探出头来，不断向车子招手：

"老师，再见!"

"再来勐拉玩!"

车子穿过一大片香蕉林后，孩子们从视野中消失了。她们的笑颜却永远深深刻入我的脑海，还有她们一长串的名字。

我翻开记录本，上面歪歪扭扭地写着："勐拉纳黄小学黄桂海、何凤、玉生、黎青、谢玉……"对了，还有那个 13 个月的婴孩。她的名字叫"谢丽"，是报幕的黄桂海替她写上的。

我合上本子，望着手中的这束栀子花：椭圆光泽的绿叶、鲜嫩洁白的花朵，以前从未见过，这回却认牢了。而且知道，是刚用冷水泡过的。

是呵，真是香极了，勐拉的这束栀子花!

……

这是我 1986 年参加第一批中央讲师团到云南支教时，记录下来的在红河金平的一段真实经历。一晃 37 年过去了。因为留下了名字，今年春天重访勐拉，除了"谢丽"早已随父母远迁，其他几个孩子——如今的孩子妈妈居然都找到了……

原载《云南政协报》2023 年 3 月 11 日

笔走红对联

张金凤

　　自家的酒酿，香气顶开坛罐的泥封，四处撩拨；院角的蜡梅花已经暗香狂涌，与酒香呼应；灶下，柴草毕剥燃烧，烈焰把蒸馍煮肉的香气推送出户，混杂在溜溜达达的北风里。腊月底真迷人啊！一年的劳碌奔波终于可以打烊，坐下来，泡一壶酽茶，在年根儿的驿站口，慢慢打量走过的和将来的日子。

　　他把茶壶向桌角推了推，从容地铺开大红的纸，按照内心的尺寸，用竹刀把红纸裁开。就像农田劳作时，触摸犁铧下肥沃的田地；就像荷锄暮归时，远远看见自己的柴门一样，他内心满含希冀和安恬。

　　他取了蜡梅花上的雪，雪的白抱紧了墨的黑，并成为黑的一部分，把砚台和墨块濡湿。再冷硬如铁的胸怀，也抵不住年的召唤和雪的温存，墨块在清澈雪水的滋润下，流淌出绵软的墨汁。他缓慢地研墨，思绪起起伏伏，砚台上的墨色越来越浓，比经年累月吐纳烟火的灶底灰还要黑，比无数个搅扰露珠好梦早起的黎明前的黑夜还要黑。

　　砚台坚硬，狼毫柔和，手腕轻挥，墨迹落在大红的门联纸上，在这红色山林里打开乾坤之门。多么神奇啊，最单调最沉闷的黑色，一旦落脚到红纸上，立即就有了神采，就是越过龙门的鲤鱼，点了双睛的飞龙。纸上墨花开放就是苦尽甘来，就是锦上添花，就是无尽的锣鼓点敲出的喜庆。

　　他写下"一元复始，万象更新"，脊梁直了些，呼吸畅了些。未来的路不管是坦途还是坎坷，总是充满希望，在对联纸上写下豪情和梦想，写下对生活的预期和坦诚接纳。曾经的风雨柴门，在一年年的对联更替中换成了大扇的铁门；当年的泥土院落，如今也停进了轿车。不管生活变得多么富足和快捷，每年手书对联是他虔诚的仪式，只有亲自写下和张贴了内心的渴望，这个年才过得火热而踏实。

握笔的手，曾经修长细嫩，那是刚从父亲手中接过笔墨的青春岁月。给父亲研墨了经年，老人终于放心让他书写自家的对联，撑起自家的门面。后来，这双手在劳动中变得粗糙坚硬，它们握紧铁器和木器的农具，用汗水去铸就生活的基础。如今，这双手中的老茧竟然逐渐蜕去，它们更多的是握紧各种播种和收割的仪器。也许孩子很难接过笔写对联了，也很难接过他的农具和土地，他们正在城市里打拼着自己想要的生活。一代人有一代人的梦想，他不强求，但是每年回家一起贴春联、过春节却是雷打不动的规矩。

写下的对联就像规划好的蓝图，一副副对联张贴在街门上、堂屋门上、房门上，似乎乾坤的秩序立即就安定下来，按照他所写下的一切在进展。他写下"金玉满堂"时，心里竟然是孩子的笑脸，他并不求大富大贵，只求健康平安、儿女长进，知书达理的孩子就是他的金和玉，是他最满意的收成。生活的举重若轻，岁月的万千感慨，人世的风雨沧桑，此刻只化作楷篆隶草中的笔走龙蛇，平仄起收中的一往无前。就像芒鞋丈量过的山路，镰刀检阅过的田亩，墨迹投射出一家人的心气。新年的气象在"红梅吐蕊"的汉字中展现，新年的希冀在"竹报平安"的对联上腾飞。起笔未必周全，收笔一定完美，上联是仄收，下联是平收，"仄"是希冀是拼搏，是春耕秋收；"平"是富足，是美满，是冬藏祥瑞，知足而乐。所有对联中，他最喜欢"窗前教女绣，灯下课儿书"，那是他幼年时父亲每年都张贴的一副对联，那对联里有父亲母亲的身影，有姐姐和自己的身影，是他最美好的回忆。后来，他像父亲那样教育自己的孩子，给他们温暖和光明。

日子就像一帧红纸，看起来光明通透，其实，每一笔都要见功力，对联的纸就像面前铺开的日子，都是充满希望的红色，唯有接受了墨、驾驭了墨，才能驾驭生活。家家有本难念的经，而日子的好差，就在于如何驾驭不光鲜的那一部分。他握紧软笔的手多少有点抖，犹如拿起千钧的生活，就像手握的日子，看起来阳光明媚，却需要用心耕耘。

终于迎来了贴对联的除夕日，那是把旧的一切清除的日子，人们都盼着新一年的光景跟这火红的对联一样红火。红对联是一场吉祥的风，吹遍每一户门庭。老人们表情庄严地站在门前，眯缝着眼端详，笑容里有安慰，有感恩，更有希冀。一副左右对称的火红对联，是他们一年来辛苦奔走的奖状，是乡村长冬里难得的锦华，是点响春天的那个爆竹。青年人从外乡千山万水地赶回家，接受年的洗礼，接受红对联的提点。幼时，他给父亲研墨，抻着对联纸，并将那初蒙的文字放在最神圣的心海。现在，他跟父亲念着吉祥的对联，诵着世间最美好的诗歌，隆重地给自己的家门，给自家的日子，穿上新衣。头发花白的母亲站在灶房门口，看着父子们在贴红对联，眼神安详而从容。她手上还握着饺子皮，围裙上粘着菜叶和碎草。她也许并没有认真辨认对联上的字，但是她最懂对联里的日子。

出门见喜，接祥纳福，衣服千件，绫罗满箱，六畜兴旺，囤满仓实，四季平安，家宅吉庆。这些小小福贴如红色的小鲤鱼，在庭院和居室里活泼地游动，各自找到了它们的安身之处。箱柜上、粮囤上、炕头上、瓦罐上、灶顶上、猪圈的栅栏门上、鸡舍的瓦瓣上、门前的树上，都开了吉祥的花朵，还有那么多小小的只有一个字的红帖，只写了个"有"字，"有"就是一切，就是富足。将它压在炕席底下，粘在板凳腿上，贴在屋顶储存地瓜的棚子上，用一撮土栽进萝卜白菜的地窖上，红光闪耀的屋里屋外，真的一切都有了。

北风将天空洒扫明净，喜鹊灵巧地从门前飞过，在一片祥瑞的红光中扇动着它们的翅膀，把瑞气和喜庆荡满了庭院、屋梁、树梢和整个天空，把愉悦与吉祥漾在了每一个人的脸上。笑语盈盈的小院落，幸福随着火红对联在长大。

原载《人民日报》"大地"副刊 2023 年 1 月 18 日

家乡的年味

余继聪

小城楚雄"过年的味道"至今依然很浓。

一进入腊月下旬，家乡的年味就很浓了。乡村里，就开始杀年猪，腌腊肉，装豆腐肠，家家户户屋檐下的架杆上吊满一串串豆腐肠。栽种山药的人家就开始挖掘山药，养鱼的人家就开始准备渔网，然后进城卖山药、土鸡和鱼。大人孩子都盼着过年，东西能卖个好价钱。无论平时有多难卖上好价钱，只要等到过年，这些东西都很好卖。过年了，大家都高兴，辛苦了一年，节俭了一年，买年货，大家都愿意慷慨奢侈一回，不太在乎价钱高低。卖年货的，也不再漫天要价。过年时，大家都忽然间和和气气、默契融洽了，相互客气尊重了，要价还价，都合理公平得很，显出过年的和谐吉祥、幸福美满。

等到腊月二十一、二日，在邻村沙溪村小学读书的孩子们也放寒假了，全都高高兴兴相约，挑着竹箩或者担水浇菜的桶，去邻村红土坡的山路边挖掘白泥巴，挑回来，搅和成白泥浆，把屋子里里外外的土墙细细粉刷一新，让家里充满新鲜泥土的芳香气息。

然后，孩子们还会再次相约，背上小花篮、小竹篮，或者挑起大人们平日里挑粮食和蔬菜的竹箩竹篮，上山采集新鲜的青松毛，以备过年时铺撒松毛席。一花篮饱满的碧绿鲜嫩的青松毛，就是一花篮饱满巨大的快乐，就是众多乡村孩子对新春新年的满满希冀。

过年时，铺撒开青松毛，就是铺撒开一户户农家的快乐，就是铺撒开一户户农家对新春新年的希望。

此时，家乡漫山遍野的山茶花就陆续盛开了，一朵朵红色的喜悦，一朵朵红色的春天，一朵朵红色的新鲜、浪漫和希望，就在山野里甜甜地笑，捉迷藏一样忽隐忽现，眨眼睛，摇头晃脑。去上学或者放学回家，我们往往会随手从山路边采摘几枝山茶花，赏玩一阵。过年前，我们上山采集青松毛，也会挑选最硕大浓密美丽的几枝山茶花，采摘下来，插在花篮松毛上面，背回家，装点农家瓦房小屋。简陋的农家小院，往往能够一下子温馨浪漫起来，诗意美丽起来，过年的味道，就很浓了。

家乡楚雄人过年，全都爱吃自家酿的甜白酒。大碗吃甜白酒，大块吃腊肉火腿，大块吃土鸡肉，快乐就与漫山遍野的山茶花一起盛开。因此，快过年时，家乡村村寨寨、家家户户就会开始准备酿甜白酒。用糯米饭拌酒曲盛装在陶罐，塞进青松毛堆里捂酿出来的甜白酒，就是一罐罐浓烈的香甜，一罐罐浓烈的过年的味道。甜白酒煮荷包蛋，煮汤圆，都很好吃。

过年时正好野橄榄成熟，经历隆冬寒露白霜的冻扎浸润，野橄榄变成了紫红色，家乡人叫它腊橄榄，也像家乡楚雄的腊肉一样醇厚深浓、腊香诱人。红红的腊橄榄，像一枚枚晶莹剔透的红玛瑙，十分可人。吃一枚腊橄榄，吃一碗甜白酒，沐浴一阵家乡温暖的阳光，多么惬意啊！

家乡的香橼，也是过年前成熟，金黄黄、圆溜溜，一个个硕大滚圆，挂满枝头，挂满乡间。香橼蘸着新鲜"冬蜂蜜"吃，温润鲜香、清甜滑爽，口感极佳。

家乡的冬蜂蜜，是本地土蜂"中蜂"所采，采自秋天、冬天时家乡盛开的一种香料小野花"野芭花"，因此这种蜜叫"野芭花蜜"。

野芭花，一穗穗，指头一般长、一般大的毛茸茸的花穗，清香浓烈，富含蜜汁。深秋隆冬里上山，家乡的每一座山上都洋溢着浓烈的野芭花香，花开得欢快热烈，蜂飞蝶舞的，甚是热闹。

家乡过年，溢满了新鲜泥土的味道、白泥巴的味道、青松毛的味道、山茶花的味道，都是充满希望的味道。

当然，过年时最少不了的是贴喜庆吉祥的春联，放欢快开心的炮仗。年年如此，家家户户如此。

无论是住什么样的房子，瓦房也好，砖房也好，平层也好，双拼、联排、别墅也好，陋室也好，豪宅也好，过年前，必定家家户户早早买好许多副漂亮的春联，准备好几封甚至几十封长长的炮仗、一捆捆礼花。吃年饭前，家里的男人们就负责贴对联，孩子们就放炮仗。噼里啪啦，炮仗声欢快传遍乡野，除旧岁迎新春，新的一年，新的起点，新的希望。满村庄、满乡间、满小城，都是红红的对联、红红的门神、红红的烟花炮仗皮，于是村村寨寨、家家户户门口透出节日喜庆的气氛。

一封封长长的炮仗，每一封两百响的、五百响的、一千头的、两千头的，甚至上万头的，像红红的、长长的欢快彩带一样挂在树上放，像长龙一样蜿蜒在路上放。一捆捆的礼花，大的、小的，大地雷、满天星，由着小孩子们高兴和性子放，把乡间、新农村的天空绽放成绚丽多彩的不夜天。

儿时，正值改革开放前，城乡人家皆贫穷，那时我们村过年贴春联还很艰难，炸炮仗更是奢侈。一般人家过年只舍得买一封一百响（一百头）的炮仗，勉强应应景，应应节气。买回家以后，必定要紧紧藏着，生怕小孩子们提前偷偷地一颗颗摘下来燃放，到了大年三十吃年夜饭前，才舍得拿出来燃放。但是，很多孩子禁不住好奇，禁不住燃放炮仗的快乐的诱惑，无论大人们收藏得多严实秘密，都会千方百计找到，每天偷偷摘下几颗来，拿到村路上或者上学路上燃放，跟其他孩子炫耀一番。等到炮仗只剩下了几十颗，稀稀拉拉、零零星星了，孩子们也就不敢再偷了。这样，等到过年的时候，大人们拿出炮仗来燃放时，一封一二百头的炮仗，往往都只剩下了寥寥的几十颗。

因为炮仗爆开的是喜庆吉祥、欢快开心，而那时的农家又大多买不起，我们小孩就盼望着早点过到冬季。冬季村里往往会有人家办喜事，就会燃放炮仗。我们小孩就可以趁着炮仗刚刚燃放完的一瞬间，冲进弥漫的硝烟和延迟爆炸的炮仗堆里抢夺"瞎炮仗"。那时候，就得要眼疾手快、判断准确了。有时候，一枚"瞎炮仗"抢夺到手，却突然在手里爆炸开，可怜孩子的小手，就要被炸得麻麻的了。那个年代，不要说我们孩子，许多成年男人也会趁着村里人家办喜事的机会，冲进弥漫的硝烟里抢夺"瞎炮仗"。

那时过年，乡间村里人家几乎家家户户都只舍得花钱买一副对联，贴在院外大门上，或者贴在堂屋门上，亮一亮门面而已。现在无论城乡人家，都是买许多对联，过年时见门就贴。

在老家村里过年，一到大年三十或者二十九的下午，母亲就会安排父亲、弟弟和我，去山地里挖山药，去鱼塘里捞鱼。然后，满怀着对新年的希冀、憧憬，齐齐整整贴上新对联。上联下联，左看右看，父亲、弟弟和我都很高兴，母亲在厨房里忙碌着做饭，也很快乐。

家乡人过年，都要铺撒青松毛席，吃年夜饭。盛饭菜的碗盏，直接摆放在碧绿清香的青松毛席上，全家人团团圆圆，席地而坐，在充满春天气息的鲜绿和松毛香里，温馨温暖、幸福快乐地吃年夜饭，看春晚。

原载《文艺报》2023 年 1 月 11 日

在乡间居住

徐　迅

在乡间居住，我每天照例醒得很早。这醒得早，不像以前那样被乡间晨际的鸟们吵醒，而是一种生命的习惯与自然。当然也有鸟鸣。除了鹧鸪远远悠长的啼咕，屋边那些叽叽喳喳或脆脆的鸟鸣声也很悦耳。但我吃惊地发现，听着这些鸟鸣，我却不知道它们的名字。如同现在回到老家看见村庄许多孩子，儿童相见不相识，我叫不出来他们的名字一样。

在乡间居住，早上起来我会去母亲的房间请一声安。记得祖母在世时，我若在家，也会在早上走进祖母的房间问候一声。但那时年轻贪睡，更多的时候还是祖母颠着小脚，走进我的房间喊我起床。直到现在，妻子还在笑话我，说我爱睡懒觉，但只要祖母早上一喊我，我就乖乖地爬起来吃早饭……祖母逝世已经多年，这回我居住在乡间，是因为我的母亲摔伤，在医院做了一个手术。尽管治疗一段时间，她也出了医院，但她还不能完全起床下地。弟弟告诉我，母亲这次摔伤，完全是在一个平地上。母亲摔了一跤就变成了这样，不仅表明母亲实实在在地老了，更表明生命的一种脆弱。

母亲年轻的时候，承担着一大家的家务活。生活让她拼命地劳作，她很少有这样卧床休息的时间。但母亲终于走到她人生的暮年。这次母亲摔倒时，我在外地，母亲住院手术时，妻子赶了回去，妹妹赶了回去，轮流陪伴着母亲。作为儿子，我当然应该陪伴自己的母亲——我自年轻时外出求生，后来把家安顿在了异乡，离母亲越来越远。我陪母亲实际上更像一种仪式，一种心灵的仪式。我无法给母亲改变什么，不能让母亲轻松，不能还原母亲原有的美丽和年轻。我陪母亲就是陪伴生我养我且伟大的生命。

这回我在乡间居住，也不全是陪伴母亲。其中还有祭奠我的两位亲人——我的二叔和一位婶娘的意思。两位亲人都在去年那个腊月相继离世。其时二叔86岁，小婶71岁，一个年迈，一个患病。在我们这一大家子里，这两位亲人都真切地存在过。他们养育了自己的儿女，也给予过我温暖和爱。二叔生前曾在县棉织厂食堂工作几年，我第一次进入县城，了解城市的生活就是因为二叔。我住在二叔的宿舍里，在县戏院看完一场戏回来，我看到县棉织厂灯火通明，织机声声。深夜，二叔将他亲手蒸的馒头递给了我。在那个饥饿的年代，那白白的馒头给一个少年留下了永远幸福的记忆。这是在二叔生前我没有对他说过的。

　　相对于二叔，我的婶娘略显年轻。但年轻的婶娘是这个家族下辈们喜欢的长辈。她豁达、开朗，关注着家族的每一个人。记得那年我在异乡生病，我没有告诉母亲，但她闻讯后和小叔不远千里赶到北京看我。她关心我，也关心我的孩子和我的母亲。然而，她不幸被病魔盯上，没有逃脱那个腊月……两位亲人相继辞世，表明了生命的无常。面对无常的生命，我们一直软弱无奈。我这次回到乡间，正赶上了他们的忌日，按照乡间的风俗，我们得跪拜磕头，表达活着的生命对逝去生命的一种哀思。

　　我在乡间居住，当然也会被朋友们喊着外出。看看风景或者吃饭什么的。一个异乡人，尤其在一些朋友眼里看着还算是顺眼的人，有时还被朋友当作本地一条新闻来传播。在自媒体发达的时间，稍有一点动静，都会被朋友们贴上朋友圈。对于这些，有些人可能会觉得理所当然，甚至会深感成功与自豪。但我不会。真的不会。我不但没有成功感，反而还感到一些惶恐。因为我从来就不认为自己有什么成功。我为家乡的贡献很少，我为人类所做的几乎是零，甚至是个负数。我只是一个年轻时拼命奔向异乡，到老了又拼命地想回故乡的人。树高千丈，叶落归根，我很不幸重蹈覆辙，和我的前辈一样，也走进了人生的宿命。外面的世界很热闹。在热闹中回到乡间居住，我更像一个在外面弄得遍体鳞伤，回到乡村暗自舔着自己伤口的哺乳动物。我应该感谢我的乡村。

　　终于说到乡村了。说到乡村，我发觉人生大多是在画一个圆圈，早年我要离开的乡村——也即现在乡村的孩子正拼命离开的地方，竟然是我无限留恋，却又无法深刻理解的故土。在这片故土上，曾经生活过我的父亲、我的祖父……一代又一代。我的祖辈们在这块土地上生活与生存，或许有过迁徙，也有过逃离，但他们进入历史和某种永恒之后，他们身后的山、池塘、河流、村庄……乡村一切的一切大多保持原貌。他们陌生、熟悉，再陌生、再熟悉的乡村，留给他们的只有一个活着的背景。我和他们一样。我们谁也没有探究出土地和乡村的秘密。就是门口的一条河，一棵树，如果没有特殊情况，它们也依然这样生长。天性比人的寿命悠长。有鸟儿飞过天空，有鸟儿栖息村庄，乡间总有鸟鸣……乡村有许多的秘密，或许什么也没有。我们对鸟儿的不认识，就表明我们认识的东西其实很少很少。我们认识自然的能力非常非常有限。对山川河流的无力改变，只能表明自然的强大……看到或认真地想到这些，我就真切地发现，人是多么渺小和无知。我是多么渺小和无知。

原载《中国社会报》2023 年 5 月 10 日

日照有大树

向　迅

　　一连好几天，他都梦见了同一株树。一株需要数人合抱的大树，像泰山一样稳稳地压在地平线上，叫人想起人类祖父的形象。但即便是梦中，他也清楚，那不是一株真实的树，而是抽象的树、艺术化的树，虬曲苍劲的树干上布满大江大河一样的沟壑，葳蕤的枝叶间缀满金灿灿的星星。

　　醒来，他以为是日有所读，夜有所梦。那时，他正在研读一位前辈非驴非马的文章，而这位前辈恰好写到了两株大树：巴黎银匠纪尧姆·布谢制造的银树，项圣谟《大树风号图》中的大树。但某一个瞬间，一幅画像一尾闪烁着银光的鱼，倏然跃出脑海。他猛拍大腿：我是实实在在见过这株大树的。

　　去岁盛夏，为了寻找刘勰的踪迹，他从南京一路北上，到了山东日照境内。《梁书·刘勰传》里说，刘勰是"东莞莒人"。此东莞非彼东莞，建安初，北魏设置东莞郡，治于今山东莒县。不承想，最先与他打照面，并给他留下深刻印象的，便是那株与人类的祖父形象颇为神似的大树。

　　那是在莒州博物馆。他甫一迈进博物馆的大门，便被一幅巨大的紫铜浮雕壁画给镇住，吸引住了。尤其是那一株大树。艺术家把它放在了壁画中最关键的位置——整幅画的根部或者说主干部分。从他站着的角度望过去，好像整幅壁画的重心都落在了这株大树上，也好像整幅壁画都是从这株大树上生长出来的。不可想象，如果没有这株大树，这幅壁画还能不能撑起来。

　　那是一株根系庞杂错综、羽盖葳蕤如云的大树。圆形果实像宝石一样，镶嵌于扇形叶子间。用不着多加揣测，只看了一眼，他就知道，那是一株银杏树。

这时间上的先后顺序，更像某种隐喻。因在那幅壁画上，银杏树的树冠尚能拂及的右侧，是一间石室的截面，上书"校经楼"三字。楼里，一个高束发冠、面目沉静、手持狼毫的学者，正昂然坐于案前。那便是刘勰。

更没想到的是，莒州博物馆里设有"刘勰纪念馆"，而刘勰就端坐在纪念馆的入口处。是的，刘勰衣冠整洁地端坐在那儿，左手握卷，右手持笔，正沉思书写着什么，眉宇间是一股沉毅笃定之气。

他站定在纪念馆门口，盯着刘勰的胡子看，思想却在跑马。

在他眼里，能够写出《文心雕龙》这等巨著的人，应该是一个神一般的男子。实际上呢? 刘勰幼年丧父，家世寒微，继之又遭母丧，不得已投靠钟山定林寺，"依沙门僧祐"，终生未娶；待潜心完成《文心雕龙》，却"未为时流所称"，不得已假扮书商，拦住文坛领袖沈约的座驾，毛遂自荐。好在沈约识货，不然此番递"投名状"，也是枉费工夫。由于沈约"大重之"，《文心雕龙》的命运自此改变，刘勰也得以离寺出仕。而这一年，刘勰已经37岁了。此后，刘勰虽然也出任过东宫通事舍人、步兵校尉等职，但最后又奉敕入定林寺撰经。作为一个怀抱"纬军国""任栋梁"鸿鹄之志的人，刘勰的政治抱负未能实现。

这是难以言述的一生。在某种意义上，《文心雕龙》就像是刘勰抱在怀里的一块敲门砖，仕途之门被敲开了，且有了一番作为，最终却又奉敕回到原点。这是刘勰不得不面对的命运。但深有意味的是，我们最终记住刘勰，不是他曾被帝王家器重，也不是他任县令时留下的"清绩"，而是他得以进入仕途的那块敲门砖——《文心雕龙》。这种戏剧性，在中国古代大多数知识分子身上都有体现。

可他想，刘勰也的确堪称神一般的男子。刘勰在37岁就已完成《文心雕龙》这本文学批评巨著的写作，这让同时代的人和后世学者都难以望其项背。要知道，刘勰写《文心雕龙》时，唯《毛诗序》《典论》等极少的学术著作具有参考价值，而且他也不曾攻读一个中国古代文学博士学位。可无论是在体例上，还是写作方法上，这本"首揭文体之尊"的文学批评著作，都具有开创之功。更重要的是，刘勰在这本著作里创建了一套严密的文艺理论体系，对后世影响深远。

在中国文学史上，《文心雕龙》是当之无愧的一株大树，第一等的大树。任你前边后边左边右边的树怎么疯长，都不可能压住它的光芒。他这么想的时候，日照的朋友正指着墙壁上的一张照片，对他们说："我们现在就去看这株银杏。"没错，照片上是一株巨大的银杏。金片似的叶子，在灯光的照耀下熠熠生辉。

这株银杏生长在城西二十里处的浮来山，生长在定林寺的院子里。而"校经楼"，便在定林寺。不用说，它便是那株在壁画中起支撑作用的银杏的原型了。

果真是一株大树。尚未踏进定林寺的山门，他就看见了那株大树。满树绿色的云朵，那是它铺天盖地的枝叶。如果不知情，难免以为那是一窝繁茂的树丛。他其实是见过不少大树的，在岳麓书院的庭院里，在正定寺的院子里，在哀牢山中，在大渡河边，但他从未见过这么大的银杏树。

不愧是天下第一银杏。浓密的树荫里立着几块石碑，其中一块题刻着清代顺治年间莒州太守陈全国的诗文。太守这样介绍："浮来山银杏树一株，相传鲁公莒子会盟处，盖至今三千余年。树叶扶苏，繁荫数亩，自干至枝并无枯朽，可为奇观。"太守合理地推断了银杏树的年龄，也提到了它作为历史见证者的身份。

"九月辛卯公及莒人盟于浮来"，是春秋时的一件大事。鲁莒会盟之后，两国及周边国家一直维持着相对稳定的关系，莒国的地位也得到显著提升。正因为如此，邻国的贵族乃至国君，往往把莒国当成理想的避难之所。小白、谭子、庆父等春秋时期不可等闲视之的历史人物，就曾先后从自己的国家出奔莒国。

这是一株见证过漫长历史的大树。历史的风雨，自其枝叶间哗哗落下，而它仍旧我自岿然不动。看着眼前的这株大树，看着挂在大树枝头的累累果实，他不禁想到那位前辈在文章里描写项圣谟的大树的那段话："那是劫火之后依然矗立的、再无可疑之后的大树。天地茫茫，唯这树在、人在。你说不清那是什么，但是你知道，那必是最后的信、是天地之大信。"

是的，这株大树，也是最后的信，是天地之大信。这样的大树，叫人见贤思齐，叫人想起齐鲁之地的孔子，想起历史上那些泽被后世的文化巨人。

绕过这株大信之树，来到定林寺中院，沿着藤蔓如虬龙般朴拙粗大而又茂密葱茏的紫藤花架往前走，抬头便看到了"校经楼"，一幢高为两层的明清砖石建筑。据说这是刘勰晚年遁迹校经藏书之处。"校经楼"三字为郭沫若先生1962年为纪念《文心雕龙》成书1460年题写。或许也正因为如此，定林寺的山门上才挂着一块"刘勰故居"的牌子。但他对故居之说心存疑惑。

根据《梁书·刘勰传》记载，刘勰奉敕再入定林寺撰经十余年后，"未期而卒"。此定林寺一定是位于南京钟山的定林寺。刘勰是何时跑到浮来山的？他记得，他在刘勰纪念馆见过这样一段介绍文字："晚年在山东莒县浮来山创建（北）定林寺"。而北定林寺，始建于东晋，何来刘勰创建之说？

这真是一桩难以裁决的历史公案。他想。不管怎样，这都可以见到莒人对刘勰的深厚感情。这大约也是半个世纪前，郭沫若先生答应为这幢建筑题写"校经楼"匾额的原因。

校经楼前的院子里植有一株柏树，还有几株枝干虬曲如龙头的国槐，左侧的围墙上架着一瀑开得正紧的凌霄花。站定在楼前，不需要抬头，就可以看到那株大信般的银杏。它繁茂的枝叶，就像那幅壁画所呈现的一样，拂及校经楼、大半个定林寺乃至齐鲁之地。这里真是一个适合藏书与读书的地方。

离开前，他注意到身穿蓝格子衬衣的散文名家夏立君先生，长久地伫立于校经楼前沉思。望着夏先生清瘦的背影，他没敢上前打扰。这位在《时间的压力》一书中，与屈原、李斯、司马迁、曹操、陶渊明、李白等诸多古人推心置腹的日照作家，估计正隔着一千多年的时空，与他的乡贤刘勰对话吧。

或许每个作家的心里，都立着一株参天大树。这株大树，可能是一位像刘勰这样胸藏名山的前辈作家，也可能是一部像《文心雕龙》这样世代流传的著作。

这么想的时候，他相信了刘勰晚年确实是来过此地的。

原载《文艺报》2023年2月3日

太和村茶事

陈兆平

太和村在哪里？川南泸州纳溪区。

古时纳溪，是巴蜀乃至中原往来西南夷的主要交通孔道之一。《永乐大典·泸州志》载："古之有溪，上控永宁界首，下注泸江，昔诸葛武侯平定云南，蛮夷纳贡而出此溪，因名纳溪，又曰云溪。"

去过纳溪的人都知道，当地平坝、丘陵、低山兼有，放眼望去，不高的山冈连绵起伏，春天一到，次第开放的野花在悬崖上、田边、草丛和密林中摇曳生姿，散发出独特的香气。这里还有很多的茶园，无论是站在山坡还是山头上，都能看见青青的茶树。

多年前，巡线工代金云第一次去太和村，就到了三合山。三合山是太和村一座高高的山峰。站在三合山上，太和村尽收眼底。正对着三合山的是一大片茂盛的竹林，楠竹、黄竹、西凤竹郁郁葱葱，绿染十里。每次来到三合山，老代看见绿绿的竹林，心里都美滋滋的。

2010年开始，两条特高压线路先后经过太和村，老代再来三合山，心情就没那么好了——川南多雨水，竹子和草木疯长，给线路防山火工作带来极大挑战。几年前，太和村发生过三次山火，因为被迅速扑灭才没对输电线路运行造成影响。

常年翻山越岭的老代，在巡线路上见过许多茶园。5年前的一天，他突然想到：为什么不可以将输电线路下高耸的竹林改造成茶园呢？这样既解决了树障问题，又能给村民增加收入，不是一个两全其美的办法吗？

纳溪多茶，有悠久的种茶历史。唐代陆羽所著《茶经》中有"纳溪梅岭产茶"的记载。纳溪大渡口镇象鼻村清溪河的晒鱼滩石壁上有北宋著名诗人、书法家黄庭坚的手书石刻"二月茶"，距今已近千年。

他找到太和村党支部书记李光亮，说出了在特高压线路保护区内改种茶树的想法。其实，太和村的土壤多为红壤，适合种茶，20世纪70年代，三合山上也种过茶，还办了一个茶厂，后来茶厂停办，栽下竹林。为了发展集体经济，村里还曾找上级要了一个低产林改造项目，希望能重新栽种茶树，可"公说公有理婆说婆有理"，村民没达成共识，此事便搁置了下来。

在输电线路下面种茶，李光亮也觉得这是个好主意，那找谁来投资茶园呢？他想到了村里的养猪大户罗伟强。养猪场离特高压输电线路不远，每年出栏4000头猪，粪水还可以浇灌茶园。罗伟强一听，看中了种茶的收益，答应投资建设千亩白茶生态园。

于是，太和村村委会召集村民开会，说了在竹林改种茶树的计划，并给村民算了一笔账：茶苗种下后一般3年后开始有收益，5年至8年进入丰产期，稳产收获期可达50年以上。没想到，这一次村民们全都投了赞成票。

太和村一共412户人家，有120户参与了特高压输电线路下面的茶园种植，品种有龙井43号、乌龙早、安吉白茶以及黄金芽。如今，这个茶园已经进入丰产期，每亩可以采春茶20斤，夏茶加秋茶有300斤，能卖25000元左右。

今年采茶时节，我跟着老代去过一趟太和村。和煦阳光下，白茶树漫山遍野。茶园里，村民正忙着采茶。"土地流转建成茶园后，每到采茶季节，我们都可以到茶园务工。加上土地流转费用，收入多了不少。"60岁的李子英一年中有四五个月时间在茶园打工，很满意现在的收入。65岁的杜泽均平日里种种庄稼、卖卖蔬菜，每到采茶季节就到茶园务工，说到土地流转，他的话就多了起来，"村里自从有了茶园，一户采茶最多可收入6000元，租金最多的两户人家平均有5000多元，大家实实在在感受到了实惠"。

已退休的李光亮请我们去喝茶。饮过两杯白茶，树影被阳光渐渐拉长。茶水安安静静，周围的青山也安安静静，几只白色的鸟翩翩飞舞，逍遥地飞向远方的浅丘，像从古人的画轴里遨游而来，自空中俯视人间，又像从古人的辞章里穿越回来，悠游四野。

茶水里有往事。李光亮和老代说起当年谋划茶园一事，尽管有些波折，好在最终促成了这桩好事。临别时，只见茶园里人影绰绰，风掠过茶园外的树林，树影晃动，待到树影定格，一切又归于平静。

原载《经济日报》副刊 2023 年 7 月 29 日

耳朵里的风暴

绿 窗

跑跟前猛地震一下，他打个激灵，揉揉水渍渍的眼睛，讪讪说："我这耳朵越来越沉了。"沉是个有意思的词。婶子爱串门儿，坐我家樱桃树下就动不了窝，我妈叫她"屁股沉"。大叔喝多了倒地拽不起来，姑姑怒道："这死嘟噜烂沉的。"大瓷缸腌酸菜垒到冒尖，压上大青石，一夜沉下去了，实打实的沉。

耳朵怎么沉？这里是个虚词。好比耳道是拐弯的深井，满满登登的水，细微响声也波动不已，世界青翠欲滴。可尽头一旦裂缝了，小水滴渗漏，声音随之一点点沉了。老人器官衰退，才易耳沉，烦恼的是我年纪还轻，却也耳沉严重了。

我自小听力弱，父亲说罪魁祸首怕是链霉素。我患了肺结核，只有链霉素能克，不然我十二岁就与世长辞了。我喜爱的医生作家契诃夫就死于肺结核，"樱桃花开了，但花园里还有点冷，是春天早晨的寒意"，死前一年他还写了剧本《樱桃园》，我闻到一声声咳里，樱桃枝颤颤甩出那股子不甘的寒意，背后冷飕飕。我很幸运，链霉素早已问世，且从西方来到我的村镇，恰好我父亲是赤脚医生，早早确诊我的病情。

我妈说我是冻病的。家里人口多，大点女孩就出去找宿，姐姐和奶奶做伴，我找女孩的家。一群小姑娘在河边大月下唱歌，兴尽归家，二娘早铺好了炕，盖她家被子，搂她家姐姐淘腾点悄悄话。冬天两人扯一条被子盖不严，后背常有一道缝，冷气一夜夜潜进身体，吹我成慢支。那些衣不蔽体的孩童拖着大鼻涕泡呛着风跑屁事没有，而我偏瘦免疫力差，没能及时祛风散寒，结核杆菌就见缝插针了。

我却以为是林黛玉诱导的。看越剧《红楼梦》电影，王文娟弱柳扶风呢哝葬花的样子实在刻骨，我在课本空白处画下诸多林妹妹，莺莺燕燕窗下，对着千竿竹一面咳血一面苦吟"碾冰为土玉为盆"，那三分白的魂魄穿过时空，感染到我了。

都以为肺结核无治，我不怕，我爸是医生。有个头疼脑热食欲不振，拿过手来撸一撸，三棱针快刺十宣穴，一针一挤血珠，撑开十指如梅花，一会儿工夫来神了。那日父亲镇上回来，单只给我买了一个油酥烧饼，他从来都是给弟弟买，我受宠若惊，掰开几半分出去了。隆冬又给我买一条长围巾，火焰红，全村唯一，我围上照镜子，好艳，辛弃疾"点火樱桃"是也。

我的病成了村庄热议，同学老师也都热情起来，"好生养着，想吃啥多吃点"。亏我心思不透灵，还觉美。初冬全校去深山捡柴，偌大的校园就我一个慢慢踱步，空荡荡好不难受，忽听前排办公室隐隐有二胡声，顿弓森森，浪弓细细。

我那时耳朵实在好，浮溜溜荡着感知细胞，那些丝微的颤音、最轻巧的揉弦，都拐弯抹角一个音符不落地传给了我。我蹭近些，是男音乐教师独坐台阶上，落日涂抹他一脸悲戚的水纹，山川万里都在一抽一拉中，我不甚懂，睫毛却漫上泪珠。

是《二泉映月》。一个盲人遗世独立的倾诉，那是耳朵里的远近泉声，耳朵里的月光风暴。

我怀疑今后再难感受到这么细腻的乐音了。我的病发作厉害。夜间盗汗，突然被褥精湿呱嗒了。三四点钟倚着炕梢被垛假寐，两个脸蛋儿渐渐蹿上火苗。只要咳上第一口，就会连续咳下去，憋得抻脖子踢腿的，就怕有人看着有人捶背。这都是干扰，都别理我，我自会寻个空隙夺出一口气来，再努力地咳，几通咳后，嗓门有碎玻璃渣刺着，夕阳火一样烤炙。

一天一片雷米封外，主打链霉素。父亲知道需要打多长时间，两个臀位针眼密而有序，不乱扎，深浅合宜，推水快慢适度，不至于积滞水肿出现硬核。我的屁股始终光滑柔软，但天天挨扎，书包一走一贴屁股，还是会疼，提醒我是个病人，也提醒我，听力在损坏的路上。

三个月后透视，肺部钙化，我早已是健康的女生，在樱花树下念书了。同时链霉素对我耳蜗神经的损害也出现了，我被冠以"耳沉"之名。链霉素自然承担了骂名，但罪魁不应该是肺结核，祸首不应该是冬夜闯入身体的冷风吗？

可幸我耳沉似乎不那么严重，春天的鸟鸣，夏日蝗虫振翅飒飒的微响，初秋向晚的虫声，冬雪压枝咯咯的动摇我都听得真。耳蜗神经的伤害止于初级阶段，而且保持了很多年，我早忘了链霉素，忘了天长日久的磨损不可修补。

我一边缝着樱花桌布，一边用手机听《红楼梦》宝黛间那点天真烂漫事，音量杠杠的，隔一年调到最大音量却仍觉得十分小。我认定听筒坏了，换了手机音还是低，我抱怨质量不行。开抽油烟机做饭，轰轰声低下几度，以为机器坏了要换。人与我说话见我不理，说我傲娇，我归结为太专注于某事。直到我挪跟前去仍不知说啥，我才意识到，耳朵出问题了。

我决定查一下，看能否拯救我的听觉。我坐在密闭的小屋里，戴了测定仪，检测不同频率下听力损伤程度，医生在门外操控着。初时耳朵里一片死寂的沙滩，忽而冒出春笋尖尖，渐探出枝头，窸窸窣窣，唧唧飞虫，又花繁叶茂鸟鸣喧喧，耳朵有强烈刺痛感。

是耳道变形了，因长期感受不到弱音，感知功能始终不被触发，相关结构自动退化了。多年的侵伤，终于在更年期前累积成了风暴，带着团团混音跌下深涧，听力呈现断崖式下降。无药可打捞声音，损伤不可逆转，还会继续，耳道终会成为一口枯井，布满蒿草石头的废墟。

春寒里的樱桃花气无辜地拱我的耳朵，摆荡着肺结核的苦、契诃夫的痛与链霉素的大刀阔斧。契诃夫沉寂了，他的文字仍在聆听世界，和小小的我的沮丧。多少美妙的声音集体打包溜走，不再重返，我失去的何止半个自然界。夜深时，我尝试倾听体内的声音：以拇指按压耳孔，同时握紧拳头倾听肌肉奋力做功的轰鸣。它们还在，还很有力，顽强抗衡着身体的枯萎。

我想依赖助听器，世界将完整归还给我。但远远不会，它只是微型放大器，得先感应到声音才可放大。出去吃酒，我刻意调大音量，但左右与我私语，仍然听不清，只得尴尬应一声埋头干饭，而在嘈杂的会场又啸叫到污染程度，我被整蒙了。

我悲伤地看到，我拯救不了耳朵，其实也拯救不了灵魂，假如我还能锲而不舍，只能说我天性如此，不能打倒，就去承受。我先生不客气地给我取了个外号："小聋女"。我近视，他依据"半瞎"给我取名"半夏"，蛮好。小聋女让我联想到李若彤，也妙，我不介意耳道成为古墓，一对碧玉般的人静静祭奠我失落的花园。

耳朵蔫了，人也蔫了。我本是多么生机勃勃的人哪。索性不出去，大隐隐于市，就散漫书圈里，书里有全部的宇宙。噪声听得多束缚也多，听得少就不分心，少说话少惹是非，是另一种自由与放纵。

住乡下，我姑娘说："我姥家晚上屋里屋外嘎嘎呀呀，各种声响，害怕得睡不着。"概因老房子角落躲东西多，又守着后梁，夜晚猫头鹰叫虫子叫，耗子叫野猫叫，还有莫名的喊喊喳喳异响。我听不清就觉得"山虚水深，万籁萧萧"。真的万籁俱寂是没有的，自然的音响异常丰富。母亲呼噜声重，忽地睁开眼说："下雨了。"哪怕梦中，微尘落地也逃不过她的抓捕神经。我侧棱耳朵听，只闻到了雨气扑上菜地、窗棂，郁郁地裹挟了我。

听力弱而致嗅觉灵敏吗？声音转个弯就找不见，可是拐几个屋角窗户透的一丝风，就像蛇一样爬过来咬住我的脚趾。我开始打喷嚏，身体纸糊面捏的，愈加敏感。

转念想，即使耳聪，想不听的声音就听不见，不该听的事也假装听不见。刻意耳沉是一种保护。老人摔倒哀叫，满大街的耳朵都在挣扎，理所当然地怯懦，缩回伸出的手。当世界需要你做出应激时，它自己就放大了分贝，不断冲击耳膜，以刚烈的姿态触动心灵。

生命自己惯会左冲右突，起伏是生命的动态。你在低处凝视，一种力量早在暗处滋涌了。宽阔的一生中没有谁能忍住不凋谢，你以为是一个人的征战史，实际你仍在众生之间。我在说服自己。西汉杨恽酒后耳热，抚缶而歌："田彼南山，芜秽不治。种一顷豆，落而为萁。人生行乐耳，须富贵何时？"奋袖低昂，顿足起舞，快意，其实简单。

残存的听力犹如被砍伐的《樱桃园》，我不能静等它荒芜。要好好听一场京剧去。京城来了最好的剧院最佳的班底，演出最爱的剧目《龙凤呈祥》，我买最好的座位，一个人端端正正看戏。从前在镇上河滩搭的石头戏台，闹哄哄人往来去，坐硬石头上看也兴味盎然，现在最阔绰的舞台，新鲜的蟒袍玉带、凤冠霞帔，声音略显遥远，仍听得板板眼眼，字正腔圆，悲欣交集。

音乐诚不欺人，新年音乐会，维也纳来的乐团，乐声波光激滟，波涛

118

汹涌，从四面八方扫荡了耳道，野草顽石尽除。雨后竹林摇曳聆风，溪流攀上井台，江河灌溉大地，我被汩汩滔滔的芬芳沁养，耳神恁般青翠。少不了要说贝多芬，耳全聋了，月光还亮，春天葱绿，天空仍是他的，生命力破壳倾泻，《命运交响曲》孕育的激情与抗争，长鸣在人类命运崎岖的路上。

我在囤积自然的声音。蜂蝶扰扰攘攘，樱桃树又蹿新枝，蛞蝓爬过苍耳叶；我要去壶口瀑布让天上奔来的咆哮震上几个时辰，去巫山十二峰浪他几番朝朝暮暮云雨的吟唱。我的忧伤透着光亮，即便有一天失去最后的鸟鸣，也不恐慌，我的耳朵里藏着往昔，藏着星辰与压缩的风暴。

原载《散文》2023 年第 7 期

蒋昌耀的柴垛

温新阶

蒋昌耀的柴垛是我见过的最整齐美观的柴垛，顺着墙码放，边沿整齐的程度绝对可以铅锤吊线，一垛柴，就是一堵墙，一堵木头的墙。

乐园村，几乎家家户户都有几垛劈柴。因为家家户户都有烤火炉，金属的炉身，玻璃的面子，还有转盘，绘着红色彩画，好看，实用。

从深秋到第二年晚春，无论走进谁家的火塘，暖意融融，木柴在炉子里呼呼燃烧。炉子上坐着一把水壶，壶嘴喘着粗气。来人了，洗杯子，泡茶，一壶开水，方便称手。更方便的是吃饭，水壶换成火锅，炒菜摆在火锅周围，保温。炒菜外围，一圈饭碗，亮眼的白瓷，点几枝红花，看一眼顿生食欲。缺点是酒杯容易变热，热酒，有一股泔水的味道。于是，加一圈陶瓷的杯垫，又添了美观和韵味。

见到蒋昌耀的柴垛之前，我以为覃发良和尹兴三的柴垛是最整齐的。他俩都当过兵，当过兵的人爱整洁，被子叠成豆腐块，一家人的牙刷一溜顺摆着，同样的方向，同样的角度，他们码柴，整齐度超于常人，当属正常。

蒋昌耀一天军服都没有穿过，他码的柴胜过了当兵的人。

他比我小一岁，高中却是一届。1973 年高中毕业，他回到家乡叶溪河去晒黑皮肤炼红思想。1975 年，一场大水，叶溪河受了水灾，区里把他一家人安置到乐园的杜家村，那一年，他 19 岁。

此时，乐园的合作医疗正是红火的时候，常有代表来参观，需要表演节目。他参加了村里文艺宣传队，白天下地干活儿，晚上去大队排练。一干青年男女，相处多了，难免生情。蒋昌耀个子高挑，长相俊俏，两个女同伴递过来橄榄枝，蒋昌耀慌乱之中，莫衷一是，没有接受，也没有拒绝。排练完毕，送了这个又送那个。月光如水，月色如银，回到自己的家，月亮已经落进山坳，推开那扇木门，狗敷衍着在他的裤管上嗅了两下，回到窝里躺下了。

最后的结果可想而知，两只鸟儿都飞走了，那是初冬的一天，出着白太阳，格外地冷。虽然彼此都没有任何承诺，还是有着深深的失落。

蒋昌耀，回到他住的杨絮坳，锯柴，劈柴。那时没有烤火炉子，只有灶膛烧劈柴，一摞劈柴要烧好些日子。一把手锯，不断地锯，锯子钝了，自己锉，钢锉拿在手里，用力在锯条上来回拉扯，那声音，连对面几里路的堰坳上都听得到。

他锯柴特讲究，钢卷尺量了一块篾片的比子，每一节同样长，弯的，结巴多的，丢出来在火塘里烧。劈柴码柴同样讲究，栎树好劈，一节四块，大小差不多，劈歪了斜了的都拣出来，挑好的劈柴顺着山墙码放，那个整齐，没人见过，都说廖三叔砌的梯田整齐好看，说屈二姆纳的鞋底顺溜养眼，那个齐整那个好，还是不顶蒋昌耀的柴垛。

蒋昌耀搬把椅子坐到柴垛对面看，他自己也觉得好看，他自己也没想到会码得这样好看。一块块劈柴依偎在一起，仿佛听得到它们亲密的呢喃，听得到它们温柔的絮语。闭上眼睛，仿佛看到一摞柴发芽生叶长成了一片茂密的林子，绿叶红花，随风舞动。那风，从柴垛上吹到了他心里，吹散了他心头的乌云。

一摞柴垛，医了心病。从此，蒋昌耀看到树，都觉得亲切。

没想到，他的命运跟树发生了太过深刻的关联。

来了杜家村几年，乡里看他办事有能力，把他弄到企业办当主任。乐园的树多，砍木材，卖木材，是企业办的重要工作。一天，伐木队上山砍树，见到一片高大顺溜的好木材，操起斧锯，一根挨一根地伐倒了，他们不知道，其中有国家一级保护植物珙桐树。这可不是小事，他为此付出了沉重的代价，蒋昌耀的人生第一次跌入深谷。

对于他来说，责在失察失管，并非本人邪行。三年之后，他重新回到党的怀抱，并被选为杜家村的村委会主任，叶溪河的一棵松树成了杜家村的栋梁。

这一年，村里决定修松树包小学。松树包小学原是覃氏宗祠，放过公社机关、卫生所，后来做学校，还办过几年初中。我在这里做过两年民办教师，我的宿舍就在祠堂里，每天从宿舍出来，穿过天井，走出祠堂大门，右拐，进入土起瓦盖的教室给学生上课。

蒋昌耀修学校是20世纪90年代，我已离开松树包好多年。他把土起瓦盖的房子换成预制结构，大队钱少，他到处化缘。县里管教育的副县长聂德媛在乐园公社当过副书记，也是乐园的儿媳妇，蒋昌耀找到她，张口就是10万元，全县多少大队，聂副县长没这么大的口袋，人来了，也不能空手回去，给了蒋昌耀三万元。这还差得远，又和覃祥官医生到省里找钱，祥官医生到省卫生厅讲困难，说好话，又弄了三万元，加上村里自筹的钱，花了九万八，修了钢筋水泥的两层楼房。

他没想到的是，村里生源萎缩得厉害，三年之后，松树包小学被撤销合并到大吉岭小学，花九万八建的房子四万元卖给了私人。

2002年，村级组织合并，原来的四个村合并为乐园村，杜家村书记主任不可能都进到大村的班子，蒋昌耀就卸任了村委会主任。拉了11年的车，终于可以卸下轭头过轻松日子了，书记却不想让他彻底轻松："搭了多年的班子，你可不能一甩手就丢个精光，三组组长的担子你得帮忙挑起。"现在的三组，是原来5个小组合并的，相当于原来的半个村。苦荞粑粑总算切了一半，也还咽得下，这担子他就挑着。后来又提出过辞职，年岁大了，该让年轻人干，新的书记话说得暖和，大事小情也都记挂着最最基层的兄弟，要他还帮忙顶着，村里慢慢物色人，他好意思撂挑子？

组长天天直接和村民打交道，婆媳间的矛盾，邻居间的摩擦，山界田界的争端，都要找他。找得最多的还是吃水的事，原先有几个组特别是耳厢吃水困难，国家投资不少钱从康家湾引的水，上万米的水管子，今天这里破了，明天那里脱了，后天又是管子不来水了，都给组长打电话。那天上午，我们去康家湾看珙桐博物馆，碰到蒋昌耀在接水管，因为道路施工，压破了进水管，水时有时无，一大早他就接到了好几个电话。他就带着工具来看来维护，水管接好以后，还要打电话问那边来水没有。快要十一点了，还没吃早饭，带着一瓶八宝粥，掰开盖子坐在溪边吃着。

现在，他是一人吃饱，全家不饿。老婆在武汉带孙子，儿子女儿都在武汉做事，事业做得红火，又孝顺，需要帮忙，老婆过去几年了。他一人在家，种田、喂猪，加上组里的事情，够忙。他会安排，一切都有条不紊，生活绝不潦草。屋里收拾得亮堂，桌子椅子窗台都干干净净。一个人吃饭，炖一个火锅，炒两个青菜，安逸妥帖。

最能体现他的从容的还是柴垛，顺着猪圈的墙码了一圈，整齐到让人的目光不愿移开，像诗人看见一首好诗，画家看到一幅好画，考古学家看到刚出土的青铜器……我老在想，今天，他锯柴劈柴码柴的心境跟第一次绝不相同，他不需要借此排遣什么。也许是他被第一次自己意外的作品所征服，他要沿袭发扬光大一种美，他的柴垛就一直是这样美观整齐。我脑海中老是浮现一个画面，他每锯一块柴都用那个做比子的篾片量一下，码柴的时候，稍有不齐，他用小的木块塞、垫，实在不好修正的，他会放弃这一块，另选周正的替补。那种沉着、笃定和一丝不苟，只有一个生活井井有条、充满秩序感、具备几何头脑的人才能做得到。

看到他的柴垛是今年 4 月，我和老婆专门去拜访他，我们被他的柴垛震撼，老婆忙不迭地拍照片，我和他坐在柴垛对面说话，蓝天白云，清风徐徐。

他本来会做饭，但是，觉得我老婆是贵客，他的手艺多少有些拿不出手，于是，连忙杀了鸡送到堰坳上喻姐农家乐加工。我们离开他家的时候，脑海中老是美观的柴垛，那种整齐美、规则美一定可以震撼每一个来过他家的人，将来游客多了，可以开发一个项目：到蒋昌耀家看柴垛去，然后抱几块柴在灶里，在炉子上煮一只土鸡，炒几盘土菜，再斟几杯土酒，那个日子，就有了几何的严谨、文学的浪漫……

原载《民族文学》2023 年第 7 期

本文系节选，原标题为《三个偏正短语》

大风帖

李丹崖

春天，突然刮起大风。风横着吹，窗外的麦苗贴着地面，柳浪直飞，水的波纹翻滚出了声响。尽管关了窗，我仍能嗅到一丝土腥味。春日劲风，有时候吹起来比秋风还要摧枯拉朽。

大风天里，日色有些混浊。若置身旷野，风的劲会更大一些。念及少年时，跟着母亲到外婆家去送雁馍，那是旧历年二月二，晚辈给长辈送雁馍，寓意健康长寿。嫁出去的闺女送雁馍，也有"雁归来"的寓意。那年，母亲挎着个竹篮，里面放着刚出锅的雁馍，外面盖着印花蓝布，很是好看。无奈的是，风太大了，很快扯走了蓝布，吹到了麦地里，我去追，被吹翻了两个跟头，蓝布也没有抓住，幸好麦田柔软，我毫发无伤。后来走到外婆家，发现雁馍的皮都被风吹得咧开了嘴。外婆说，大风吹得雁都笑开了。

从外婆家回来的路上，风早已刹住，盖竹篮的那块蓝布竟然出现在地头不远处，我跑过去捡起来，掸了掸土，满是旷野的气息。

在吾乡皖北，乡间邻里或路人，若有个摩擦拌嘴，一人爆了粗口，有修养的人是不还嘴的，会说："你骂的都被大风刮跑了！"这不是示弱或胆怯，而是不与你计较。不计较，是乡人独特的处世哲学。拳头硬，或许可以打碎一块石头，打折一棵树，却不能打散一阵风。相反，你还有可能被风吹倒，栽掉一颗牙齿。

没有人能征服一阵风，我们能做的只是借着风力，放飞一只风筝。

外公在世时，有句口头禅："人世间最痛快的事是——看大风吹四野，黄的飞，绿的留；喝滚水落汤茶，香气足，大汗流；吃匀称长条面，辣子足，多放油；交不磨叽的朋友，有话说，有屁放。"

外公没有太大学问，但以上四点，除了最后一点，其余皆算大雅。仔细想来，有话说、有屁放的朋友才算得上真朋友，凡事瞻前顾后、念七虑八，还是朋友之间的做派吗？

六十几年前的一个冬日，风很大。外公在田埂上挖白菜，听到了一个孩子的哭声，循声找去，在百米开外的沟头上，有一个被丢弃的婴孩，鼻梁已经冻到乌紫。外公丢掉白菜，把孩子揣在大袄里，抱回了家。

是个男孩，灌了两口热汤，缓过神来。多好的孩子呀！外公感叹，多亏了那阵风把孩子的哭声给刮过来，不然，说不定悲剧就发生了。

外公给那个男孩取名"风生"，把孩子养到三个月大。孩子的父母觉得良心上过不去，敲开了外公家的门，双双跪倒在外公跟前，然后，"风生"又有了爹娘。

那个孩子现在也已年近古稀，我在外公的葬礼上见过他一次。他伏在外公的坟茔上，哭得好像那天的风声。

长风过境，最爽利。这个世界上，每个季节都不缺少大风天，就像这个世界上，总有大风一样性格的人存在。

外公去世后，每每工作和生活上遇到难处，我总会到外公的坟前躺一躺。尽管坟头每年清明前后都要添几锹土，他的坟包却越来越小，好像他距离我们越来越远。我躺在外公的坟头边，黄土松软，松柏青翠，嚼着草根儿，看天上，云卷云舒，都是风在导演。

三十五岁之前，我是不练书法的。之后，我越发觉得书法中的气韵流转。人总是在特定的年龄开始接受特定的事物。

五年前去台湾，看到王羲之的《长风帖》。隔着玻璃，泛黄的宣纸上，笔墨龙蛇飞舞，让人顿觉右军墨色飞白熠熠，腕下生风流转。不愧是王羲之，笔下力逾千钧，笔锋扫过，又有些风轻云淡的意思。笔锋化作鸿鹄，在纸上掠飞，蜻蜓点水一般，一通写下来，浩荡万里，姿态翩翩，令人击节。不得不说，王羲之的草书中吸纳了长风过境的气韵，举重若轻，银钩铁画落在纸上，旋即弹跃起来，凌空飞舞。

草书与风，似乎有着某种天然的灵魂契合。浓墨好似风融长河，淡墨好似风入乱石山丘；焦墨好似风过秋日树梢，枯墨恰如风过冬日荷塘。

董其昌曾在展玩《大风帖》后，写有题跋："……今日於名园展玩永日，大可消暑，当辟尘犀，诚为厚幸。"

观王羲之草书，眉目流转之间，的确可以消暑，旧笔墨之间浸润的人文气息，笔势运存之间的力道，当如长风，在我们心里扫过。

风可以吹走很多东西，天空云彩，地上尘埃，人间烟火，心中豪情，满腔热血，却吹不走一些笔墨。经年再顾，仍觉如风在耳，如笋破土。

原载《光明日报》2023 年 3 月 31 日

梅花落

梅一梵

家在二楼。梅花开时，还住二楼。

都说梅花伴着雪花开，然而，我所见的梅花，却偏偏开于春天。梅花不晓得缘由，我也不晓得。梅花在早春，咿咿呀呀开，深粉浅红开，并蒂开，单单开，风韵楚楚，姗姗可怜。

为了不辜负梅花的情意，我特意科普了她的品种，知道每天和我打招呼的叫宫粉梅。由于"宫"字的映衬，梅花多了雍容华美的贵气，也平添了深宫紧锁的忧伤。

梅花开时，不和你提前说，"咦"的一声就开了。独坐亭间倚梅花，拐弯又是梅花，过桥还见梅花。也是啊，初春乍暖还寒，小区里除了梅花，也只能是梅花。热热闹闹的。麻雀朴素的口哨声悄悄，黄鹂明艳的古琴声悄悄，布谷清幽，斑鸠哀怨。有诗曰："驿外断桥边，寂寞开无主。"

楼上有人吹笛，笛声凭窗而来，缠绵、幽咽，如昆剧的水袖，点朱唇画蛾眉。惹了梅花，惹了我。

春风扭一下妩媚的腰身，小区里的梅花全开了。越看越喜人，越看越想折一枝藏于袖间。于是想起一个典故，说是宋代有个叫林逋的人，性孤高，喜恬淡，薄名利，隐逸杭州西湖孤山，终生不仕不娶，唯喜植梅养鹤，自谓"以梅为妻，以鹤为子"，人称"梅妻鹤子"。他在《山园小梅》中提到的"疏影横斜水清浅，暗香浮动月黄昏"，被誉为千古咏梅绝唱。

人们往往把梅与雪往一块凑，然而有那么一句，却把梅与柳唱得风流旖旎。"不在梅边在柳边"。这话出自明代剧作家汤显祖的《牡丹亭》，原文说："近者分明似俨然，远观自在若飞仙。他年得傍蟾宫客，不在梅边在柳边。"此句为杜丽娘遇情郎柳梦梅埋下伏笔。细品，却是柳眼梅腮，漪红漾绿，已觉春心动。

　　梅在眼前，柳在何方？

　　往湖边去，见一团鹅黄影影绰绰。近些，却见柳树发芽，丝绦缀满一瓣瓣张开小嘴的萼苞，稍大的约半寸长短，宛如鸟儿沾着水渍的舌头，欲说还休。折枝剥开青皮，捏住枝端"哧溜"一捋，尾部形成一簇朵儿。手执柳枝上下晃悠，童年在风中一跳一跳的。怅然之余，却见几个孩童在树下池边石上蹲着，往水里瞅，似乎被什么东西迷住。上前，原来是一队米粒大的黑脑袋蝌蚪，在池塘的手心，水的手心，摇着尾巴学走路。

　　起风了，天要下雨，沉沉的。容不得多想，雨点子三颗四颗并蒂往下落。急往回赶，其他人也往回赶，狗跑得欢实极了，狗最擅长用速度和激情表明自己的态度。狗跑，雨也跑，麻雀口含飞虫，一只黑蜂猛地松开花蕊。香樟树把风摇来摇去。雨，哇的一声哭了，从树上落下来，落在梅花身上。梅花顾不得对我说：你回来啦。

　　雨用古典的方式把我赶进屋。雨骤风急。透过玻璃窗，我看见，风把梅花吹得片片飞，风穿着梅花的衣裳片片飞。梅花湿透了，梅花落了。落梅如雪乱了红尘。

原载《星星·散文诗》2022 年第 11 期

辑四

于时间深处倾听

李一鸣

明天，意味着什么？

从宏阔时空看，人的一生不过是稍纵即逝的一场单向旅程，"昨天""今天"和"明天"，构成一道浅浅的线性时间轨迹，人生行旅中的时间节点，就仿若一个又一个时空转换驿站，散落在征途中。

就比如，半个多世纪前某人的出生，那是多么偶然的一件事情，父亲与母亲在茫茫人海中的相遇本是偶然，恰恰是一次偶然的融合，开启了一个新生命的远行。每一个明天，赋予这个幼儿以神奇的表现，从睁开纯净透明的眼睛，渐渐萌生的头发，张开小嘴打一个圆圆的哈欠，美美一笑小腮上露出两个梨窝……昨天还在炕上爬呢，突然就颤悠悠站了起来，怯生生迈出了人生的第一步。从此，三万六千五百里路，再也不会消停。

一个又一个明天，一个又一个明年。50年前，一个孩子，他会盼望着新年的到来。新年，对于一个一年到头吃着地瓜面窝头的孩童，那是一顿盼了整整一年梦寐以求的年夜饭啊。一年才一次，那白菜肉丁水饺，在沸腾的铁锅里翻滚着、起伏着，时隐时现，形如无数弯月，温暖照亮新年之夜。盛上来，急不可耐就抓起一只塞到嘴中，鲜美的汤汁扑哧一声瞬间喷溅一口，那"香"就如花朵在嘴里开放，那一小块一小块肉丁糯软噙香，脆生生的白菜透着清香，薄薄的面皮延缓了"香"的浓度和长度，狂嚼几口就要吞下时，却猛然停住，唯恐那滋味匆匆而去，再也难以留住……

新年到了，意味着爸爸从东北煤矿回来了。爸爸一年探亲一次，每次回家，都会带来好吃的。那"伊拉克枣"甜得呀，仿佛全世界所有的"甜"都凝结在那椭圆黄红的枣里了。但是，它又不是糖精水的甜，糖精的甜有点苦、有点涩，像风一样从舌尖儿上一滑就过去了，而"伊拉克枣"的甜，是醇厚的、饱满的、圆润的，它从嘴角一直甜到舌头、牙齿、口腔、嗓子、心尖、大脑甚至全身去了。

新的一年开始，也意味着除夕晚上整夜不想睡、不敢睡，心里有一种冲动在鼓涌着，盼着夜一下子过去，天忽地亮了，但不知不觉还是睡着了。窗外的天还浓黑，村落里四面八方鞭炮声已是此起彼伏。一骨碌爬起来，兴高采烈又小心翼翼，手持一炷香，去点燃挂在树枝上的那挂红彤彤的长长鞭炮。往鞭炮的引信那里一戳，返身就跑，捂着耳朵等待鞭炮作响，似乎半天了却迟迟没有动静，几个箭步跑回去观察，"砰砰砰砰砰……"那鞭炮霍然炸响开来，一声，一声，又一声，震得树枝乱颤，耳朵嗡嗡。而小草鞭的声音就像小奶狗的叫声，细细碎碎，噼里啪啦，心一个劲儿地动，仿佛就要跳出来……

随着新年的来临，我也到了骄傲地满足地收获更多小画书的节日。爸爸回来探亲，总是买回十几本小画书，《敌后武工队》《渡江侦察记》《平原游击队》《三进山城》……原来，小村落的外边有那么大的世界、那么多的故事！这一年，我们小伙伴围在一起，十几双眼睛盯着一本《小兵张嘎》。看那白洋淀上，碧波浩渺，漫天芦苇，这里那里的荷花都盛开了。远远飘来几十片荷叶，每片荷叶下面竟然藏着一个雁翎队队员。十几艘渔船以"人"字形摆开，船的周围密布着芦苇，顺手提起一棵芦苇，呀！芦苇下面竟是游击队员衔着苇管在呼吸呐！"雁翎队，是神兵，来无影，去无踪。千里苇塘摆战场，抬杆专打鬼子兵……""嘎子，嘎子！"不知是小画书中画的小兵张嘎和我真有点像，还是小伙伴们为了看画书讨好我，整个新年，他们都热烈地喊我"嘎子"，说有多开心就有多开心！

但新年节日，就那么几天就过去了。明年，后年，又一年，几十年的时光也像一阵风一样，一吹就过去了。

40年前那个早晨，在老家那间土坯屋暗红的油灯光里，妈妈给我系上褂子最上面的一个扣，又把竹筐帮我背上，一脚跨出房门，擦一把眼泪，我不回头……我们赶上了靠成绩说话的好年份。高考结束后，在庄稼地里一边火烧火燎地劳作，一边忐忑不安地等待，终于，在哥哥一双粗重的大手推拥下，我被塞进一列绿色的大火车，咣当一声，呜呜地驶往远方的大学……

21世纪开启的第一年，当年那个朴实的农家黑娃被任命为大学的副校长，和他的几个同事一道，受命从八百里外的渤海腹地，挺进胶东半岛去建设大学的新校区。一群单身汉，一下子扎到茫茫滩涂中，当又一个新年到来的时候，一座银灰色的现代化大学城巍巍然崛起在黄海岸边。

十年前，迎着新年的曙光，为了心中热爱的文学，我千里赶考，来到北京。这非凡的十年，我们终于知道了什么是百年未有之大变局，呕心沥血地参与着服务事业发展的决策，兀兀穷年地探索文学攀登的路径，为国家进步鼓与呼，为百姓生活歌与哭，快乐着奋斗的快乐，忧患着前进的忧患，把自己的青春、心血和汗水，献给了这个国家，也见证和参与了这块土地上发生的人间奇迹。一提到民族、国家和人民，心里还是不由自主地迸发出跃跃欲试的冲动，那或许就是自古以来流淌在中国知识分子血管里的一脉热血吧，沉着而坚实，涌动而不歇。

在人生游走中，我们实现着空间的位移，时间维度也自然切入生活之中。我们行进着、回望着、前瞻着，在现实、历史与未来的缠绕中，在非历史的时间整体里，面对自我、面对存在，我们进入生命体验场域，以心灵把握大千律动，于时间深处倾听世界的声音。

而茫茫的宇宙，一颗小米样儿的星球在转动，那是地球。在小小的寰球上，跋涉着近80亿芸芸众生，每日每夜，他们都在向着新一天、新一年前行……

原载《中国妇女报》2023年1月5日

茱萸灿烂

朱 鸿

立春过后，有事至佛坪，恰逢茱萸开花。

佛坪处秦岭以南，气候应该温暖一些，然而毕竟是早春，遂也并未觉得它与关中有什么大的区别，连减衣也不需要。不过仔细观察，便能感到佛坪的清明与朗润。

椒溪和金水两岸无不是山，巉岩断续，灌木丛生，苔藓蔓延，色调总体上为灰色。群芳多在苏醒状态，唯茱萸的花深情地绽放了。它的花色是纯正的黄，其亮若金。一棵茱萸，就是一片辉煌。凡山麓、山谷、山坡、河边和房屋的周围，皆种茱萸。左顾，右盼，仰视，俯瞰，到处都有茱萸。山坡空阔，生于斯的茱萸往往繁茂成林，其花尤为绚丽。

茱萸是一种乔木植物，喜湿耐旱，冬天落叶。我在佛坪看到的茱萸是山茱萸，先开花，后出叶。现在它只开花，没有叶，遂显纯正。除了山茱萸，还有吴茱萸、草茱萸、食茱萸等，品类不少。山茱萸枝上挂花，花色尽黄，我推崇这种简单的美。

远望过去，虽然众山主要呈灰色，连茱萸的树皮也是灰色，不过灌木之中也常见绿的松、杉和竹。如此背景，茱萸的花便璀璨夺目、风流惹眼。急着赶花的除了蜜蜂，还有女士。不知那些女士来自何方，其一律鲜衣华服。她们久久围着茱萸转，还要轻轻拉下枝，送一簇花至鼻下反复嗅。蓦地回过身，兴奋地融于花丛，频频照相，甚是得意和快乐。

茱萸的花一簇一簇的，长于枝侧，其朵为伞状，酒杯口大小，苞片若卵，柔韧似革，略向外翻。花黄得又典雅，又高贵，令人怜爱。

茱萸不仅花朵有色有形，有俏有灵，其价值还在于果肉的药用。资料显示，茱萸可以止痛、下气、补肾、逐风邪、开腠理。它的果实秋天成熟，呈长条状椭圆形，其色从红向紫红过渡，水分饱满，不会撑裂。果实本是浑然的，经水一煮，果肉便脱离了果核。晒干果肉，才有药用。

在中国传统文化中，茱萸还曾经是辟邪之物。

独在异乡为异客，每逢佳节倍思亲。

遥知兄弟登高处，遍插茱萸少一人。

王维此诗艺术性强，感染力强，容易让人产生共鸣。我一直不知诗中的茱萸是山茱萸，还是吴茱萸，或是其他茱萸。这次在佛坪巧遇一位秦岭植物专家，他斩钉截铁地说："王维诗里的茱萸是山茱萸！"

我对神话和文化人类学一向兴趣甚浓，三生有幸，这次竟在沙窝村看到了农民祭祀山神的仪式。山麓平畴，茱萸之间，立以牌位，献以羊头和豕头，并点蜡燃香。琴声悠扬，舞蹈庄严。主持祭祀的老者行礼以后，长声请求山神保佑秦岭生态平衡，保佑动物繁衍、草木苗壮，保佑茱萸的花旺、果实累累。

走在山中，不禁会抬头看天。秦岭以南的晴日，水洗一般的干净。白云涌向山顶，也许风弱，白云几乎是趴着不动。山顶之外，是宁静的蓝。山顶上的灌木，生长得萧疏稀薄，其灰色之中便显出微微的透明。树干通直拔立，有肃然感、凛然感。

茱萸多聚山坡、山谷和山麓，阳光之下，茱萸的花灿烂之至，俨然万家灯火，让人感受到和平与生机。

原载《光明日报》2023 年 4 月 21 日

摇曳的无锡

李春雷

深秋闲日，我去无锡访友，夜宿南长街某旅舍。

南长街，位于老城南门外，运河右侧。其前身，即北宋始设之驿路。

北挽长江，南携太湖，东倚苏州，西牵常州。在漫长的历史里，此处是水陆官道的交点，太湖走廊的咽喉。

如果说江南是中华母亲的锦绣鲜衣，那么无锡就是一枚精致的纽扣，灼灼地镶嵌在胸前。大运河呢，恰似锦衣下母体内的血脉，贯通江南江北为一体，融合经济文化于一身。

一条运河，又宛如一株大树。主干之外，多多侧枝和杈丫。这些，便是千千万万个扁扁圆圆、肥肥瘦瘦的城镇，而那些数不胜数的密密麻麻、星星点点的村村寨寨，则更是蓊蓊郁郁、摇摇晃晃的青叶了。

黄昏时分，友人相约街边一家餐馆。

今日南长街，长约五公里，大运河为中轴，清名桥居核心，北起跨塘桥，南至水仙庙。古街两侧，依然完整地保留着江南河畔人家的原生态，粉墙黛瓦、花格木窗、屏门隔断、前店后坊，家家河码头、户户水弄堂。一爿爿院落式、竹筒式、独立式的枕河建筑，飘浮着淡淡的菱角气、鱼虾味，鲜鲜嫩嫩、毛毛茸茸，在水面上摇摇晃晃。

虽是小小餐馆，却是黄酒世界。原本金浆玉液，再加以话梅、柠檬、樱桃、玫瑰、蜂蜜等，香雾缭绕，摇摇晃晃。几碟特色小菜，颇勾引食欲。最鲜美者，太湖三白也：白鱼、银鱼、白虾。

这些精灵稀奇的尤物啊，天赋异禀、细嫩鲜魅，频频引爆味蕾。它们在唇舌间狂轰滥炸、叱咤风云之后，又一路旗开得胜、顺风顺水地征服了我的肠胃。霎时，似乎又回归原型，在我的周身血液里环游，在我的神经末梢上摇晃。

渐渐地，体内犹如太湖春潮，风起云涌，烟波浩渺。眼前更是氤氤氲氲、混混沌沌。此时，内心高筑的城堡悄然垮塌。往日的矜持，也不由自主地摇晃起来。

餐后，沿街散步。

正是晚上九时许，夜幕四合，华灯璀璨。脚下是光油油的青石路面，两侧是灰灰白白的徽派建筑。街上呢，摇晃着一缕缕、一片片、一群群形形色色、斑斑斓斓的音乐。一家茶馆，静若禅院，两名古装女子，在琴声渺渺中，对弈黑白。灯光雪亮，纤毫毕现，十指尖尖，俨若玉雕。

女人们，永远是夜市的主角。一个个粉面妖娆，风摆杨柳，手擎甜食，摇摇晃晃，巧笑倩兮，美目盼兮。两侧的杂货店铺，各自敞开门扉，鲜鲜艳艳、花花绿绿、红红紫紫，仿佛扒开了胸膛，掏心掏肺般真诚。

更多的是小吃，酱排骨、小笼包、油面筋、玉兰饼、梅花糕……各种美味倾巢而出，五彩缤纷，云蒸霞蔚，袅袅娜娜，摇摇晃晃，如彩蝶飘飘，似翠鸟翩翩，在眼前嬉戏着、呢喃着、纠缠着，向你眨眼，向你微笑，向你招手，向你飞吻。

浑然无知中，人类的各种欲望被悉数激活，摇摇晃晃，蠢蠢欲动。于是，欣然上前，去围观，去赞叹，去抚摸，去品尝，去购买。

信步漫行，迈上清名桥。

这是江南运河上年龄最大的一座单孔石拱桥，通体石砌，不着寸铁。此桥始建于明朝万历年间，系秦姓太清、太宁兄弟捐造，原名清宁桥。清代，因避讳道光皇帝，易名。咸丰十年，太平军攻城，断桥。同治八年，原样重建，至今。

古人远去，石桥依旧，只是栏杆粗粗糙糙，桥面高高低低。那是时光的皱纹，岁月的脚窝。数百年来，走过了多少行人，发生了多少故事，见证了多少盛衰，阅历了多少生死。它，就是一位大觉大慧的时间老人呢，心有知，口无言。

凭栏，抬头。一轮明月高悬，仿佛宇宙的眼睛。

天色已晚，倦意袭来。酒神的怂恿，意念的迷乱，更使我心旌摇晃，脚步摇晃。于是，踩着摇摇晃晃的地球，顶着摇摇晃晃的天宫，披着摇摇晃晃的晚风，扶着摇摇晃晃的音乐，逆着摇摇晃晃的人流，摇摇晃晃地走回旅舍。

旅舍是一座民俗小楼。楼梯弯弯曲曲、摇摇晃晃，仿佛通向明朝，通向宋朝。

摇摇晃晃的历史，摇摇晃晃的现实，摇摇晃晃的人生，摇摇晃晃的命运。

竹影摇晃，桂香摇晃，月光摇晃，心神摇晃，晃晃摇摇，摇摇晃晃。

摇摇晃晃的我，走进了摇摇晃晃的房间，拉上了摇摇晃晃的窗帘，揿灭了摇摇晃晃的台灯，倒在了摇摇晃晃的床榻。

摇摇晃晃中，这世间所有的摇摇晃晃，全都摇摇晃晃地摇晃进了摇摇晃晃的梦乡……

原载《扬子晚报》2023 年 2 月 16 日

千古兴衰独松关

陈富强

　　《水浒传》对杭宣古道独松关及古驿道上的独松岭有一段描述："卢先锋自从去取独松关，那关两边，都是高山，只中间一条路。山上盖着关所，关边有一株大树，可高数十丈，望得诸处皆见。下面尽是丛丛杂杂松树……收入得董平、张清、周通三人尸骸，葬于关上。"

　　这段描写，涉及一场血腥的独松关之战。江南方腊国镇国大将军元帅厉天闰率领援军赶到独松关，厉天祐和吕方交手，五六十回合后吕方一戟刺死厉天祐。卢俊义见山岭险峻，派李忠、周通、欧鹏、邓飞上山探路。厉天闰要给弟弟报仇，率军冲杀下关，杀死了"小霸王"周通。董平誓言报仇，他瞒着卢俊义，和张清徒步杀上关去，结果两人有去无回。

　　古道入口处所在的百丈镇半山村为周通立了一尊艺术雕塑，平面的，有些生锈的铁板上，是一个古代勇士的影像，影像边上，则是周通的简要介绍。这面雕塑在田园上一立，《水浒传》的故事就在这里活了起来。但凡经过之人，无不惊讶，如此偏远山村，居然还有这等壮烈之事。

　　独松关雄踞在独松岭上，地形峻险。关旁原有一棵千年古松，故称"独松关"。明代诗人凌说《独松冬秀》诗云："撞破关门山势开，树头云起唤龙来。擎天老干高千丈，傲雪贞标压众材。岁久根节坚作玉，风生岩壑响成雷。苍颜不改浑依旧，万古相期竹与梅。"

　　独松关旁的古松已不见，但独松关古驿道半山村入口处，却有一棵水杉直刺苍天，高达五六十米，树干笔直，没有横生枝节，杉叶密集依附于主干，跟着向上生长。这棵水杉，具体年份不明，但看上去，也有三五百年之龄，被村民奉为"杉树王"，它仿佛一根旗杆，立于杭宣古道入口处，远远望去，与天空融为一体，颇有些苍凉与孤独。村民在树下建了庙，虽然不大，但足以点上一炷香，搁得下风调雨顺，国泰民安。

半山村是一个小山村，原住民不多，从前以竹业为生，后又植茶叶，小村两侧为崇山峻岭，多以竹林覆盖，远眺郁郁葱葱，是无边的苍茫。村民大多富庶，建以别墅为家。我家孩子幼儿园的老师小王，就出生在半山村。王老师家是村里较早建造别墅的，相比周边人家后建的别墅，显得稍许逊色，但在我看来，已经十分阔绰。王老师家难得保留了柴火大灶，炒出的菜肴特别香，王老师说，如果以铁锅煮饭，则有锅巴可吃，在饭快熟时分，在锅中央置一只汤碗，可留得一碗饭汤。米汤下锅巴，是她们姐妹几个最爱的美食。

我在王老师家吃了一顿柴火饱饭。餐桌上，除了鱼肉，蔬菜大多是自己种的，有南瓜、冬瓜、丝瓜、土豆、秋葵和辣椒等。王爸邀我喝一杯自己配制的白酒，我婉拒了。见我不喝，他自饮一杯，说，当年独松关上好汉出征前，可都是要喝上一杯壮胆的。王爸说，门外的山楂熟了，想吃，尽管摘。那株山楂，我一来就看到了，一串一串红果挂枝头，沉甸甸的，十分好看。在山楂树旁，还有一株造型如金字塔的，满树都是成串小果子的枸骨，民间俗称老虎刺，叶子形似虎掌，带刺。树上的果子还青着，王爸说，再过一段时间，果子就全红了，会非常漂亮，显得喜庆。但我透过这些渐红的果子，仿佛隐隐看到，独松关古驿道上，金戈铁马，连天的烽火。

饭后，冒细雨徒步去杭宣古道，杭宣古道也称独松关古驿道，始建于唐。据《元和郡县图志》记载，杭州西北至宣州496公里为杭宣古道。在余杭境内，自余杭镇向北行，经长乐、双溪、黄湖、百丈至独松关，长百余里，出境后经安吉至安徽宣城。出独松关后为山间小道，可直达南京。

古道狭窄，多以大小不等的石块或鹅卵石铺成。余杭境内百余里古道大多已损，寻不到踪迹，唯有半山村境内，1500米左右尚保存完好。过茅草覆盖的竹亭，进入古道，野草几乎盖住路面，古道两旁，野花朵朵，在细雨中争奇斗艳。不由得令我想起《送别》中的几句：长亭外，古道边，芳草碧连天。

行数百米，可见一座石桥架于溪上。这座小桥，有名曰宝昌，已越千年。桥的这头是余杭，桥的另一头则是安吉。再继续往前，则可至独松关。独松关与百丈关、幽岭关合称"独松三关"，是南宋京城临安北侧的主要屏障，从地理位置上来看，只要守住了独松关，也就挡住了杭州北来的兵患，因此，独松关是古时兵家必争之地。

从杭州驾车去安吉往返，如果走国道，途中会经过幽岭隧道，隧道之上，即为幽岭关所在山岭。每次导航提示前方幽岭隧道，我都会产生一种莫名的恐慌感，下意识放慢车速，仿佛行至幽岭关，就可见古战场上鼓角争鸣、狼烟四起。

在安吉，从友人处讨得一本清光绪版《孝丰县志》，其中对独松关有简洁而清晰的描写："独松关在独松岭上，自天目而北，重岗结涧，回环数百里，独松岭杰峙其中。岭路险狭，东南侧直走临安，西北则道安吉趋广德，为江浙境步骑争逐之交。"

历经岁月，独松关虽已无当年全貌，但雄关之势依然不减。关隘高踞独松岭上，依旧是关险道峻，崎岖难行，坡上则松竹繁茂，鸟鸣莺啼。而关下，是竹松参天，翳天蔽日，竹海汹涌，松涛阵阵，有凄神寒骨，惊心动魄之感。

王老师从小在半山村长大，对古驿道再也熟悉不过，她带着我们一路穿行在古道上，每一幢建筑、每一棵树、每一条溪流、每一朵野花，她都能说出来故事。比如她指着村口的杉树说，这棵杉树是半山村的标志，等同于独松关的那棵松树，她每次回家，远远地见到这棵杉树，身体内装满的城市喧嚣，瞬间就安静下来。她把这棵杉树看作灵魂的栖息地，无论走多远，它都会站在村口眺望着自己。

在王老师家门前，有一个池塘，半亩见方，池塘里的荷叶已渐渐枯萎，但依旧可想象夏天的繁华。王老师告诉我们，这里原本是废弃的水田，她父亲种了些荷花，一年一年生长，竟也有接天莲叶的模样。"美丽乡村"整治时，村里索性将池塘围了起来，塘边修了游步道，池塘的另一端，是一个面积不大的湖，分隔池塘与湖泊的，是一座亭子，穿过亭子，就可以上山。而我们正是从荷塘边的步道，走向独松古驿道的。

从前的车马都慢，从杭州去安徽宣城，得走好多天。而现在，蜿蜒的公路，将半山村与国道相连，这个藏在深山的小村落，曾经是杭宣古道的一个驿站，它见证过独松关的烽火，时隔千年，依旧成为古道的守护者，宁静，与世无争，一年一年，度它的山中日月。

在独松关口的驿站，立有一碑。细看，正面碑上有一些文字，虽已被日月磨损得看不清楚，但这是古驿道的重要物证，轻慢不得。村民也知道碑的重要，小心呵护，碑上建亭，既可让游人小憩，也可为碑挡风遮雨。我离开石碑，站在村口回头望，发现石碑与杉树恰好相对，它们把守山河古道，虽不语，却已沧海桑田。

原载《文化交流》2022 年第 11 期

发现之美

郭宗忠

白头鹎在圆柏树顶婉转悠扬地鸣唱，吸引我在树下抬起头来。从树枝缝隙里往上看时，并没有看见白头鹎，却发现一对比白头鹎大的斑鸠纹丝不动地卧在密实的树枝里。它们并没有因为我在树下而有所惊恐。

其实，它们知道我并没有恶意，也许才装出也没有发现我的样子。在与鸟儿相遇时，我与鸟儿都相安无事，这是我喜欢的与鸟儿相处的最佳方式。即使行走在几无人迹的秘境和七叶树林中，我也小心翼翼，尽量不弄出过多的声响。比如不会边走路边拍手，或者大声地接听手机。

我在树下散步的时刻，斑鸠应该进入了午休时间。白头鹎不停地叫，这叫声天籁似的，给大自然一段美妙的神曲，对斑鸠来说，这不会是噪音，而是一支催眠的摇篮曲。

我这样仰头望着斑鸠时，一只麻雀以为我是静物，几乎落到紧贴到我头顶处的树枝上，它在唱自己的歌，呼唤自己的朋友或者伴侣。我尽量不和它对眼神，这样，它也就无视了我的存在，也会以为我没有发现它。

如果这时乌鸫不叫，我也不会知道它们也藏身圆柏树中。这是春天刚开始不久的日子，只能听到乌鸫一曲曲试唱着的曲子。候鸟们还没有全部来临，这些新生的乌鸫还没有学会唱所有鸟儿的歌，许多歌儿在乌鸫的吟唱里还不完美。等迁徙的鸟群都回到园子里，好学的乌鸫就会彻夜鸣唱各种鸟儿的歌曲。这百舌鸟在树林和园子里，每一棵树上，每一片草地里，都有它们闪过的黑色的神秘身影，也有它们百变歌喉的鸣啼。

几只麻雀在阶梯一样的柏树上攀来跳去，它们是最活跃的鸟儿，看上去俗一点儿，灰溜溜的。如果它们不是一刻不停地翘动尾翼，不是一刻不停地喳喳啼叫，是没有人发现它们的。它们几乎是土地和落叶的颜色，即使落了一地在新耕的稻田里，你也很难分辨出它们和泥土的差别。但是，它们接近了人间烟火，更像普普通通的人，过自己不为人知的平凡生活。

麻雀唱自己的歌，跳自己的舞，虽然它们没有喜鹊等鹊类闲庭信步的闲适，也没有嘹亮和好听的歌喉，但它们弹跳着在树枝间和土地上，在众鸟之中，也没有什么惭愧和自卑之感。对麻雀来说，做一只只是麻雀的鸟儿，不被人知和关注，也许还被人忽视，有着自己的生活和爱，有自己的家园和领地，不也有自己的小惬意吗？很多时候，我观察麻雀的时间胜过了观察其他鸟儿。细心留意时，麻雀的纹理和颜色并不是灰溜溜的，它们羽毛的图案也是一幅大自然的杰作，它们的叫声，也有小夜曲一样的旋律，尽管短促和单调。特别是在冬日，大地覆盖着厚厚的积雪，只有一树树以及满地的麻雀，让这雪白的大地有了点睛之笔。

我走出这片柏树林，菜园边上的野杏花树，似乎是一夜间，缀满了露滴一样的饱满的花骨朵。多美啊，春光也是这样一滴一滴、一朵一朵，突然就点亮了你的眼睛和心灵。我也浑身有了春天萌芽开花的萌动，我要从今天开始，每天早中晚，还有夜半，都来观察这棵野杏花树花开的过程，直至花儿们落英缤纷，树叶间有了黄豆一样的青杏。

仔细看时，今年野杏花的骨朵比往年更疏密有间，去年修理了一些杂乱的枝丫，所以稀疏一些的枝条，有了更多的空间，让杏花的骨朵们也有了美好的生存环境。我喜欢在野杏花树下，看花儿开放凋谢的过程，似乎春天的光景都浓缩在这一棵树中。

白蜡树和杜仲的芽尖鼓胀出来的时候，大杨树的杨花也已飘散，洋洋洒洒的满是杨花的大杨树此刻又变得光秃秃的。白蜡树和杜仲的芽尖并不是树叶，它们会长出穗状的花，包括核桃树和楮树的芽尖，都会几乎同时长出青色的穗。这时，柳条吐绿，它的柳芽包括了叶子和须穗。生活难以为继的从前，人们把柳芽当成了青黄不接的食物，那里有一辈辈人苦涩的记忆。如今，有人也会在河边的柳树上采一些柳芽，这仅仅是对遥远记忆的怀念与回忆。

没有花，许多树用花穗代替花，还有火炬树的花穗，还有臭椿树的花穗，它们以自己的方式来迎接春天，参加到春天花枝招展的故事中。

经过圆柏树下再抬头时突然发现，圆柏树在春天也开了花，这是从前没有注意到的。黄色的袖珍的米粒一样的花穗，也是这样美不胜收。我为自己忽略了这每个春天相遇却熟视无睹的柏树花而心生愧疚。

三年前，也是这样的季节，我和一位跟我学写诗歌的学生站在一棵桑树下观看柏树，我告诉他怎么学会观察，比如这一棵柏树一半的颜色与另一半是不一致的。那时，我也并没有探究它们的树枝为什么不同。

然而，直到今天，我才真正找到了树枝颜色不同的原因。那是老树枝上春天开了一层细密的柏树花，让这一大半的树泛着淡淡的黄晕，而一侧的新树枝上只有针叶的缘故。

围着这些柏树转了一圈，我又发现，向阳的树枝上花儿几乎满枝，而背阴的树枝上却很少有柏树花。我还发现，这八棵圆柏，五棵是开花的雄树，三棵是结圆柏子的雌树。

回头看我多年的研究，许多鸟与树的秘密，我还只是一知半解而已。我还需要悉心洞察，再静下心，再放低眼睛，再谦虚一些，再谦卑地观察和倾听，这样才能发现更多的大自然之美。

原载《品读》2023 年第 6 期

一忆村深

周闻道

眼前的两个字，让我的心里一个咯噔：忆村。

怎不咯噔，村是人类生命和情感的原生地、乡愁的原点和仓储。忆村就是乡愁的精神回归。乡和村，从来就没有分开过，也难分开。作为曾经在与汉阳坝比邻的瑞峰镇青杠坪村工作，并经常跨过岷江，到对岸的汉阳坝游玩的老青神人，作为曾经直接主持汉阳航电工程规划评审的项目规划人，当过去的一切都沉淀为故乡往事，以乡村意象的方式存在于记忆的深处时，却又偏偏在某个不经意的时空点，阴差阳错地邂逅了这江这坝这站这村；而且，还迎头给你一个刻意醒目的"忆村"，想不去追忆故乡真的很难了；一忆，又怎么能防止滑入记忆的深渊里呢。

这就是我此刻的心境。好在，那些被记忆打捞而起的东西，都是值得追忆的美好往事，就像这周而复始的阳春，一江水暖。

我说的是青神县的汉阳坝、汉阳湖和忆村。我曾经想把"村"改为"春"，因为这样更契合我要表达的此间心情。我暗自思忖，并不是因为自己老了——人们常说，爱回忆过去是人老了的表现。虽然我也不再年轻，早已过了"年少不识愁滋味"的逐梦年龄，但我此刻强烈的忆村冲动确实与年龄无关，全由眼前的万般风物引起。不要"多情应笑我"，东坡先生不也曾"老夫聊发少年狂"吗？如果你也与我一样，与这方水土有那样深厚的渊源，那么密切的关系，那么多值得钩沉的美好，此刻你又鬼使神差地来到这里，看你还能不能无动于衷，关牢记忆的大门。

我最终还是选择了"村"。因为只有"村"，才能诠释我追忆的本质；因为所有的"村"，都连接着那个生我养我的地方——青神县西龙镇的长池村。而今，虽然长池早已不在，但村还在，在我心里仍叫它长池村。长池村在，我心里就感到踏实。

泛舟忆村汉阳湖，我曾经怀疑，自己是不是也遭遇了唐代罗隐曾经遭遇的情景——"秋河耿耿夜沉沉，往事三更尽到心"。相同的河相同的夜相同的往事，不同的是季节，他在秋我在春；当然，还有思的往事。我不知道罗隐经历了什么，是在村庄还是城市，是何事令他耿耿于胸难以忘怀。我只知道这江这坝这站这村发生的故事。

我突然发现，河流是最容易令人想起往事的。也许是那个"流"，本身就连接着过去和现在，从未断裂，于是才有了以"日月经天、江河行地"来形容永恒。断裂的只是我们的记忆，因为生命有限，或记忆本身的局限。比如此刻，眼前的岷江，不，准确说是一江一河。除了岷江，还有思蒙河。思蒙河在忆村上游不远处的中岩寺汇入了岷江。它们不舍昼夜地流，承载了我的全部故乡往事，如今却成了忆村的故事。

我站在忆村的岷江码头，蹲下，轻轻捧起一捧水。我只是用水在脸上摩挲摩挲，像是在洗脸，其实是在闻，闻江水的味道，长池村的味道。心里却在默念着刘钧的歌，"我吹过你吹过的风，这算不算相拥……"

不知不觉泪水就流出来了，与手上脸上的江水融在了一起；又从指尖轻轻滑落，滑落到了岷江里，带着我被激活的思绪飞扬神往，溯流而上，去到记忆的深处。

飞到了青神县城东的老河街，那是我第一次见岷江的地方。过去的岷江，只是思蒙河对岸的一蓑烟雨，一个梦想。到青神中学读高中时，报到后第一件最重要的事，就是邀约几位同样没有见过岷江的西山人到老河街看岷江。看岷江同时还看白帆，儿时在思蒙河畔的白虎崖放牛，远远望去似梦如幻般的白帆。它不仅代表了我童年的美与梦，还代表了诗与远方。为此，我曾写过一篇《对岸》的散文表达当时的心情。

当然，那一次不仅看到了白帆，还第一次看到了纤夫。才知道原来带着大船驶向远方的不只是白帆，还有纤夫。在白帆张扬地乘风而起，扬帆远航的同时，纤夫虽也同行同步，却默默无闻，俯身江流，匍匐前行。

有了第一次，当然就有第二次、第三次。事实上，从此以后，我与岷江的交结就从未间断，包括乘着帆船顺江而下，吟着李白《峨眉山月歌》，穿过嘉州小三峡，到乐山板桥溪丈石验方，坚守一个月，挣了18元的暑期勤工俭学学费；到青神县委工作后，在岷江里参加赛龙舟、抢鸭子，随领导往返岷江两岸走村串户、访贫问苦。

今天，我又来了。来到忆村，以记忆打点往事，以灵魂贴近岷江。就这样，江水伴着思绪，流向村庄的深处，指向我出发的地方，指向思蒙河、白虎崖和长池村。

仍是水，却是门前的一方池塘；仍是流，却是父亲从思蒙河里的引水泡田，小麦油菜收割后就要栽秧子。是稻谷，成都平原天府粮仓的主角。父亲当然知道我对这些不感兴趣。一个小屁孩，只晓得放牛割草，哪知道“春天一粒种，秋后万斤粮”，哪知道父亲母亲青黄不接的愁苦。于是，知我的父亲，在翻土灌田耙地的间隙，用竹纤和油菜秆为我做了一个小水车，放在灌田的水口。随着灌田的水流，小水车叽叽地转动，煞是好玩。这对于我这个从未见过什么玩具的农村小孩，实在是莫大的奢侈。

但在当时，也只限于好玩，没有想到其他。了解水和水车的奇妙，是后来的事。

是白虎崖脚下的一片高地，其实也不是很高，就高出平地两三米。但水往低处流，高出一米半尺也不行，也不能自流灌溉，李冰父子治水，也必须遵循这个规律。

这并没有难倒乡亲们。他们用树木做成水车，与父亲给我做的玩具水车一样。不同的只是大了许多，足可装满一间屋，我把它称为大水车。还有，大水车转轴轮毂上连了一个长长的水槽，搭在高地与低地之间。水槽里布满了木片，尺余一个，挂在可以转动的轮毂上。传动原理也倒了个个。爸爸做的玩具小水车是靠流水冲转，而大水车则是人工踩转。小水车原本由水推动的踏板，现在由人踩。村民们手靠高高的护杆，脚踩着踏板旋转，称为“踩水”。踏板连动转轴，转轴连动轮毂，轮毂再带动水槽里的木片，不停地旋转，把低处的水从水槽里提上来。踩水是一门劳力活，大多由村里的精壮劳力承担，妇女们吃不消。男人也是四人一组，踩两小时就要轮换。

再后来，爸爸又带我看了村里汪家滩的大大水车，又是另一番气象。

我之所以要用气象这个词，是因为它的宏阔、大气、壮观和作用。大大水车依托一棵千年的黄桷树而建，足有二层楼房高，屹立在滩头。为了增大水的落差，人们还沿着滩头垒起一条简易的拦水埂。夏天炎热时，滩头便成了农作一天的农人的最佳纳凉去处，男女老少，无一例外。

大大水车制动的原理与小水车一样，靠的是自然水流驱动。不同的是，在原大水车的脚踩蹬头、现在的动力板处，嵌了一个盛水的大竹筒。这样，随着湍急的河水推动水车旋转，装满水的竹筒源源不断地将河里的水提到水车的顶端，倒入顶端横置的接水槽，再流入高处的导水渠，直至流进村庄里的主水渠，灌溉一片一片的庄稼。

于是，童年的水车，在我的心里简直就是个神奇。它既圆了我清苦童年的童真梦，又圆了勤劳乡人的丰收梦，还滋润了身心疲惫、生活枯燥的农村男女的精神生活。

先还想，一汪汉阳湖，汇聚了两江之流，能汇聚我的童年之梦该多好。甚至在规划岷江航电梯级电站的时候，也没有想那么多。当时只想到工作，如何不负众望，把眉山市境内各级航电工程，汉阳、虎渡溪、张坎、汤坝、尖子山、江口等的规划做得好些，再好些，更好实现内陆眉山的通江达海大梦，为四川建设西部综合交通枢纽做出应有贡献，让我童年的对岸边际线，跨越思蒙河，穿过岷江，抵大海的彼岸。

也许是无心插柳，没想到，圆梦竟在忆村时分。

是的，童年的梦，随水车钩沉，幻化成眼前的汉阳航电——这长长的大坝的前世之根，不就在父亲灌溉的沟渠里、乡人踩水的脚步中、故乡汪家滩的拦水坝下；航电的通航发电送水，不就是我站在白虎崖上遥望的视线延伸，或者说水车旋转中对生命的诗与远方的期待；我们今天的男男女女泛舟汉阳湖，不仅令我想起《诗经》里的"蒹葭萋萋，白露未晞。所谓伊人，在水之湄"，也想起当年的汪家滩头。

村庄是乡愁的载体，忆村是乡愁的拥抱。一忆村深，深处，是精神的原乡……

原载《四川日报》2023 年 3 月 31 日

大美老君山

郑旺盛

一

一座山，因老子隐居，后世名曰老君山。

秦岭余脉伏牛山，绵延横亘八百里。老君山乃伏牛山主峰之所在。巍峨挺拔，高耸入云；苍峦叠翠，云海茫茫；激流飞溅，翠竹如海，成就一方壮美风景。

一条河，引鸾鸟飞翔，古时美其名曰鸾水。

鸾水源于熊耳山南麓，今人称之伊河，河流蜿蜒东去，时直时曲，时缓时急，滋润栾川，孕育"伊洛文明"。大美山水，文化是魂。这是一片神奇的土地。

壮美的山水，厚重的土地，抚今追昔，这里出现了多少灿若星辰的人物！老子、伊尹……在历史的长河中熠熠生辉，成为栾川人永远景仰的往圣先贤。

二

西周晚期，周朝"守藏室史"李耳，也就是老子，目睹朝政日渐荒废，决定辞官为民，周游天下。老子经函谷关时，被久仰他的函谷关关令尹喜盛情款待，邀其务必留下墨宝，老子遂作《道德经》五千言赠予尹喜。然后，老子辞别尹喜，驾青牛腾云而去，踏上周游八方之途。

传说老子骑着青牛，遍寻九州四海，却一直未能寻见理想之地。一天，他云游至八百里伏牛山，见此山三大主峰东西排列，巍峨雄奇，从此归隐东鼎景室山。

景室山即老君山，老子隐居景室山，虽不见正史，但地方志里多有记述。据《南阳府志》载：老君山在内乡县北，突峰悬崖，隐现云表，世传老子修道于此，药灶、丹炉遗迹俱存。《内乡县志》《卢氏县志》亦有相似记载。

老君山，乃天地感应之产物，是大自然与源远流长的中华文化机缘和合而馈赠给栾川人的大福报。

三

老子在景室山归隐，令世人景仰膜拜。北魏时，皇家在山中建庙纪念老子；唐贞观年间，由李唐王朝敕封，修建了"铁顶老君庙"，太宗李世民特赐名为"老君山"，沿袭后世；明万历十九年，即公元1591年，大明皇帝颁赐《老君山道经诏谕》，敕封为"天下名山"。

风雨雷电，朝代更迭。这些庙宇道观，虽然毁毁修修，兴兴衰衰，但八方香客依然慕名而来。尤其是顶峰处历史悠久的老君庙道观群，巍巍壮观，在中国众多道教庙宇中屈指可数，享有盛誉。历史上老君山与武当山齐名，被誉为"南北二顶"，民间赞曰："南有武当金顶，北有老君铁顶。"

每年农历四月初八开始，是老君古庙会。白天，山道之上，熙熙攘攘，人头攒动；夜晚，火龙蜿蜒，连绵不断，盘旋直达金顶。

四

老君山的春天悄然来到了，虽然有些晚，但更加艳丽，更加独到。知名不知名的花，次第绽放，或鲜艳夺目，或清香四溢，从山脚下一直到山顶上，到处是花的海洋。每年的4月到5月，老君山人会不失时机举办"仙山花海节"，吸引全国的游客来这里，观赏老君山姹紫嫣红、千姿百态的花海，感受大自然的芬芳、壮美和神奇。

夏天是个热烈的季节。每年7月到8月，老君山人就会举办"观海避暑节"，吸引游客们来老君山观赏神奇多变、变幻莫测的云海，感受到云遮雾绕的梦幻与"云海翻腾千重浪"的雄壮。云海之外，夏天的日出同样壮观，每一次日出和日落，都与老君山的云海相映成趣。

绚丽的秋天如约而至。置身老君山，看层峦叠嶂，苍山如画；看飞瀑如练，流水匆匆；看红叶如火，野果飘香；看飞鸟盘旋，天高云淡；看秋风飒飒，清爽宜人。每年的 9 月中旬到 10 月中旬，老君山人会举办"五彩秋趣节"。来到老君山的人，会在山水自然之中，采摘野果，品尝野味，听风听雨，提笔作诗，分享老君山秋天最绚丽的景色和最充实的快乐。

冬天终于从天而降了。老君山的雪，总是下得比较早，下雪啦，下雪啦，山上的松林，在冰雪和风中，幻化成了雾凇，美丽至极。每年 11 月至春节，老君山人会举办"冰雪雾凇节"，用大自然的美丽和壮观，让成千上万的游客，在最美的雪景中流连忘返。

五

青山叠翠，泽被世人。老子《道德经》云："上善若水。水善利万物而不争，处众人之所恶，故几于道。居善地，心善渊，与善仁，言善信，政善治，事善能，动善时。夫唯不争，故无尤。"

八百里伏牛山巍峨壮美，五千言《道德经》灿烂生辉。

今日的老君山，是一座令人向往的仙山，是一座风光无限的奇山，更是一座具有浓厚老子文化的圣山。

原载《松原日报》2023 年 6 月 13 日

梅雨潭

白荣敏

不知为什么，又常常想起梅雨潭。早年，知道了语文教科书里的梅雨潭就在近旁的温州，那一年通了高速，偕两位好友，就去了。掐指算来，已有十年，时光恍惚，犹如那渐行渐远的绿。如今，年过四十，越发想体味一下朱自清先生当年那股难得的美意与豪情。于是，又去了。

走的还是高速。这条东部大动脉，自北向南，穿越中国经济最活跃的地区，像一条丰水期的河流，汹涌澎湃。各式汽车呼啸而过，朋友把车开得像一条灵动的鱼，时而减速让道，时而加码超越。"高速"是这个时代的关键词，现在的人连旅游都是那么匆匆，似乎不这样就跟不上时代的步伐。我不知道，这样的行走到底有多少风景能够进入内心。也许真是因为躯壳自顾自走得太快了，我们把灵魂远远抛在了身后！

梅雨潭在温州的仙岩，仙岩是温州南郊的一个乡镇，原来隶属瑞安市，几年前划给了瓯海区。虽然城市的扩展已然迫近，但相比喧嚣的市区，这里还是安静了许多。车子擦过集镇，来到了大罗山脚下。温州一带的山，都属于连绵不断的雁荡山脉，然而仙岩所属的大罗山却远离群山，巍然坐落在温瑞平原上。其山平地拔起，峻峭峥嵘，给温州带来了不少的生气。正是春深时节，仰望头顶青山，蔚然深秀。眼前一条溪流在绿树的掩映下从一个山坳中倏然钻出，我们沿溪进入，被盎然的绿意包围，心很快就沉静了下来。

突然就遇到了一堵围墙，在一排树的怀里，记忆中这里有一座寺院。尽头的拐角终于有了一座门楼，门楼却又不署寺名，高挂"开天气象"四个行书大字，一看落款，"晦翁书"。"晦翁"是朱熹晚年取的名号。"庆元党禁"，朱熹受到了迫害，被斥为"伪师"，甚至有人提出要杀朱熹以谢天下。67岁高龄的朱熹回到了福建老家，然后辗转闽北、闽东各地，后来取道瑞安，来到了大罗山脚下。大罗山养育了陈傅良这位思想家，他曾经长期在仙岩读书授徒，创办书院，他所代表的永嘉事功学派，与朱熹的道学派、陆九渊的心学派，并列为南宋时期三大学派。我猜想，朱熹与永嘉山水的结缘，与陈傅良不无关系。他当时的境遇何其不堪，甚至危险重重，却有心情题写"开天气象"这样雄阔高昂的大字，他的胸怀和气度可见一斑！

离开仙岩寺，我们三步两步就钻进了梅雨潭，不知道走的是不是朱先生当年的路径。突然之间，一条瀑布挂在了头上。水流不大，再经岩石的撞击，纷纷扬扬，丝丝点点，真是像极了江南四五月间的梅雨。这"梅雨"好生温顺，仙女似的飘飞而下，柔柔地就扑进了一汪绿色的深潭之中。梅雨潭的两边均是峭崖陡壁，包住了这一条白水和这一汪绿水，与外面的世界就更有了距离。虽然还有哗哗哗哗的水声，但我此时的心越发沉静了。

我登上了梅雨亭。在此可以坐观飞瀑，又名观瀑亭。果然整条飞瀑尽入眼帘，偶尔还能感觉得到数点纵情的水珠飘来，粘到脸上，撩拨起了心底的一点诗意。坐下来，发一点思旧的幽情，于是就怀想起朱自清先生。

那是1923年10月的一天，天气薄阴，先生和浙江十中的同事马公愚以及另外两位朋友，也是先到了山脚下的仙岩寺，再到了梅雨潭。那绿色的潭水像一张极大的荷叶铺展着，先生站在水边，为那潭水的绿而惊诧了，他的心随着那绿水而摇荡，舒缓了心头的愁绪，迸发了心底的诗情。他对马公愚说："这潭水太好了！我这几年看过不少好山水，哪儿也没有这潭水绿得这么静，这么有活力。平时见了溪潭，总未免有点心悸，偏这个潭越看越爱，掉进去也是痛快的事。"

1923年春，为了生计，朱自清应浙江著名教育家金嵘轩的邀请，到位于温州的浙江十中任教。从1920年5月开始，朱自清从北京大学毕业回到了浙江，辗转于杭州、温州、台州一带。军阀混战，民不聊生，他带着妻小以及心头的苦闷和悲愤，像浮萍一样到处飘零。那时，五四的狂飙已然落潮，文化战线呈现分崩离析的状态，就如鲁迅所说："有的退隐，有的高升，有的前进。"想当初，为改变中国的历史面貌，他们满怀激情，激扬文字，满以为经此狂飙扫荡，祖国河山必然焕发一新。谁知狂潮一退，依然荒滩一片。各系军阀在中国政治舞台上演了一幕又一幕的丑剧。丑恶的社会现实，时时给先生以强烈的刺激。

山水有清音，也许真是干净的山水能够洗涤身心！也许唯有这"越看越爱"的山水，能带来心灵的些许慰藉，从中获得一些"活力"。寻找山水的慰藉，以前的文人还能在污浊的生活环境中阅读美，体验美，进而拥抱美。今天，我们如何在庸常的生活里寻找幸福和诗意？这既是一种能力，也是一种态度，更是一种责任。我们胸中要有气象，朱熹如是，朱自清如是，我们也应如是。

朋友们也分明惊诧于这梅雨潭的绿了，一个劲地拍照留念，我却不知在亭上坐了多久，直到他们喊我离开。温州的朋友告诉我，这山后还有一座伏虎寺，弘一法师曾在寺中驻锡，潜心悟道，醉心山水。我心动了，但斜阳西下，不得不起身回程。我心想，错过就错过吧，弘一法师当年遁入空门，已了无牵挂，可我们还得回到那些庸常而实在的日子里。

原载《瑞安日报》2023 年 2 月 1 日

清心茶铺

周　伟

去到一个叫茶铺的地方。

一垄一垄的青绿，郁郁葱葱；一大片一大片的茶园，辽阔无边。这样大气，满地生机。

坡前是茶树，坡顶是茶树，坡后也是茶树。树是一排排，一畦畦，整整齐齐，漫山遍野，仿佛一片绿的海洋。走进去，齐胸深，一汪碧绿立马涌到胸前，人也全然绿了。

有茶缘之人说得好：茶之为物，最宜精行俭德之人。一饮，再饮，三饮得道。于常人，不论富贵贫贱，茶为平常之物，早晨开门七件事，柴米油盐酱醋茶。

茶可饮，更可以清心。世间无茶，何以清心？

绿而静，静而淡，一下子拥有了素朴的心境。哪管俗世，什么名利，风霜雨雪，世事无痕，一切皆为虚无，一切都已远去。想起茶的前缘，想起自己的前世今生，若有所悟，心也安然，澄澈而纯净。

茶的最早记录，相传是有一天神农采集奇花野草时尝到一种草叶，气味清香，舌底生津，精神百倍。还有一种更为传奇的说法，说当年达摩祖师丢眼皮的地方居然长出一棵小树，每次想打瞌睡时，就摘这棵小树上的叶子咀嚼，一提神，就不想睡了。

后来，世人认定这棵小树，就是茶树。

茶树可生长几百年，返老还童，青绿依旧，新芽常吐，常采常新，源源不断。

茶，是嫩芽，是香叶，以前只是慕诗客、爱僧家，现今已进入寻常百姓家，能清心明目，洗尽古今人不倦，面对尘世春暖花开。

茶饭，茶饭，清茶淡饭，平常日子。人们对茶、米一贯很看重。人高寿，也和这两样都有关联。八十八岁称"米寿"，活到一百〇八岁称"茶寿"。当年季羡林向冯友兰祝贺九十寿辰时，送了这样一副寿联："何止于米，相期于茶"。

清茶淡饭养生，碧水青山留老。人嘛，过的是生活，品味的是日子，也就离不开茶了。有道是：茶中日月长，一茶一世界。

有茶，便有道。做人，须有品。我一路走在茶道上，一路默默无语。我忽有所悟：种茶如树人。

茶是洁物，是雅物，能免俗。江湖一碗汤，人生一杯茶。茶道有道，"致清导和"，贵在随意随心。尘世多俗，茶亦难免落入染缸，究其实，罪不在茶，在人，在心。

我自是不能像陶渊明一样归隐田园，但也总想有朝一日，自己能买得起一座青山的话，那就以山做茶园，山前山后都种上茶树，春茶吐芽之时，行行新绿里，欣喜采摘忙。静下来，听山歌对唱，戴月采茶归。和农人一样，白日里，山上砍柴，竹林下煎茶。夜深人静之时，一个人品茗吟诗作画，岂不快哉！

看得见的，清贫的是生活；看不见的，清心的就是茶了。

想当年，郑板桥也是这么说道：一间茅屋，数竿新枝，微透着绿色。独坐其中，泡一盏雨前茶，铺一张宣州纸。偶尔朋友来访，对坐喝茶，风吹动竹子，风声竹声一片……

原载《文学报》2023 年 8 月 3 日

怡然在野

冷　冰

　　题记：田野里的每一株草、每一种动物都在告诉我关于生存的哲学，它们蕴含在季节的变化之中。我看着那些庄稼、树木、禽鸟的生活，体悟其中的生机与智慧，心存敬意和感激。

一

　　在中国北方，立秋之后的大地仍以绿色为主，白菜地的翠绿、杨树的深绿、湖水的暗绿，还有刚成熟的谷子地里染上黄色的苍绿。绿的层叠，堆出入秋的浓郁与厚重。从 8 月开始，黄、红、褐、紫渐渐泛起于田边沟壑，到了中秋，抬望眼，世界便成斑斓花色，世间的景物开始呈现轻盈而多变的姿态。色彩是大地天才的衣饰，壮美无言。

　　一两场雨，两三次风之后，天忽然高了，在炫目的阳光下蓝得耀眼，像深不见底的湖水，让人有伸手去探一探的欲望。云白了轻了软了，在天空的湖面上飘荡。空气不再黏浊，阳光亮而薄，有铜的金属质感，照到哪里，哪里便镀上一层亮丽的光膜。

　　秋天宜远望，或 45 度角的仰视、俯视，色彩、气味、层次、韵律，满眼满怀，流连其中，心意怡然。

二

　　在田野里，玉米怀抱着孩子等着接她回家的农人，高粱蓬散着诗人的长发仰天长吟，谷子低头与螳螂道别，田鼠一家在野草的掩护下忙着挖洞，准备贮存冬天的口粮。

田野里的庄稼不仅增加了土地的厚度，也是土地成长和思考的状态与结果。它们听风说，听雨说，听飞过的喜鹊说，但它们自己不喜欢说话。它们在沉默中把扎根、拔节、长叶、开花、结果的事做完，不忽略任何一个细节。做比说重要，说话会丢很多东西，而做让生命更有方向感，更接近生活的需求和本质。在大片大片的田地里，虽然每一株玉米、高粱都有大致相同的成长经历，但每一棵又那么不同，结出的果实、看阳光的角度、喜欢的鸟，都不一样。它们自己懂得这些，就像人类，都有四肢五官组成的身体，但每个人又都是独一无二的自己，有各自的性格、各自的心事、各自的命运。

一棵紫色的牵牛花缠着一株高粱螺旋向上，纤软的枝蔓边攀缘边开花，喇叭形的花盏质地娇嫩，如少女的肌肤。花蔓就要攀到高粱的穗实了，高粱的脸涨得通红，不知因为害羞还是激动。我从这棵高粱边走过，心想，这样日夜缠绕厮守的情谊，在田野里常见，在人群中却越来越少了。

三

每当走在田野里，思绪会随着看到的一棵树、一朵花、一片叶子跳跃，与花花草草在一起，心可以放松得像风一样自由，无拘无束。但纠结我的问题也很多。比如，大雁如何确定回南方的日期？核桃的纹理真的和人脑一样吗？我还想知道，西瓜和南瓜是否可以嫁接，如果可以，哪个会更甜更大呢？诸如此类的问题，至今仍无答案。

在一架豆角前，一串豆角就是一件工艺品，像一枚枚做工精致漂亮的翡翠小刀，有玉的质地，挂在那里等待抚摸。黄瓜是有个性的"愤青"，披带刺的外衣，别黄色小花的徽章。苦瓜将一生的坎坷牢骚写满全身，但苦味仍存在心里倾诉不尽。西红柿、白菜、倭瓜，名副其实，性情外露，从它们的名字即可大略知晓它们的颜色、面貌甚至味道。

蚂蚁、蚂蚱走到哪里都如穿行森林。野兔的藏身之所仍很隐秘，想见到它们只能凭运气偶遇。一群麻雀在一片菜园上追逐嬉戏，完全地即兴表演。它们每一只都是特级飞行大师，身怀绝技。平行急加速、俯冲翻转、急停、跟进……动作随心所欲，精准流畅，特别是轻灵优雅的气质，令人钦慕。我想，它们完全有资格做人类的飞行教练，如果哪个飞行大队掌握了麻雀的飞行技巧，像它们一样在高空中飞旋，呵呵，那场面一定会让观者震惊、晕眩！

在这片地的边上，一头驴妈妈正带着一头小驴吃草。小驴刚出生一周左右的样子，和一只看门的中华田园犬差不多大小。与妈妈肚子里温暖安静的世界不同，周围的一切嘈杂而陌生。小驴紧贴着妈妈的肚子站立，一副怯生生的样子。它没有幼儿园、没有玩伴儿，只能跟在妈妈身边，闻妈妈吃过的草，走妈妈走着的路。其实，不止这只小驴如此，很多孩子就愿意这样跟妈妈在一起，而不是当留守或寄宿生。对于我们有限的生命而言，能和亲人在一起就足够了，何况，在快节奏的生活之中，对很多人来说这已经是奢望了。

西沉的太阳像一张金色的唱片，在雾霭中向下一点点地沉坠。一会儿，这张唱片慢慢滑入山的后面。两颗星星明亮地钉上天空。苍茫的夜色从头顶缓缓罩下来，舒缓的夜曲伴着回家的脚步。

秋风起，凉爽入心，站在田野里，平心静气，我望见了生命中很远的事情。

原载《中国电力报》2023 年 8 月 11 日

辑
五

做一只快乐的"跳蚤"

淡巴菰

距洛杉矶 30 英里的这个山谷小城每周日都有露天的二手商品集市，叫 Swap Meet，直译为交换市场。小贩形形色色，物品花样百出——从印第安的织毯、非洲木雕到各种锈迹斑斑的农具，旧吉他旁边是一堆破鞋旧包，蒙着灰的吸尘器紧挨着只有一只眼可以眨的洋娃娃。逛市场的人也集中了各色人等：保养良好衣着时尚的瘦高老太太，擦肩而过挺胸叠肚只吃得起快餐的中年汉子……

那位我从没问过姓名的老人摆着全市场唯一的书摊，卖二手书兼唱片。是因为不希望斯文扫地吗？不像其他小贩摆的真正的地摊儿——直接把东西散乱地放在地上，他的书和 CD 都摆在支起来的几张可折叠三合板桌上，且无论书还是唱片，都一一码放整齐，封面朝上。

老人有 70 多岁的样子，看不出他来自哪里，干过什么职业，有家还是单身，但能判断出来一点，他是位穷人，虽然他那皱纹纵横的脸上总带着卑微又满足的微笑。

我的房东 Jay 是地道的美国人，他从不像我一样对老旧的东西感兴趣，可周末偶尔也去跳蚤市场逛逛，最爱的去处就是老人的书摊。50 岁的 Jay 是理工男，爱读的文学书有限，无非是史蒂芬·金、道格拉斯·普莱斯顿的恐怖小说，每出一本新书，他都必去书店买回来作为枕边书一部部啃。有洁癖的他并不怎么买旧书，可是他不介意买唱片，毕竟不用捧读在手，只是放在车的 CD 机里上下班路上听。他倒是特别鼓励我这爱淘旧货的人买上几本书，有时还抢着为我付钱——一块钱一本！

某次我一口气选了五本书，接过那张五元纸币，老人道了谢，弯着腰缓缓地走向市场的餐饮区。"他肯定是去旁边那个热狗摊儿买吃的去了。"

163

Jay 望着他的背影轻声道。

最近我刚写完了一篇关于毛姆的文字，表达我对这位英国作家的欣赏与敬重——他 1920 年曾在战乱的中国游走，随笔集《在中国屏风上》不吝笔墨地描写中国的苦力之可怜和可敬。是泉下有知的他感觉到了我的由衷赞美要回馈我吗？这天，在经过老人书摊的时候，一瞥之间我竟然看到了那个熟悉的名字：William Somerset Maugham（毛姆英文名）。驻足细看，却原来是毛姆短篇小说全集，上下两卷，出版于 1952 年。我激动地翻着书页，这两卷年龄和我母亲相同的书居然还和新的一样，甚至还有原装的硬壳封套。我早就读完了毛姆的长篇小说和随笔集，一直心心念念着要读他的短篇小说。没想到，竟是在这样的场合得到这近乎天赐的礼物。我掏出五块钱，捧着那厚重的一套书走向老人。他正坐在小圆凳上听一个熟人神侃。扭头微笑着打量了一眼那书，他开始找钱给我，一二三四，他递给我四块钱。可这明明是两本书啊？我提醒他，同时又递回他一块。"这不装在一个盒子里吗？"他慢悠悠地说，蓝色的眼睛里仍是那快乐知足的微笑。我没再说什么，只把那一块钱放在他的桌子上："你不能卖太便宜了，否则这书的作者会不高兴的。"与他聊天的那位汉子听了，用西班牙语跟老人说了句什么，老人只是抬头，望着我微笑着。

"他那么穷，可是一点也不贪婪。"我边走边跟 Jay 感叹。

"有些人没钱，可并不代表人家不快乐，更不意味着他们渴望更多钱，或者羡慕有钱人。他们也用不着别人同情。你发自内心地尊重他们就好。"善良的 Jay 是年薪颇丰的软件工程师，一向乐于向陌生人伸出援手，却能如此清醒地看待金钱这货币符号。我有点为自己刚才的"慷慨"脸红。

我们继续在这旧货的沙海里穿行。我发现 Jay 又穿着下摆处磨出了破洞的 T 恤。

"你为什么不扔掉它？反正你有那么多 T 恤可替换。"

"我喜欢这件。为什么有洞就扔掉？许多人不是穿破洞牛仔裤吗？"

"穿破洞牛仔裤是时尚。穷人或流浪者才穿破洞衣服。"

"如果有人看到我的 T 恤有洞就轻视我，那随他的便。我丝毫不在乎。"

我们正这样聊着走着，我的目光忽然停留在一个旧纸箱子上，里面用淡棕色油纸包着的像书签一样的东西是什么？有几张散落出来，我俯身捡起来看，张张都印着精美抽象的图案，或是植物或是小动物，或是孩子，每张书签上还都有一层可以揭掉的蜡纸。我蹲下细看，直觉那是非常古老的工艺。过了一会儿，我从别处再折回来，还想细看一下那堆神秘书签，却见一位中年女子正蹲在那儿把那一箱子东西一件不落地往她的购物车里装，还跟旁边立着的另一位妇女嘀咕，又像是自言自语，"我知道我会有麻烦，又淘回家这么多自己都不知道是什么的东西。我不管，我就是喜欢它们!"看我上前打问究竟，立着的妇人指指自己挎着的书包说："这是非常老的英国的印花贴纸，人们用在家具或衣物上的图案。我买了几包，10块钱。剩下的她都要了，50块!"

"即便它们一钱不值，堆床底下也无所谓，谁让我喜欢呢。"我忽然看到那个女子的纯白色棉 T 恤上也有好多因穿久了绽开的破洞，可她坦然淡然的神色让一切似乎都自然舒服。

望着这两位陌生的女人，我忽然很感动，像在荒无人烟的地方发现了同类——我也经常和她们一样，对自己一无所知的物件动了情，再旧再破再没实用价值都不在乎，只想带回家与之朝夕相伴。

我曾买回家一个巴掌大的木雕，两只小猫偎依着中间的大猫，底部有两个笔迹认真又幼稚的签名和一行字："祝亲爱的妈妈 Lucy 生日快乐"。时间是 1959 年的某天。当时我毫不犹豫地买下，因为那真挚的感情让我的心一下子柔软了。我不禁想，母亲 Lucy 还在世吗？如果某天我把这小木雕放在网上，可否让它再次回到曾经的主人手里？

我还买过一本手工压制的干花标本，薄薄的十几页，每页都有一朵带着花茎与叶片的干花，旁边是手写的植物名称。那用白线缝制装订的书脊凹凸不平。我摩挲打量着它，想象一个痴迷于植物的人（也许只是个孩子），专注地完成了这本简单的册子。如今他（她）又在哪儿？

"你淘回来这些既不能吃也不能喝，没任何升值空间，花钱占地方。"我的邻居、来自巴西的蒂娜大妈就常笑我不切实际，也爱园艺的她不同于总爱种些稀奇古怪多肉的我，她买植物只有两个标准，要么能结可以吃的果实，要么能开有香味的花儿。

我立在跳蚤市场，望着那两个陌生女子，百感交集。她们不会知道我被深深地触动了——是她们，让我更有勇气从物质价值的束缚中解放出来。我自己也不知道，从何时起，面对一件吸引我的物件，我也开始像某位只收集欧洲宫廷瓷器的女友一样，掂量它是否有升值空间，或像蒂娜大妈一样估量它是否划算。沉浸于更多的世俗逻辑，那些触动灵魂或情感的电光石火，已经被我硬起心肠疏离了。

在集市的尽头那棵大杨树下，我遇到了更奇葩的一幕：一个摊开着各种廉价牛仔衣物的长条桌上，居然摆着一件老子拄杖木雕。琥珀色的硬料实木，精湛又不俗的雕工，显然有些年头了。"多少钱？"我一边上前抚摸端详一边急切地问摊主，一位身形敦实面容淳朴的墨西哥大叔。"这是非卖品。我自己的私人物品，不卖！"那木雕有半米高，分量不轻，大老远开车带来摆在桌上却不为了出售？！大概看我表情诧异，大叔又认真地补充了一句："他就是我！"说着还把一顶牛仔帽扣在老子头上。我随即笑了，对这有趣的摊主说："没错，你的灵魂伙伴！"

旧货满坑满谷的跳蚤市场，竟让我意外邂逅了那么多独特、可爱的人——值不值钱？我丝毫不在乎！只为了内心的欢喜而活，任性地做一只快乐的"跳蚤"，岂不很好！

原载《光明日报》2023 年 1 月 13 日

似水年华

谭　践

夏天的烦恼

麦子黄了梢，甜甜的麦香就飘进村里来了。特别是月圆的晚上，夜深人静，麦香格外强烈，即使插上大门，也挡不住浓郁的香气。布谷鸟鸣叫着从南方飞来，麦季大忙随之开始。这时，学校就得放假，称之为"麦假"，老师和学生都要回家"抢麦"，在短短十几天内将田里的麦子抢回家，紧跟着，夏季就来了。

开学后，学校便给我们加了一个项目：睡午觉，名之为"午休课"，实在弄不明白，明明是睡觉，怎么叫"课"呢？似乎只要叫"课"，就要一本正经，认真对待。一般是下了最后一节课，大约十一点半开始，睡到一点多放学。午休的场地是教室，有的伸直身子侧躺在长条凳上，有的蜷缩着躺在课桌上，有的干脆趴在课桌上，都枕着书包或是自己的胳膊，我们正是精力最旺盛的时候，哪里能轻易睡得着呢？有人东张西瞭，晃凳子摇桌子，假装咳嗽，闹出各种动静，有人动动这人的腿，戳戳那人的背，搔搔自己的头……要想睡着，真比登天还难。学校便派了各组组长轮流值班。组长手执三尺长的白蜡杆，瞅着谁不老实，轻点一下，以示警诫；还有人睡不着，便规定了时间，再睡不着，就被赶到室外大太阳底下罚站，直到出了汗才允许回来。

我跟外号叫"三狗子"的同学躺在一起，他真是比狗还要调皮、胡闹。有个女组长值班时，他最爱捣乱，找着挨"罚"，他刚站在太阳底下，便喊"出汗了"，组长一看，脸上果真湿湿的，哪有这么快出汗的？组长终于知道，他是将唾液抹上了，便不许他回，直到真正晒出汗。

这样睡了一阵，总睡不着，父亲便着手给我打草苫子。挑选了刚割下来的又长又白又细的麦秆，支上木架子，一把一把用经绳密结在一起，为让我睡得舒服，特意加了长，铺开可以将一边卷成枕头；加了宽，防止睡着了滚到地下；加了厚，软软地像睡在自家炕上。有了这些好处，草苫子就重了，卷起来竖着抱在怀里，差点比我高了，每天早晨上学，我都要抱着草苫子去，睡完午觉，还要抱着回家，实在苦不堪言。草苫子的好处，却没半点体会。

有个叫小四的，刚上学时光着屁股，好像比我懂得草苫子的好处，到了午睡时光，便会涎着脸凑过来，跟我挤在一起。这我倒不反对，只是他不管睡着还是醒着，都相当不老实，睡着了会身子乱动，硬将我挤到一边，有时挤到地面；睡不着，拿鬼作怪不说，高了兴还嫁祸于我，引来组长的白蜡杆，有几次甚至被罚站。就是这么个家伙，让我觉得有草苫子还不如没有，午睡更成为一大烦恼。

便想着逃避。

最好的理由是到公社买作业本，当然，得本村代销店没有的，还得向组长请假，经过批准后方可行动。准了假，大太阳底下，一溜烟跑到公社驻地羊流，买了本子，飞奔回来，村子去羊流隔着一条河，水草丰茂，鱼虾成群，水中沙细且白，沙滩上指甲盖大的石英片儿闪亮，晃乱人眼。这当儿，水热热的，脱了衣服躺进去，要多舒服有多舒服。不时有小鱼儿从身下窜过，这种鱼很难捉到，要捉鱼，得到水边堰下，用手去摸。玩够了，站起身子，小风吹过，浑身凉爽。穿上衣服，一路跑回学校，一屋同学都已呼呼大睡。回到我的草苫子上躺下，没想到小四正睁着大眼，他肯定一直没睡，凑过来低声然而很严肃地问，你这家伙，偷着洗澡了吧？边说，边飞快地伸出右掌，参开手指在我胳膊上用力挠了一下，几道白杠就出来了——这是我们验证是否洗澡的"利器"。小四作势要报告组长，威胁道，这下跑不了了吧？你说怎么办吧？我恼羞成怒，憋涨着脸答，你说怎么办？咱放了学再说！

很快就放了学，我痛苦地抱着草苫子在前边走，小四空手跟在我屁股后头，蹦跳着连连喊，怎么办？怎么办？能怎么办呢？我又不能送给他一个本子，我自己只买了一个啊。我忽地放下草苫子，逼近了小四。问，怎么办？他说，怎么办？不觉间，我抓住了他的两只手，紧紧地抱住了他的身子，一个别腿猛地把他摔倒在地，我也跟着倒下去，压在他身上。我纵起身子，骑在他肚子上，两手卡住他脖子，他脸憋得通红，张嘴要哭却哭不出。我问，怎么办？他说，不怎么办了……

这是我记忆中第一次"打架"，战胜了一向霸道的小四，他再也不敢欺负我了。后来午睡，他宁愿在地上蜷着睡，也不跟我挤草苫子了。很想再叫他上来，终于没能张开口，总觉得欠了他什么。

现在的小四，一直健壮着，一直住在老地方，只是房子已翻修一新。他原来称我表叔，后来，他本家一位侄女嫁给我一位本家兄弟，我倒要反过来称他表叔了。这么大年龄不好改口，我便直呼他名字。他和我老家相距不远，每次见到他，我都热情邀他来家喝茶，他只是客气地答应着，一次也没来。

学校的羊

三年级时，村里建了新校舍，师生们从村中心的土屋子迁进了宽敞明亮的大屋，学校喂的几只羊也从原来柴草围起的羊圈迁到专门建的羊棚里。新学校在村子西北边，离我家很近，也就二三百米，打预备铃从家里走，晚不了上课。

近水楼台先得月。我和几个家离得近的小伙伴，得到了为学校放羊的权力。

那年刚放秋假，岭地的花生和地瓜都还旺生生地长着，洼地的玉米和豆子也还没收割，我们赶着几只羊，今天在岭上放，明儿在洼里放，羊爱到哪里吃就到哪里吃，想走就走，想停就停。人和羊，都自由自在，像天上的云彩。

那几只羊都是山羊，大的像牛犊子，小的像小牛犊，都长着长长的白胡子，它们走在满是绿色的草泊里，胡须飘然，一片雪白，随意变化着队列形状，从天上看过来，一定像一片白云，飘在绿色的海洋。

我们撅着草筐，手持镰刀，羊在哪儿停下吃，我们就在哪儿打草。打的草是学校的，羊不光白天吃，晚上也要吃。平时是不准到庄稼地里打草的，我们跟着羊就有了特权。羊儿吃得鼓了肚子，我们的肚子也鼓起来了。香甜的花生和地瓜，生着熟着都能吃，我们可管不住自己，生吃够了，就点起野火烤着吃，随手逮到的蚂蚱，扔到火里，也烤得黄黄的，脆脆的，香死人。太阳落山了，我们草筐也满了，挥鞭赶着几只羊，得意扬扬的，仿佛得胜还朝的将军。

那时，快到八月十五了，还有比我们高一级的同学在为学校放猪。他们说，过节学校就要宰猪杀羊，老师说给他们分一个猪头。又说，你们放羊的，只能分一个羊头了。羊头虽比猪头小得多，毕竟也是头嘛。他们唱，八月十五月正圆，一个猪头等着咱！我们就把"猪头"换成"羊头"，跟他们一唱一和，反反复复，像拉歌似的。

然而好景不长，有一天，我们把羊赶进羊圈，一点数，少了一只。我们都吓蒙了，忙顺着放羊的地方，来来回回地找，我们还"咩咩"地学着羊叫，像小羊呼唤同伴，像老羊呼唤儿女，想唤回那只羊。

羊没唤回，无奈只得报告老师，学校立即终止了我们放羊的权力。我们只好回家放自家的羊，马上觉得矮了半截，我不愿再放。父亲说，自家的羊不放，学校的羊倒是怪积极！学校给你吃，给你喝啊？母亲说，那可不一样，学校的羊是随便放的吗？叫谁放是一种信任，品行好学习好的孩子才能捞得着呢。

母亲的话说到了我心里。可惜，我们把羊丢了，辜负了学校和老师的信任。

原载《山东文学》2023 年第 7 期

萧红的信

张瑞田

北京的初冬特别暖昧，那排玉兰树的叶子依然绿意盈盈，起风的时候，它们还是相互拥挤，像聚拥的湖水，起伏跌宕，如同一幅妙曼的草书。"萧红的信"，就在我所熟悉的中国现代文学馆展览，C座，一间被策展理念不断"翻腾""盘剥""推搡"的展厅，终于成了适合展览"萧红的信"的地方。

"三十年代的文学洛神"，这是多么准确的概括！萧红命运多舛，她留下的文学作品本不算多，手稿、书信也是寥寥可数。这怪不得萧红，作为在世上生活了三十一年的女人，她已经很拼了，为了生存，为了理想，为了爱情，她始终笔耕不辍，即使在离开人世的前一年，还在香港写下了不朽的《呼兰河传》。从年轻时代开始，我就不断地阅读萧红，那一种莫名其妙的好感，与我们的生活纬度相关，与她描写的人物、山水相关，与她波谲云诡的命运相关。那时候阅读过的她写下的文字，成为文学作品的文字，是我长期迷恋、倾慕萧红的因由。后来迷上作家旧信，就有了阅读萧红亲笔信的愿望。我觉得那是萧红的另外一个世界，从她的笔下汩汩而出的文字，就是她的别一种面相、别一种风采。只是这种渴望姗姗来迟，在萧红一百一十岁的这一年，我才得以与她的四十通亲笔信面对面——这是不是与萧红的面对面呢？也许是。

萧红的四十通亲笔信，也不陌生。大部分是写给萧军的，另外几通是写给华岗的。从 1936 年 7 月到 1941 年 2 月，五年的时间，四十通书信，在一个时空中全部展开，一通接着一通，浑似一条幽深的小径，在时间隧道上逶迤向前。而无比温润的墨痕，被岁月包浆的稿纸，错落有致的文字，映印着女人的孤独、情人的娇嗔、无奈的求助、才女的傲慢、作家的思虑，以及影影绰绰的凄冷……

其实，这些信的文字内容早已经读过了，无数次地读过了。比如她总挂念着萧军，惦记他的衣食住行，让他买一个软枕头，以防脑神经变坏；让他买一件厚被子，避免寒冷。她嘱咐萧军买一件皮外套，用她的"一些零碎的收入"。那个经常对她说"滚""混账东西"的男人，她还是割舍不下，尽管情感已有裂痕，萧红似乎一直在弥补。她说萧军的照片像个"小偷"。她给萧军汇钱，这些钱应该是萧红的稿酬。她让萧军寄唐诗，寄其他文学著作。同时，她向萧军讲述自己的写作，文思敏捷时的愉快、笔底迟涩时的茫然，还有邻里之间的琐事、学日语的惆怅、对日本人的印象，一一如实写在信中。信，是本色的，是个人的需要，是必需的倾诉与表达，因此，萧红的信极其实在。她没有像其他名人那样，谨慎地写，推敲着写，即使给私人写信，也在考虑着读者。那样写信很累。萧红就是那条奔腾在黑龙江大地上的呼兰河，野性而质朴，真诚也聪慧，漫不经心又细腻多思。她的信与她的其他文字一样，像一块块黑色的土，孕育着一个女人的真诚——

> 这里的天气还不算冷，房间里生了火盆，它就像一个伙伴似的陪着我。花，不买了，酒也不想喝了，对于一切都不大有趣味，夜里看着窗棂和空空的四壁，对于一个年轻的有热情的人，这是绝大的残酷，但对于我还好，人到了中年总是能熬住一点火焰的。

萧红，就是这样的。

萧红到日本的第三个月，鲁迅辞世。对于萧军、萧红而言，鲁迅是导师，是恩人。她给萧军写信，告诉他自己的悲伤。

> 昨夜，我是不能不哭了。我看到一张中国报上清清楚楚登着他的照片，而且是那么痛苦的一刻。可惜我的哭声不能和你们的哭声混在一道。
>
> 这几天，火上得不小，嘴唇又全烧坏了。其实一个人的死是必然的，但知道那道理是道理，情感上就总不行。我们刚来到上海的时候，另外不认识更多的一个人。在冷冷清清的亭子间里读着他的信，

只有他，安慰着两个漂泊的灵魂！

　　隔着橱窗看去，柔和的光芒让萧红的笔迹清晰可感。曾经读过，那是在铅字印刷的书籍中，那一段段泣血的文字，展开的是萧红对鲁迅独有的深情。点画跳跃，结字自如，尽管是白话文，使用的是钢笔，自上而下的书写，映带连绵，意新语俊，浮显书法的韵味。萧红出身地主家庭，坐落于呼兰河畔的那个深宅大院我去过两次，徜徉其间，看到了沉重，也嗅到了书香。作为东北作家群中的一员，萧红有文化底蕴，她被鲁迅看重，不无道理。

　　我爱作家旧信，一是看文，二是看字。爱与漂泊，萧红的信、萧红的字，让人想入非非。看她亲笔写的字，会不着边际地想，精绝的文章，就是用这样的字迹组合而成，在稿纸格子里的字脉脉含情或是相互推挤，最后成为百读不厌的语言。由文及字，由字及文，这是我读萧红的一个视角。那一天，我特别在意萧红的字，觉得她的字储藏了太多的生命情感，不易言说的希冀与伤痛。不是说萧红是"文学洛神"吗，她的字该是她典型的清洁。因此，我在她的一通信札前伫立，那通写给萧军的信是见惯了的"俏皮的寒暄"，信的末尾，附有她的一首短诗《异国》——

　　　　夜间：这窗外的树声，听来好像家乡田野上抖动着的高粱，但，这不是。这是异国了，踏踏的木屐声音有时潮水一般了。日里：这青蓝的天空，好像家乡六月里广茫的原野，但，这不是，这是异国了。这异国的蝉鸣也好像更响了一些。

　　1977年，萧军无意中找到萧红写给他的这批书信，纸脆如冰，字迹几乎漫漶不清了。那时，我无法猜想日本的夜间和日里是什么样子的，但我熟悉萧红诗句中的情景——"家乡田野上抖动着的高粱""家乡六月里广茫的原野"。哦，这不就是长着满山遍野大豆高粱的家乡吗？于是，这首诗成了我经常吟诵的作品。此后，我也远走他乡。萧红的诗自然熟悉，可是我一直想知道她的写诗经过。此刻，我目不转睛地看着这首诗的手稿，想俯身靠近，橱窗玻璃冷酷地阻挡，我继续靠近，橱窗玻璃依然冷酷，那一时刻，我似乎感觉不到冷酷玻璃的阻挡，只想与萧红的字近一些，再近一些。《异国》手稿，附在1936年8月14日萧红写给萧军书信的后面，虽然是一同寄呈，却是"两个世界"。写信选用了竖式笺纸，行草小字，迅疾、舒畅，行书隽秀，草字恪守法度，字迹上下贯通，富有文章一样的节奏感。诗歌《异国》，则写在宽十厘米高二十厘米的方格稿纸上，竖式，当然，这是传统的规矩。也许是因为写诗连带构思，运笔有些缓慢，不过，一字一句，依然文从字顺。这是《异国》的初稿，稿纸上修改的痕迹清晰可见，有的是插字，有的是换字，插字三处，换字一处，赋予手稿别样的风韵。尤其是最后一句"这异国的蝉鸣也好像更响了一些"，写在稿纸方格的侧面，如同手札中溢出笺纸边界的补充，字小了，缓缓而下，幽情愁绪。

书法，在萧红的心中有位置。她从日本回来在北京居住时，告诉萧军："笔墨都买了，要写大字。""精神不甚好，写了一张大字，写得也不好，等写好时寄给你一张当作字画。"作家的信，内容固然重要，但如果字也讲究，"器识文艺，表里相须"，不是更好吗？

萧红是艺术修养深厚的作家。铺陈于展厅的四十通书信，是阅读萧红的新视角。于是我多次往返，一通通地读，反复地读，似乎明白了这样的字与《生死场》《呼兰河传》的关联，而这样的字，已并不多见了。

原载《散文》2023年第2期

龙凤秘境

杨　雪

　　川南叙永县龙凤镇，位于该县北大门，是泸州去叙永的必经之地。

　　叙永，古称永宁，是历朝历代控制滇黔的边陲重镇。那时，从中原或江南去云贵，经长江、沱江交汇的泸州中转，从纳溪沿永宁河岸而上，直至永宁。这条在古代被称为官道或驿道的交通线，沿途经纳溪的渠坝驿、大洲驿、上马驿，过江门峡，再经叙永江门驿、马岭驿、兴隆场、龙凤驿，最终抵达叙永，然后去往更遥远的滇黔。可见这条官道在当时的重要性。中华人民共和国成立后新建的 321 国道，也是沿这条线路改进修建，直至近些年高速公路建成，走这条路的人车才少了许多。

　　在龙凤镇烟墩坝旁的青山岩石壁上，多年前发现了 17 座岩墓。后经考古学家考察证实，为汉代岩墓。在这些汉代岩墓石壁的石刻上，不仅有口含树枝朝向太阳的獠人郡主的端庄神情，那是代表族人感谢阳光给予人间的温暖和光明，也有祭师祈祷自然万物生长结实的敬畏之举。这样的石刻，让我十分震撼。在遥远的古代，在西南边陲的一隅，一支族群在华夏民族的大家庭中，在昌明的社会下，得以安定发展，并以石刻的方式，记录下对生命和自然的看法，正是当时文明显见提升的标志。

　　在岩墓石刻中，还留存有栩栩如生的牛、马、鱼等雕刻。在烟墩坝，良田沃野、风光秀丽，这在乌蒙山北麓的群山中，是一块不可多得的平坝。牛是那时乡民耕作的好帮手，溪河稻田里的鱼，是百吃不厌的佳肴美食，马是驮运货物和远行出门的重要工具。岩墓石壁上留下这些石刻，我想，不外乎是想告诉后人，要想避免生活的苦难和不幸，必须要在一个和谐安宁、文明进步的社会里，学会敬畏、勤劳创造、相互帮助守望，才能长盛不衰、走向美好。

烟墩坝旁边的兴隆场，是龙凤镇的一个街区，早年是川滇黔古驿道上的一个驿站，后因来此以物易物的人流不绝，天长日久，形成贸易市场。后人冀求此场能长盛不衰、兴隆发达，故取名兴隆场。据叙永县有关资料，兴隆场建场已近400年历史。这里店铺林立、货源繁多，还重视文化教育，故名人辈出。

辛亥革命先驱，"永宁三杰"义士之一的黄方，便是兴隆场上的人。这位家道殷实、从小受过良好教育的汉子，深具家国情怀，有着远大的抱负和追求平等、民主的理想。他参与永宁起义、自制炸药，与辛亥革命先驱佘俊英等人策划组织了泸州起义，参加保路运动，转任川南革命军司令官。后去合江接受清吏投降，在押运税银回泸途中，遭叛军伏击而牺牲。迄今，在泸州忠山还留存有佘俊英、黄方辛亥革命烈士纪念碑。

中华人民共和国开国上将傅钟将军的祖籍也在龙凤，这在龙凤青山岩下傅氏家风家教陈列馆里，有详细的记载和介绍。他年轻时离开家乡，远赴法国勤工俭学，加入中国共产党，成为坚定的无产阶级革命家，为新中国做出了极大贡献。

那天，我在傅氏家风家训陈列馆，看见"勤俭、树德、爱国、敬家"的家风家训才明白，傅氏家风已将家与国的关系融为整体，没有国家的强盛，就没有小家的前途。傅氏家风饱含了朴实的哲理，在中华优秀传统文化的传承中，内涵深刻又浅显易懂。

文化教育的深与浅、家风家教的长与短，其主要目的是启发人的思想和心灵，提升人对世界和人性的认知，使其达到更高、更美的境界，追寻更阔大无边的容纳和智慧。这是文明的价值所在，也是文明薪火相传永不熄灭的根由所在。

龙凤镇境内因有青龙山脉和凤凰山脉交汇而得名，这里奇山异水遍布，森林茂密、民风淳朴，文明之光早在汉代便已开启，且一直延续至今。杨升庵、黄季陆等历代名士多有诗词吟唱赞叹。这里的人们在文明的润泽中，在追求幸福、和平生活的同时，当国家和民族需要时，更不乏挺身而出的义士和忠臣，在文明火炬的照耀下，在大是大非面前，从来不会迷失方向。

原载《四川日报》2023年8月1日

渔 歌

葛道吉

　　渔民，似乎与我们这个地方很遥远，因为王屋山的人民祖祖辈辈与干旱打交道，水是王屋山人民的命根子，水是王屋山人民永久的期盼。然而，1997 年的一天，汹涌澎湃的黄龙被小浪底巍峨的壤土斜心墙堆石大坝拦腰斩断，改亘古不变的黄汤而清澈，冶桀骜不驯的泛滥咆哮而温顺，碧波银镜从此挂上了山头。

　　山岭梯田得到了滋润，古树藤蔓的根须尽情地向枯枝、叶片输送水分。光秃的山头披绿了，黄尘失落了弥漫。然而，当农民们扛着锄头从田垄里走出来，眼前却出现了迷茫。他们长时间将锄把当作一条腿，双手紧握一端，把脸和下巴支在自己的手背上，眼睛长时间盯着碧绿的水面，怎么也读不懂今天这水是怎么了——那是远方来的船只，有人把银色的大网投入水中，手里那根绳一把把拉圆，便有蹦跳的鳞光闪耀。舱里丰收了，那船就泊进湾里，有人点火做饭，有人继续在船上摆弄着网。当空中袅起一缕烟气，生活的画面更加真实而美丽。正当他们看得眼花缭乱、目瞪口呆的时候，水上的人便上岸和他们说话。如此这般以后，他们激动了，很快便有三五一伙上了船。他们有的是力气，那粗壮的网绳被他们拉得绷绷紧，肥胖的鲤鱼跳跃着进了舱。船主露出的牙齿和鱼鳞一样白，笑着递给了打工的农民一二十元钱，农民就感动。

　　这水，还真有好处哩！

　　到船上打工挣钱的农民逐渐多了起来，农户家中有了经济收入，娃们的衣着变了，饭桌上的菜肴丰盛了，大家的心里都在乐。然而乐着乐着就不满足了，一天一二十元的收入。有些人提出要和船主平分秋色，还有的干脆要买船和渔具，这种黄河岸边的躁动，是千百年来所没有的现象。

　　农民们很快便购来了属于自己的机动船，购来了各种渔具。有实力的单独购买，实力差的几家联合。他们迫不及待地下水了。但神情发生了明显的变化，原来给别人打工，带着一种好奇，带着一身轻松，脸上写着笑意。今天不同，在屋里吃女人擀的捞面条时，心里就一直沉沉的，一边大口吞咽，一边在心里盘算着船上还有什么不周的地方。当确认一切准备停当后，碗一推，二话没说，一迈腿跨了出去。

我曾随那些男人下过水，当时他们给别人打工，还故意在我的相机前卖弄结实的肌肉。我问今天怎么样？他们会主动掀开鱼舱炫耀，讲撞上了一个"实网"，足有三千斤，大的一条有二三十斤。老板说，今儿上岸后，让伙计们好好撮一顿。我看着他们的乐，心里很感动。

近日，我又在水上见到了他们。他们已拥有了自己的渔船，他们大面积地使用网箱养鱼，已成了老板。船上十几个人有条理地干着活，有人在绞绳，有人在收网，有人掌握方向，还有人干着别的。我问今天收获可以吧？"不行！"小伙子淡淡地说。可等到合网了，两艘船开到了一块儿，缆绳也绞尽了。网里的水开始沸腾，一时像炸开了锅。鱼儿互相拍打着，有的突然跃起一两米高，重重摔到甲板上，鼓着肚子蹦跶……

我看了心里一阵激动。虽然看不到渔船上赤着背的汉子们精神有多么兴奋，但是他们的脸上写满了认真，写满了成熟、自信。

倏地，一首悠扬的渔歌响起：

唉嗨——
人说黄河从天降哎，
天上倒下了倾盆水哎。
本是黄土疙瘩坡哎，
水是俺的心肝肝喂。
……

歌声是从黄河三峡的大峪湾里传来的，那是小渔划上的渔姑开始向网箱投食了，一时间大峪湾水面上波光四起，鳞白闪烁……

原载《黄河的第三条岸》，河南文艺出版社，2023 年

芙蓉花园

施立松

与千万朵花共朝暮，是什么样的体验？从万千种花香中辨识最独特的一种，又是什么样的体验？

难以想象。

生活在号称"海上花园"的洞头岛，岛礁、沙滩、海浪、鸥鸟，还有一条条跨海大桥，甚至轻如飞絮狂似奔马的云霞，无一不美。只是，海上的花，委实不多，即便是春山半是花的时节，岛上的花也极其有限，杜鹃花零零星星，婆婆纳若有若无，桃花李花也难得一见，油菜花也得特意坐了船去到大门岛，才能一饱眼福。因此，每年春来，心间隐隐约约总有些许惆怅——毕竟没有花事的春天，怎么着，也是一种遗憾啊！

这遗憾在我，只能无可奈何地喟叹，而有些人却付诸行动。

某日，无意中在抖音里刷到一个满墙蔷薇怒放的花园，几个闺蜜立即约了周末去打卡。可惜天公不作美，周末连日大雨倾盆，风声大作。担忧花园的花，经不经得起这一场的风雨，暗暗埋怨这不知所谓的春天，说好的"吹面不寒杨柳风"呢，说好的"润物细无声"呢，这大风大雨，不成摧花辣手了！待风雨稍定，顾不得天色将暮，匆匆地就去了。

远远地，就看到抖音里那一堵获赞无数的蔷薇墙。几个人不由得加快了步子。蔷薇虽有些萎靡，但势头还在，仍兴冲冲地微风中轻摆，含了雨水的花瓣更添几分楚楚动人之态。"满架蔷薇一院香"，湿润的空气满是甜丝丝的香气。迫不及待地往院子里去。银灰色的院门上，一株铁线莲把持着，纤细的身姿把几朵淡绿的花轻轻托起，花蕾微微挺立，花朵徐徐下垂，几个圆形的花瓣像张开的手掌，将一群密集而娇弱的花瓣护在掌心，每一瓣都灵动得像一粒音符。这，应是世间最妖娆的门神吧？

轻推开门，脚步都放轻了，惊叹也硬生生地压制在唇边，怕惊扰了这一院的姹紫嫣红。月季瑞典女王，名不虚传，淡粉色的花朵很是典雅，花瓣像工笔画似的，一片一片交代得清清楚楚；磨法喷泉是穿紫衣的大家闺秀，渐变的紫也掩盖不了她端庄的气质，在众多的花草中，她以高贵的气质夺人心神；月季大游行是一群乡野里奔放的小姑娘，院墙上，她们或高或低，各自狂欢，位置在哪并不重要，她们只一门心思地盛放着，恣意又昂扬；拱门上，一大群月季雀之舞，红得发紫，滴血似的，很有些惊心动魄，坐在拱门下的白色雕花椅上，生怕一不小心，头顶会滴下一滴血来。深蓝鼠尾草，香水百合，风车茉莉棒棒糖，还有落跑新娘绣球，她们都在蓄势待发，假以时日，又将给我们什么样的惊喜？

　　红砖石小道尽头，是青石台阶，月季蓝色阴雨是这一块疆域的主角，她们在扶手上跳跃如脱兔，也在石壁上静默如处子，拾级而上，每一步，都是一幕蓝色阴雨的独幕剧。朱顶红家族迎我们在剧末。这时，我们才算进了主花园。

　　朱顶红安吉拉并不纯粹的白让被缤纷迷醉了的眼猛然一亮，厚实而娇俏的花瓣，莫名地有了几分贵气，看向她们时，身子不由得挺直了些，就像有些人，无须多言，只那么静静地站着，便是一身浑然的气势。台阶旁的水池里，几条肥壮的锦鲤悠然自得，花瓣飘然落下，便纷纷扑上去争夺起来。大而古朴的陶缸里蓄满了雨水，撩一把水向水池，鱼们或向石间，或向花影处，匆匆躲开去。花锄和花勺都在缸边放着，忍不住拿起花勺，舀满一勺，却不知该浇向哪株——大雨刚过，实在不是浇水的时候。满院的花多不胜数，问主人，大概有多少株多少种，主人笑着摇头。花园开建至今，也不过四年。这几年，她把心力全放在花园上，原来的家中搬来一些，采购了一些，培植了一些，自由生长了一些，当然枯败了一些，还有一些只开一季，所以，数量种类实在难以估算。我们也不在意，忙着掏出手机，试图将那一处处美好尽收囊中，一时间"咔嚓"声四起。

　　在主人精心打造的玻璃花房里坐下，静静地，任花香萦绕过来，捕捉那细不可闻的花开的声音。恍惚中，自己好像也变成了其中的一株，身体里涌动着绿色的血脉，血脉里有木质结出的暗香，发丝被露珠滋润，长出长长的触角，悄悄地伸向春天，抵达时间深处。这个黄昏是宁静的，鸟鸣都不忍打扰。

主人的先生送了茶水来，青花的茶盏，斟上温热而清亮的茶汤，氤氲的茶香中浸入花香，让素不喜茶的我，也忍不住轻抿一口。千万种花香中细辨那最独特的一种，就是在千万人中遇见那一个不早不晚刚刚好的人吧？

"养这么多花，很累吧？"我问。"不呀，浇水施肥剪枝修叶，看她们从枯败中萌发新芽，看她们努力生长，努力绽放，心都是欢喜的。"主人低眉，轻轻道来，"清晨或月夜，坐在花丛中，看她们悄悄打开花瓣，就感觉她们在跟我说话，知己一般。"原来，莳花弄草，与千万朵花共朝暮，于她而言，只是一种日常，一种有知己相伴的，"朴素如泥土，却奢侈如十万朵花"的日常啊。

作家玄武在《种花去》一书中说："千军万马，不敌一颗种花的心。"在芙蓉花园，在主人淡然的笑意里，我读到了明亮、明净、明澈、明媚的灵魂香气，也读懂了花种进人心的洒然和从容，人染了花香的优雅与高贵。

去芙蓉花园，时间是唯一的行李。而这行李总在迷醉里遗落，于是我找到了再去的理由。

原载《联谊报》2023 年 7 月 8 日

林幽水暖（节选）

袁恒雷

　　有鸟的山林与湖面才是灵动的，才是富于生气的，才让人们的乡愁不只是静止的画面。望着眼前的白鹤，真不愧是如同仙鹤一样的风姿——和父亲描述的一样，有修长的美腿，流线型的身躯，标准的羽翅，让它们拥有令人欣羡的飞翔利器。人们对鹤的喜爱是坚定持久的，我从小就和家人听甘萍唱的《一个真实的故事》——故事讲述的是被誉为"仙鹤姑娘"的徐秀娟的英雄事迹。她出生于黑龙江省齐齐哈尔市一个满族渔民家庭。巧合的是，齐齐哈尔扎龙自然保护区，和距此地向南五百里之外的吉林省白城向海自然保护区，都是丹顶鹤的著名栖息地。徐秀娟是天生为仙鹤、天鹅等珍禽降生的，她训鹤的超一流技术、养鹤的全身心投入、寻找走失天鹅的不顾一切，都是令人惊叹不已的感人事迹。

　　也就是说，徐秀娟早在三十余年前，就已经对人与自然的和谐共生，做出了最好的示范。而我能给这些鹤的最好的保护，就是不做任何打扰。能够看到它们飞翔，看到它们贴着湖面捉鱼吃，已经是彼此最好的和谐相处。白鹤踩在水边沙滩上，落在岸旁的树枝上，没有一丝惊慌。它们定是看出了我们几人并无恶意，闻到了我们传递出的和善气息。它们在我国的南南北北已经飞过许多个湿地湖泊了，也许它们真的就是从扎龙或向海飞过来的，我这里是中间的加油站。向南飞到江苏盐城射阳自然保护区——那是徐秀娟工作并殉职的地方，那里是许多北方鸟儿的越冬地，也是我国著名的麋鹿栖息地。再往南会飞到长江流域的洞庭湖与鄱阳湖越冬。长江流域的生态近些年愈加好了起来，那里的江豚数目越来越多，那里的中华秋沙鸭等候鸟越来越觉得安全。特别是得益于长江流域的十年禁捕禁渔的政策，那里的生态环境得到了根本性的改善。候鸟自然是愿意去了，不为别的，更安全了，吃的更多了，望向它们的眼神不再含有凶光，真的拿它们当朋友、当孩子一样看待。所以，我面前的这群白鹤在这片湖水停留一阵后，我对它们的远方之行不会有太大担忧。

这几年，我家的这个被叫作关门砬子水库的水面扩大了许多。扩大的水面让整个村子都经常弥漫着淋漓的水汽。特别是清晨，湖面烟波浩渺。与不远处的山腰上的雾气彼此呼应，是一幅十足的水墨画。雨天更不必说，斜风细雨不须归，曲终人不见，江上数峰青。我时常透过窗户望着房檐底下的雨帘，透过房门望着屋外翻飞的雨燕。甚至在雨不大时，我会看到翻飞在湖面上的雨燕，它们在肆意地撒欢。或者是在捕食吧，偶有露出头透气的鱼儿，就成了雨燕的食物。

这些鸟儿爱吃湖里的鱼，村里村外的人们也是一样。可是我对这里的鱼的舌尖记忆停留在近三十年前了。那时候我们在大河和水库边游泳，玩累了，就会抓鱼上来烤着吃。我已经不记得大家是否往上面抹盐了，但十足的鲜味儿是一定的。父亲跟我多次说起过湖中鱼的鲜美，他还说他不爱吃鱼呢，却很是夸赞湖鱼的美味。2010年村里移民后，水库包给了外地来的人，他们把水库变成了养鱼场——鱼自然不能随意打了。村里一些留守的村民和他们相处得挺好，其中包括我二姨家大姐。他们给大姐家送过几次鱼，可我因为都在外地没赶上尝鲜。我吃过太湖鱼、松花湖鱼、星星哨湖鱼、白山湖鱼，我时常在想，那些鱼的味道和关门砬子水库鱼一定是差不多的。

比起我年少时并未亲见的白鹤飞临，我的确看到过纷飞的野鸭，甚至是水岸边草窝中的野鸭蛋——这当然是罕见的，因为野鸭虽然比起白鹤数量多了很多，可它们同样十分珍视孵化出下一代的蛋。这和家禽生的蛋不同，鸡鸭鹅下的蛋，主人会精选出一批孵化出来，甚至都不需它们亲力亲为。我曾在村里的小河沟边捡到几只鸭蛋，那是家鸭生的。鸭子喜水，河流边、池塘里常有它们畅游的身影。父亲说野鸭子比较小，这样才容易飞起来。这肯定是对的，我看到过几次野鸭子。它们在觅食，在大河边和湖里游弋。它们享受着自由，享受着不需要东张西望的安全感，嘴里蹦出欢快的叫声，划破水面，形成涌向岸边的细浪。雄性鸭子脖子上有一圈黑蓝色颈环，它的嘴、脚、尾巴也是黑的，飞起来的时候，黑压压一大片。父亲说，我们这里的野鸭子已经来了几十年了，从生产队时代就看到过——

那时这里还没有水库，只有村前的大河。我问父亲，可有猎杀这些野鸭子的？父亲说，想打猎都打不到。野鸭子飞得又快又高，就是小鸭崽子都跑得可快了。

我知道野鸭子的习性，它们能够在与人类的博弈中胜出，显然是有其生存之道。它们会感知周围环境的安全与否，偶尔会去农田和池塘觅食，在河湖的深水区练习潜水——也是去吃深处的鱼虾。所以，它们在湖水表面安静的滑行成了假象，它们犹如鱼鹰般动作麻利地突然俯身扎入水中，爆发力和刚才的安静状态判若两鸭，出水后鸭嗉子鼓胀胀的，鸭喙衔着未来得及吞下去的鱼虾，也许那是留着喂养小鸭的。头向四周机警地转动着，即便它知道并没有什么天敌在附近，但觅食时的警醒成了习惯的状态。随后扑棱棱地从水中迅速飞起，湖面涟漪四处散开来，也随着鸭子翅膀的摆动洒落出一系列水滴。

父亲告诉我，野鸭子只在春天来这里。我说夏秋冬都没有吗？他说都没有。我在想，难怪野鸭子也不是那么常见，毕竟大东北的春天也是挺短暂的。不过更令我惊诧的是，来我们这做客的候鸟还有鸳鸯。比起少见的白鹤、常见的野鸭子，嬉戏在我家河湖上的鸳鸯之前我真是从未见过。父亲说，鸳鸯的确是成双成对出现的，羽毛特别好看。

此后，我特别留意起大河边和水库上的动静。功夫不负有心人，恰巧就在2022年的仲春时节，我和家人一起在湖边采柳蒿芽山菜，我们真的看到了一群野鸭子中，有几对鸳鸯在游弋。当时我都忘了将手中的山菜放到袋子里了，而是在那傻愣愣地望着它们，它们确实是美艳异常，和我在电视和图片上看到的一样漂亮。此时，父亲恰好就在身边，他轻声地告诉我，鸳鸯雌雄的颜色不一样，雄鸟的嘴红色，脚橙黄色，羽毛格外华丽，头上戴着艳丽的冠羽，眼睛后面有宽阔的白色眉纹，翅膀上有一对栗黄色扇状直立羽，像船帆一样立于后背，非常奇特醒目，野外极易辨认。我仔细一看，的确是这样。那另一种肯定就是雌鸟了，雌鸟嘴黑色，脚橙黄色，头和整个上体灰褐色，眼周白色，眼睛后连着一道细细的白色眉纹，也显得非常醒目独特。这些野鸭子和鸳鸯应该是看惯了本地人的和善了，因为它们居然大摇大摆地向我们游来，我忍不住掏出手机给它们录了几个小视频。

在《中国鸟类志》，我读到有关鸳鸯的候鸟特点："每年3月末4月初陆续迁到东北繁殖地，9月末10月初离开繁殖地南迁。迁徙时成群，常呈7—8只或10多只的小群迁飞，有时亦见有多达50余只的大群。在贵州、台湾等地，亦有部分鸳鸯不迁徙而为留鸟。"我们这里看来不是鸳鸯长达半年的繁殖地，或者即便是有一些在这里停留了，之前还是被我疏漏了。

之所以会在野鸭子队伍中看到鸳鸯，是因为鸳鸯属于雁形目、鸭科动物。野鸭子和鸳鸯属于同科近亲，一起结伴当候鸟都是可能的。我们这里周围都是山林，蜿蜒而至的大河像挂在山颈间的项链，拦河而成的人工湖，就似坠在项链底端的大钻石一样，璀璨着，明媚着，波光潋滟，一碧万顷。鸳鸯长得漂亮，自然也青睐于这片秀美山水。山林间，长着针叶与阔叶混交林，这是鸳鸯最喜欢的背景颜色。父亲说，每天晨雾还没散尽，鸳鸯就会从晚上栖息的林子中飞出来，聚集到水库边。在有树荫或芦苇丛的水面上漂浮觅食，然后再飞回树林间觅食，前后有一两个小时，又先后回到河滩或水塘附近的树枝或岩石上休息。

我对父亲这么细致认真的观察记忆深信不疑，他要是从事环保科考工作，一定会非常称职。他年轻时因为左腿骨折，导致几年都做不了太重的活。加上家里耕地有限，他就通过补鞋、修自行车补贴家用。生活中更多的细小技术活，他都不在话下。多年来的上山种地下水耕田，让他对这方山水的野猪、狍子、山鸟、蛇虫等了然于胸。我们对家乡这片山林、这片湖水的爱是相通的。父亲多年来为了一家老小的生计疲于奔波，他根本无法对家乡的生态做出什么说得出的贡献，可是他是个有心人，他就像这片山水的一本小型生态百科全书，教育着他的儿孙要善待这里的一切。在他看来，花草树木，飞禽走兽，鱼虾河湖，都富于灵性，都需要尊重呵护。人与自然的和谐平衡，就是守护好这一河一湖碧水的题中之义，推而广之，更是我们人类之间、人与地球之间和谐共生的题中之义。

原载《青年作家》2023年第6期

喜峰口听风

王锦慧

在纪念长城抗战 90 周年之际，我来到河北省迁西县喜峰口。

登高远眺，只见雄峙千年的长城像一条巨龙，忽而峭立在断崖万仞的峰巅云天中，忽而蜿蜒在辽阔无垠的河川旷野里。敌楼、关隘、烽火台若隐若现，城墙、城堡、城门依稀可辨。

长风从遥不可知的幽远处赶来相迎。它抚今追昔行色匆匆，无论响遏行云抑或呢喃细语，都是喜峰口千古不绝的回声。

一

长风旋绕着黄尘古道。

居险山深谷之中，绝壁危崖之上的喜峰口，是中原通往北疆和边陲的咽喉要道。古称兰陉，宋、辽、金时称松亭关。

"山云漠漠风嗖嗖，山头双冢知几秋。"传说，有久戍不归者，其父四方访寻，终与子在此相逢，不禁拥抱大笑，竟乐极而俱殒身，遂葬于龙头山上。

后来，"双冢"所在的悬崖石壁，竟凸现出酷似"喜逢口"字样的自然岩峰。大约至明永乐年间，松亭关便改称为喜逢口。

明代洪武初年，大将军徐达在万里长城上修建了 32 座重要关隘，喜逢口乃是其中之一。隆庆至万历年间，抗倭名将戚继光任蓟镇总兵官，在"双冢"前扩建关城。仰见四面群峰耸峙，遂将喜逢口又改称为喜峰口。

喜峰口依山修筑的城池，由三道城墙构成一个"日"字形防御体系。外围主城墙高 5 丈、宽 3 丈、长 100 丈，由石块从里到外砌筑而成。关城上设有火炮 30 余门，关门里建有 3 丈多高的火药楼。

关城西南松亭山脊与长城敌楼相连，关城北三关水河道桥城与喜峰山崖壁相交。关城城墙6个接触点均建有空心敌楼驻兵戍守。关城内侧设有宽阔的马道，可以登上长城环套城防守作战。

"北抵烟沙通塞北，东连山海接辽东。"喜峰口与东西两侧的青山口、董家口、潘家口等诸多要隘风雨与共，和万里长城一起组成了外控朔漠，内护华北的天然屏障。自古就是狼烟四起，战火频仍的兵家必争之地。

历经多次民族交融和朝代更迭，今天的喜峰口被时光的长河洗练成一道世间绝景。20世纪70年代，引滦入津工程潘家口水库修建后，喜峰口关城被淹没，长城犹如巨龙潜渊，顺着逶迤的山势一直伸向水库岸边，而后俯身扎入水中，又从对岸腾出向西盘旋崇山峻岭而去。

眼前，长城在浩浩碧波间若隐若现，浑然天成的北国雄奇与江南秀色，映现在长风如梦如幻的歌吟中……

<h2 style="text-align:center">二</h2>

长风抚慰着英魂忠骨。

"宵深烽火掠山头，滦水寒音呜咽流。悲壮杀声震天地，惨淡月色映刀矛……"

长城上随处可见的战壕和弹痕，见证了国民革命军第29军血战喜峰口的惨烈。

1933年，日寇继九一八事变吞并我东三省后继而挥兵南下，企图越过长城，再吞华北。

3月初，春寒料峭，漫天飘雪，河面上覆盖着厚厚的冰层。日军以两个旅团为主力，组成步骑炮联合纵队，夹杂伪蒙混合军3万多人，向长城喜峰口进犯。其先遣部队在坦克、装甲车的掩护下捷足先登关城外，随即放列向喜峰口炮击。

长城之上是家国。3月9日，国民革命军第29军奉命星夜驰赴喜峰口。

位于喜峰口关城北侧的老婆山坐北面南，护卫着山下的营城及通往孩儿岭的要道。此时，老婆山阵地已被日军占领，居高临下地控制着战局。

"宁为战死鬼，不做亡国奴。"傍晚时分，我军由前锋部队组成500大刀敢死队，冒雪爬登老婆山绝壁，冲进敌阵勇猛抢刀砍杀。顿时，刀光闪闪，血光四溅，日军不待还击便人头滚落。

突然，炮弹暴雨般倾泻而来，数百朵蘑菇云冲天而起。日军增援大部兵力，发起了集团式反攻冲锋，500 大刀敢死队生还仅 23 人。但其宁死不屈的民族气节，狠狠打击了日军不可一世的嚣张气焰。

喜峰山为东北长城高地，占领之敌据此向山下疯狂瞰射。我军则避其猛烈火力，利用夜战、近战或绕其背后，出其不意予以反击。

3 月 12 日凌晨 3 时许，趁着夜色星光，大刀敢死队沿滦河西岸绕至喜峰口北部潜入日军营地。手起刀落，正在酣睡的日军顿时身首分离。被惊醒的日军抱头鼠窜，远至百里之外的东山脚下。自从喜峰口成了"砍头口"，日军夜夜魂飞魄散，直到配备了铁脖套才敢合上眼。

松亭山为喜峰口关西侧高地，南侧松亭岭可直通后桃山，更有暗路北出小喜峰口，时为我军左翼前沿制高点。

3 月 17 日，日军开始向我军全线阵地炮击。山顶两座空心戍楼被击中，将士血沃长城之窟，松亭山随即被日军占领。

下午 4 时许，我军大刀敢死队从松亭山南坡攀至山顶，凭借裸岩石丛进击反扑，与敌肉搏混战直至日落，终将松亭山高地夺回。

"有贼无我，有我无贼；非贼杀我，即我杀贼。"喜峰口镇城巷战、喜峰口长城拉锯战、喜峰口关城缺口反冲战、喜峰口外绕攻夜袭战……历经大大小小百余次激战，我军毙敌 5000 余人，喜峰口防线始终岿然屹立，系中国自九一八事变以来的首次大捷，为世界军事史册所铭记。日酋哀叹："明治大帝造兵以来，皇军名誉尽丧于喜峰口外，而遭受 60 年来未有之侮辱。"

"喜峰之役，威震全球。卓哉先烈，万古名留。"在中华民族生死危亡之际，慨然以身御侮的数千英雄，永生在长风如泣如诉的呼唤中……

三

长风吹拂着红色地标。

"大刀向鬼子们的头上砍去，29 军的弟兄们，抗战的一天来到了，抗战的一天来到了……"

在潘家口水库北岸的峡谷中，赫然矗立着喜峰口长城抗战遗址公园核心景区喜峰雄关大刀园。迎面是威震寰宇的"天下第一刀"。刀身用废旧钢铁焊接组成，共有 56 个焊接点，寓意 56 个民族共同抗战；刀长 29 米，寓意 29 军抗战；刀重 19.33 吨，寓意战争发生在 1933 年。

"大刀大刀，雪舞风飘。杀敌头颅，壮我英豪！"当时有兵无枪、有枪缺弹的中国军人，用大刀砍出了向死而生的民族血性，成为长城抗战乃至中国抗战的惊世之举。

喜峰口长城抗战遗址公园由民营企业家张国华投资兴建，为全国爱国主义教育示范基地和全国红色旅游经典景区，年接待国内外游客 30 多万人次。2022 年，被列为 8 条长城主题国家级旅游线路之一。

胸前飘拂着一副长髯的张国华，出生在长城脚下的"中国板栗之乡"。相传，400 多年前戚继光亲手所植的一棵栗树，后得康熙皇帝御赐"华盖栗神"之名。它集天地万物之灵气，庇佑养育着喜峰口的乡民。张国华办起的全国首家板栗专业合作社，就掩映在茂密成荫的栗树林中。

2002 年清明节前，张国华路遇前来祭奠先辈的 29 军后裔。孰料，在"一寸山河一寸血"的喜峰口，竟然没有找到一处永久性纪念设施。

望着他们怅然离去的背影，张国华深感无颜面对这片土地。他以共产党员应有的担当毅然做出决定：以山为骨，以水为韵，将红色精神与绿色生态相融合，建设喜峰口长城抗战遗址公园。历时十余年，先后建成了以长城抗战纪念碑、长城抗战纪念列柱、长城抗战博物馆为主的喜峰雄关大刀园旅游景区，并对园区内的老婆山战场遗址及被冲毁的 29 军无名英雄墓进行了修缮，将"大刀精神"铭刻在了永不风化的碑石中；建成了集休闲、观光、采摘、垂钓、登山为一体的喜峰口板栗旅游观光产业园。万亩栗林如约绽放春绿、夏白、秋红、冬黄的多彩四季；三色绸带缠绕的"华盖栗神"，寓意着生机勃勃，万民丰收，日子红红火火；历届举办的盛大栗花节，唢呐声声吹不尽栗乡风韵，锣鼓阵阵奏不完栗乡情怀。

千秋画，青山着墨；万古琴，绿水有弦。喜峰口的山山水水都沐浴在长风如醉如痴的热恋中……

啊，我在喜风口听风，多少令岁月动容的故事在风中传颂！

原载《作家文摘》2023 年 4 月 7 日

我送春联到农家

冯清利

腊月的花果山，也惧冷畏寒，一直躲在云雾的包裹中不肯露面。看山，山无色；听溪，溪无声。清晨的零星小雨，均匀地洒湿了地面，还好，没有结冰。预报说，雨雪要来，我们必须赶在下雪封山之前进山。

花果山是豫西的一个景区，西游文化浓郁，近年来主打"文化牌"，颇受游客欢迎。春节前夕，我要赶到山下的一个小山村，举办一个"新春送温暖，欢乐进万家"新时代文明实践活动，和几位书法家为群众义写春联。

一路上，乡里的王同志热情地介绍着当地的风土人情，说乡小，全乡近百平方公里，人口不足5000人。人才少，写春联的人更少。群众听说我们去，老早就赶来了。

沿途经过村庄河流时，王同志也一一予以介绍。我记住了其中的三个名字：石龙沟、白雁河、遛马岩。这些名字恰巧都与动物有关系。河呀、沟呀、岩呀，起初可能都有个传说、故事什么的，想必当年的草木应该很丰美，山水也应很原始。

我们有自己的任务，无暇去逛沟攀岩。说话间，便到了花果山下的穆册村。主街道有七八百米长的样子，精致而秀气。小山村百余户人家，安静而祥和。

一下车，已嗅到弥漫的年味。从敞开的大门中，能看到不少人家正在劈柴，墙边已堆起了劈好的高高的烧柴。另一条小街上，有三四个人正在合力杀一头猪，好多年没有看到这样生动鲜活的场景了。

写春联的案子设在街道上，已有不少人在等候、张望。拿出毛笔，备好墨水，铺开纸张，书法家们便直奔主题、挥毫书写起来。

在桌案对面的人群中，有一个七八岁的小男孩用双手按着春联，引起了我的注意。他的身旁站着一位妇女，并不时尚的粉红棉袄上，绽放着朵朵白色的花儿。看样子，他们应该是母子。

"给俺写几副对联吧！""红棉袄"说。在农村，也常把春联称作对联。

"好！有啥内容要求没？"书法家问。

"吉祥喜庆的，都中。""红棉袄"回答。

"党引春风迎玉兔，民沾福气庆新春。"第一副春联写成了。"红棉袄"很满意地笑了，和男孩一起，一人捏着春联的一头，拉展了，向一处没有被雨水淋湿的房檐下走去。

回来接着写第二副春联。小男孩仍用双手按着春联，不眨眼地看着书法家写字。我走过去，摸了一下他的头，问："伯伯们的字写得好不好？"小男孩抬头看了我一眼，没说话，点了点头。

我对"红棉袄"说："可以让孩子从小把字写好。"妇女也点了点头，报以微笑。

过了一会儿，小男孩的身边又来了一位十几岁的小姑娘，脸上一直有朵花儿在开，看来是小男孩的姐姐。

可能已经够家里用了，大人和孩子在房檐前来回走动着，看护着属于自己家的春联。

天色依然阴阴的，今天的太阳可能请假不上班了。没有阳光，春联上的墨迹一时半晌干不了。

我走了过去，和"红棉袄"聊起话来。得知我在县文联上班，她说："这么冷的天，你们能下来为俺们写对联，真是很感谢你们！"

"应该的。孩子他爸，做什么的？一男一女，两个孩子，多好啊！"说完这些，我看到"红棉袄"脸上的笑意瞬间飞散了，看着我，欲言又止。

我一愣，莫不是问到了人家的伤心之处？

许是看我面善，"红棉袄"还是说了："他们俩还有一个姐姐。她爸今年还回不来。不过……也快了。"

原来，"红棉袄"的丈夫是个大货车司机，几年前，车里被人偷偷夹带了不少香烟，香烟被查了出来，人被判了刑。

哎，一个不幸的家庭。家里缺少了顶梁柱，"红棉袄"要比常人多付出很多。

"你平时靠什么维持家里的开销？"

"种了几年烟叶，有点收入。从育苗、移栽、管理，到采收、烘烤、销售，种烟环节很多，一个人有点吃不消。最近两年旅游旺季时，在花果山景区帮助售门票。村里对俺们还是比较照顾的。"

"看这天，恐怕到中午对联也干不了啦。""红棉袄"又看了一下天。

"我帮你把春联送到家里，让它慢慢干，咋样？"这样，我也可以顺便多了解一些情况。

"中。""红棉袄"爽快地同意了。

我们四人每人手持一端，让两副春联的背面挨着，一趟就能把她家的春联全部送回去。

"红棉袄"的家在附近的村子里，为了方便生活，现在住的是她娘家的房子，距离写春联处几十米远，紧邻公路边。院落没有门楼，还是传统的柴门。院内三间平房住人，另三间做其他用。房子应建有二十来年了，和小山村其他人家相比，显然不在一个生活水平。靠墙那儿，也整整齐齐堆了一层层劈过的木柴。

穆册村，当初就叫木柴村吧？

我们把春联放在院子的地上，小院瞬间红红的一片，有了浓浓的年的色彩。

屋子中间生着一个火炉，取暖、做饭两用。火炉四周，放着几个小木凳。三张床并排放在一起，母子四人，晚上就挤在一起睡觉取暖。

角落的水泥地上，放着一整袋大米和一满壶大豆油，像是为过年而新买的。

"红棉袄"喊了一声，我没听清喊的什么。一个穿着天蓝色羽绒服的女孩从里屋走出来，应该是她的大女儿，个子和老二一般高，眼神却有些忧郁。

"大的上职专，老二上初中，小的上小学。""红棉袄"介绍说，"老二学习最好，在班里考第二。"

我看着老二，想给她鼓鼓劲儿："好好学习，将来到北京、上海、广州读书了，带你妈妈到外边看看。"小姑娘依然保持着笑意，似乎已看到了自己美好的未来。

为避免尴尬，说话间，我一直未再提及孩子他爸的事。

忽然想起一同来参与活动的还有一位摄影师，何不叫过来，为他们母子照张相？

听说要照相，"红棉袄"一边嘴里说着"太麻烦你们了"，一边招呼孩子们到院子里。

地上放着不少横批。我拿起一个"幸福人家"给了"红棉袄"，大姑娘自己从地上拿起一张"天赐百福"，老二拿起一张"千祥云集"。地上还有一个"福"字，我给了小男孩。

摄影师抓住时机，为这一家人拍下了兔年的这一欢聚时刻。

"俺们好多年没有照过合影了。""红棉袄"说。

面对镜头，每个人的眼神都很认真。我知道，他们一家人也知道，这张照片有所缺憾，他们的生活暂时还有难处，但就像家门外的花果山一样，冬日里花谢叶枯，有点萧条，一旦春风拂来，一切都会明媚起来。

太阳也许不想错过人间的节日，露出了头来探看。花果山也赶忙钻出云雾，大大方方露出了容颜。我提出到门外，借山景、村景为每个孩子再照张个人相。孩子们不再拘泥，很配合地都跑到了门外。

怎么把照片转给他们？对，使用微信。

"加个微信方便吗？"

"方便。"

"红棉袄"的手机上显示的名字是：羽飞。

"你的名字？"我问。

"老二的。我不太会使用手机，刚开始留的是她的名字。""红棉袄"说。

下午三四点时，我便把摄影师转来的所有照片给他们发了过去，希望他们一家人开心过年，新年新气象，像鸟儿一样冲破迷雾、展翅飞翔……

原载《时代报告》2023 年第 2 期

蒲松龄故居的葛藤

冯小军

蒲松龄故居院子并不大，个把钟头就转完了。看看房舍里摆着的旧物，读着墙壁上悬挂着介绍蒲松龄经历的文字和图片展板，我感觉并没有什么大收获。其实不来这儿，网上也有他的资料。要是买本介绍蒲松龄的书读读，没准儿信息更丰富。可是事情就是这样，有投入总有产出。读万卷书重要，走万里路更重要。我千里迢迢地来到淄博，专为来看蒲松龄，结果证明来值了。原因是我在去后花园的甬路旁发现了一个景致。一块儿两米高的太湖石立在院里的路边，上面缠绕着几条葛藤。

名人故居摆些太湖石很寻常。在别处见的时候我常常是一走而过。可是今天特别，我一看它眼睛就亮了。瞅一会儿，再瞅一会儿，庭院里好多东西都开始虚化，像大海退潮一样退下去，再退下去。可那个枯藤缠绕着太湖石的景物却像从针眼儿里往外看东西一样强烈起来。在这种放大与退隐的过程中我的心里生出了一种异样的感念，庆幸自己这次淄川之旅有了收获。

这块枯藤缠绕着的太湖石两米多高。摩挲起来，石是典型的太湖石，藤蔓也是通常的葛藤。藤蔓下部无根，上部没有枝叶。干枯，失了光鲜，却紧紧地抱紧石头。藤蔓的长短无疑是比照那石头的高低截断的。没头没脚像半截尸首。看得出来，这"藤缠石"的景致是后人从旁的地方搬运而来。可以肯定，那葛藤活着的时候就与太湖石长在了一起。它们一路走来，石头还是原来的石头，这株葛藤却走过了从生到死的历程，算是陪葬吗？想来心情有些沉重。我想，这株葛藤活着的时候一定枝叶繁茂，在春萌夏长中慢慢攀爬，最终占领了整个石头。曾几何时，葛藤蓬勃，覆盖着石头，那风景一定好看。可是现在变了，石头裸露棱角，葛藤也没了绿色。

这让我想起蒲松龄。他自小热衷科名，可科举却没有给他出路。去做"幕宾"吧，稗官微职，他又讨厌"无端而代人歌哭"的行径，惶惶辞幕，沮丧地回到蒲家庄。后来迫于生计，他不停地在"缙绅人家"设帐教书，长工短聘，颠沛流离。最后西铺的毕家接待了他。

蒲松龄坐馆的毕家是个大地主。先祖在金元时期由河北迁居而来。本是普通农民，却一步一步发展成了淄川望族。明末崇祯朝时族中终于培养出来一个叫毕自严的人，通过科举入官坐上了户部尚书的位置。毕氏一门明清两朝考中进士五人，举人数十人。清初，淄川县为褒奖毕氏家族曾在淄川城里竖立了两座石牌坊，一为"四世一品"，是为毕自严及其父亲、祖父、曾祖所立。二为"三士同升"，是为毕自严及其六弟、八弟所立。当时，这个官僚地主大家族与新城王士禛、淄川高珩、颜神孙廷铨、赵执信同为鲁中望族，关系很像《红楼梦》里上了"护官符"的贾、史、王、薛四大家族一般，互相联络，结为亲家。

蒲松龄在毕家坐馆并没有教出几个像样的学生，毕氏家族从此也不再辉煌。尽管这样毕家照样供养蒲松龄。他在毕家三十多年，过着半是塾师半师爷的生活。据说，蒲松龄不仅是毕家的先生，还是主人的好聊伴，好游侣和合格的秘书。他写文章措辞得体，情采俱现，深得主人赏识，多少次陪主人行走官府，文牍伺候。同时舞文弄墨，《聊斋志异》以外他还创作了不少诗文。攀附着毕家这棵大树一直到老。应该说，蒲松龄在这样的人家教书算是高攀。

作为中国古代短篇小说之王的蒲松龄我是熟知的。他的《聊斋志异》"写鬼写妖高人一等，刺贪刺虐入骨三分"。狐哭鬼叫，声声泣血，道尽了人间百态。蒲松龄故居距离西铺六十里。不知道有多少回，蒲松龄骑着毛驴往返在蒲家庄与西铺之间。青纱帐里、冰天雪地里头，他笃笃地喊着牲口走过。当然，他从没有忘记收集鬼狐故事。据说，《聊斋志异》里好多篇章都是他在西铺毕家坐馆时写成的。

这次我到淄博来专门看了毕自严故居，在了解到蒲松龄住毕家坐馆的情况后才回头游历了蒲松龄故居。这样算不算"逆旅"呢？不管"顺叙""倒叙"吧，反正这样走下来，我倒觉得对追寻蒲松龄的人生道路是有好处的……

"毕氏荣华久已夷，绰然今日换新姿。千秋学馆名中外，不赖东家赖塾师。"山东理工大学赵尉芝先生参观西铺后曾经发出这样的感叹。诗以调侃的语气，说过去荣华富贵的毕府早已凋零破败，今日经过修葺的毕自严故居焕然一新，引来天南海北的人到这里参观。但是今天的人是来看这里的"绰然堂"和"石隐园"吗？显然不是。今天绝大多数的游客其实是冲着蒲松龄来的。

　　真可谓世事难料。当年一个穷酸的教书匠，攀附在毕家这个高门楼儿下过活的蒲松龄，今天竟成了中国乃至世界文学里一个不朽的经典，他的精神文化内涵虽然看不见摸不着，可有谁不觉得它已经固化成了一座高耸的丰碑？倒是那些外在的物质，金银财宝啊，高门楼儿啊，都已经夷为平地。今天我们看见"毕府"里的"绰然堂"和"石隐园"，难道不是因了依附蒲松龄这座丰碑而存在的吗？这是多么让人震惊的逆转？二百年攀附人家的葛藤今天成了寄主，过去被攀附着的寄主今天竟成了攀附旁人的载体或陪衬。

原载《文汇报》2023 年 8 月 9 日

黄昏，陪一只斑鸠散步

邓醒群

　　黄昏，有残阳照在山坡上，春天的山坡草木生长正是旺盛时期，也有树叶落在草地上，黄色的叶子落在青草地上，相映成趣，如画天成，草地上无名的小花无声绽放，风中飘着淡淡的花香和树木的味道，令人陶醉。坐在山坡上发呆的我，放过了一只攻击我的蚂蚁，这时我看见一只斑鸠身着素装，踩着碎步从草丛中走出，向我走来。

　　世间美好的事总是不期而遇，许多事不需要去约定或提前规划，该来的自然会来，正如此时我遇见了这只斑鸠。

　　既然遇见，那就陪它散散步，散步是个托词吧，其实是另有图谋的。我一直想拍斑鸠，可惜没有拍成，野外有几次见到斑鸠，当我拿出相机准备拍时，那些斑鸠似乎是有先知先觉，瞬间飞走，不给我任何可乘之机。今天，机会终于来了，又怎可错过？遂打开相机，小心翼翼远远地跟在后面，不断调整拍照的角度及需要的参数，斑鸠心无旁骛地行走着，偶尔觅些吃的，偶尔看看花花草草，偶尔与过往的其他小鸟打打招呼，偶尔稍做停顿，引颈做些舒展运动，又继续行走，穿过草丛，走过小坎，逆坡而上，顺坡而行，它的步伐不徐不疾，始终是匀速，如此优雅，如此愉悦，很有绅士风度，正所谓闲庭信步，在后面跟着的我也感受到了它的快乐。

　　行走着的斑鸠偶尔会回头看看身后我这个手持器具跟着它的异类。其实，它眼中根本就没有我这个人的存在，我的想法显然是自作多情，从它一路走来的举动便可以证明我的猜测，它对我的态度显然不如它对飞过身边的一只苍蝇的态度，它会跳起来直击苍蝇，努力把这个可恶的苍蝇吃掉，但苍蝇逃走了，而斑鸠也继续沿小路走向还保留着一小片阳光的草地。

197

我怎么会拿苍蝇来做对比呢？突然为自己没有虔诚地为斑鸠照相而自责，但我确实看到苍蝇，看到斑鸠在驱逐它们。

黄昏将散去，斑鸠转过小径向草丛深处走去，这时该死的手机震动起来，接完电话，我转身走向停车的地方，当我回头想看看斑鸠在哪里，发现它站在十字路口没有离开，用平视的目光看着我，暮色中，我隐隐约约听到它在说：君已去，我亦离。

是啊，天下没有不散的筵席，再美好的事都会结束。在这个混搭的尘世，所有际遇都是最好的安排，无论聚与散、痛与乐，诸事自找，诸孽自造，诸缘自结。我此时能拍拍鸟，更应该感谢孩子们对我的爱，他们凑钱为我买了这个可以用来为鸟拍照的镜头，我没有想过要买镜头来拍鸟，因为我知道这需要一笔不小的费用，但刚毕业参加工作的孩子们从我经常站在阳台上看飞过江面的白鹭出神的样子，洞悉到我想拍鸟的秘密。由此，孩子偷偷地做了这件"惊天动地"的事，尽管孩子们的薪金也不多，但孩子们还是想了些办法，感谢孩子们带给了我工作之余可以更好读鸟的条件，也给流寓的日子增添些喜欢的"鸟"事。

原载《文艺报》2023 年 5 月 17 日

辑
六

在高邮感受汪曾祺的"小温"

徐 可

每次到高邮，我都会想起汪曾祺先生，仿佛空气中到处都有他温暖的气息。

一个地方能够出现一个或几个文化大家，是这个地方的福分。高邮应该感谢汪曾祺，是汪曾祺的作品，吸引我们来看高邮，并喜爱上这座美丽宁静的苏北小城。一个汪曾祺，就让高邮名扬天下。

第一次到高邮，我就夜访过汪曾祺故居。汪曾祺故居位于高邮东大街竺家巷9号，是一幢二层房连带辅房，建筑风格是高邮独有的灰砖横砌，玻璃门窗木格镶嵌，现在是他的族人们住着。我们在夜色中走近老宅，只见门上有汪曾祺写的对联："万物静观皆自得，四时佳兴与人同。"屋内亮着灯，透过窗户可以看见有二三人围坐在桌边聊天。我一下子就想起"家人闲坐，灯火可亲"这让人内心温暖的8个字，无端地觉得那就是汪曾祺和他的家人。

我还参观过汪曾祺文学馆。汪曾祺文学馆是汪曾祺纪念馆的前身，位于文游台内，展示着汪先生的作品和手稿、文房四宝、文物以及评论汪曾祺为人为文的报刊、书籍。在这里，我们看到了汪曾祺的成长过程和创作成就。

在高邮，即使刻意不去寻找汪曾祺的踪迹，仍然处处可以感受到汪曾祺的气息。

我在高邮湖上想起汪曾祺。高邮湖又名珠湖，是江苏省第三大淡水湖，也是全国第六大淡水湖，总面积760平方公里。乘坐快艇在开阔的湖上游弋，迎着清爽的湖风，感受扑面而来的湿气，陶醉在旖旎的大湖风光中。高邮湖芦苇荡生态湿地，河道纵横交错，水质清澈透明，芦苇摇曳成片，滩地绿草如茵，野鸭、白鹭等野生水鸟在水面上下翻飞，令人心旷神怡。在湖心岛上的一座亭子里，我读到了这样一副对联："水清鱼读荷，林静鸟谈天。"我不知道这是谁写的对联，觉得联句中的雅趣和野趣颇有汪曾祺的风格。汪曾祺在《我的家乡》中满怀深情地回忆起故乡的这座湖："湖通常是平静的，透明的。这样一片大水，浩浩渺渺（湖上常常没有一只船），让人觉得有些荒凉，有些寂寞，有些神秘。""黄昏了。湖上的蓝天渐渐变成浅黄，橘黄，又渐渐变成紫色，很深很浓的紫色。这种紫色让人深深感动。我永远忘不了这样的紫色的长天。""像我的老师沈从文常爱说的那样，这一切真是一个圣境。"第一次读到这篇作品的时候，我还没有见过高邮湖；今日荡漾在高邮湖上，仿佛荡漾在作家营造的湖光水色中。

汪曾祺特别喜欢水。他曾经自述："我的家乡是一个水乡，我是在水边长大的。耳目之所接，无非是水。水影响了我的性格，也影响了我作品的风格。"（《我的家乡》）故乡的水哺育了汪曾祺，也成就了汪曾祺独特的创作风格。"怪底篇篇都是水，只因家住在高沙。"（《水乡》）他的名篇《大淖记事》让高邮的"大淖"成为许多人神往的地方。"淖，是一片大水……沙洲上长满茅草和芦荻。春初水暖，沙洲上冒出很多紫红色的芦芽和灰绿色的蒌蒿，很快就是一片翠绿了。夏天，茅草、芦荻都吐出雪白的丝穗，在微风中不住地点头。秋天，全都枯黄了，就被人割去，加到自己的屋顶上去了。冬天，下雪，这里总比别处先白。化雪的时候，也比别处化得慢。"这是四幅素雅的平远小景，呈现出四时佳境，画中的水似乎也缓缓地流淌在字里行间。

我在文游台上想起汪曾祺。文游台位于高邮市区东北、泰山庙后的东山上，始建于北宋太平兴国年间（976年）。此台不仅布局紧凑，建筑造型亦较优美。它和城西的镇国寺塔，城东的查楼、净土寺塔，遥相对应，构成了一组古朴而美丽的三角立体轮廓。宋代著名词人秦少游就是高邮人，八百多年前，秦少游曾携好友苏轼、王巩、孙觉登临文游台，并留下诗文，从此文游台名垂千古。文游台西侧有明代建造的四贤祠，就是为纪念苏轼、孙觉、秦观、王巩聚会于此而建造。文游台四壁有名家书法，具有较高的艺术价值。东西两侧博物馆，为了解高邮的历史文化提供了一个窗口。现存石刻内容有"苏武生日祝寿图""苏轼画像"和秦观、秦少章、黄庭坚、米芾、阮元等人的诗文和书法。

登台四望，东观禾田，西览湖天，汪曾祺在散文中多次写到文游台，他写小学春游上文游台，趴在两边窗户上看风景：东边是农田，碧绿的麦苗、油菜、蚕豆正在开花，很喜人。西边是人家，鳞次栉比。最西可看到运河堤上的杨柳，看到船帆在树头后面缓缓移动，觉得非常美。他还多次为文游台题写诗句。他在《文游台》一诗中写道："年年都上文游台，忆昔春游心尚孩。台下柳烟经甲子，此翁精力未全衰。"诗后有注云："我读小学时，每年春游，都上文游台。台之西，本为一片烟柳。凭栏西眺，可见运河帆影，从柳梢轻轻移过。"又有《上文游台》诗一首云："忆昔春游何处好，年年都上文游台。树梢帆影轻轻过，台下豆花漫漫开。秦邮碑帖怀铅拓，异代乡贤识姓来。杰阁何年归旧制，风流余韵未宜衰。"他还精心为文游台撰写长联一副：

拾级重登，念崇台杰阁，几番兴废，千载风云归梦里；
凭栏四望，问绿野平湖，何日腾飞，万家哀乐到心头。

我在品尝高邮咸鸭蛋的时候想起汪曾祺。高邮咸鸭蛋一定是最好吃的吗？未必。但是汪曾祺先生有本事把它定为"天下第一"。他先拉来袁枚《随园食单·小菜单·腌蛋》以壮声势："腌蛋以高邮为佳，颜色细而油多，高文端公最喜食之。席间，先夹取以敬客，放盘中。总宜切开带壳，黄白兼用；不可存黄去白，使味不全，油亦走散。"然后顺势加以引申描述："高邮咸蛋的特点是质细而油多。蛋白柔嫩，不似别处的发干、发粉，入口如嚼石灰。油多尤为别处所不及。鸭蛋的吃法，如袁子才所说，带壳切开，是一种，那是席间待客的办法。平常食用，一般都是敲破'空头'用筷子挖着吃。筷子头一扎下去，吱——红油就冒出来了。"（《故乡的食物·端午的鸭蛋》）经过汪曾祺先生这么一番描述，让人禁不住齿颊生津，高邮咸鸭蛋的"江湖地位"也就坐实了。虽然汪先生强调高邮不止有咸鸭蛋，还出过秦少游，出过散曲作家王磐，出过经学大师王念孙、王引之父子。可惜我辈凡夫俗子能记住的就是咸鸭蛋，不管是有意还是无意，反正他为高邮咸鸭蛋做了个大大的广告。

我在高邮的大地上行走，不期然就与汪曾祺"相遇"。汪曾祺是高邮这片土壤成长起来的一代文学大家，他用一生的创作表现了对故乡高邮的依恋和挚爱，回报了故乡对他的养育之恩。"我的家乡在高邮，风吹湖水浪悠悠。湖边栽的是垂杨柳，树下卧的是黑水牛。"（《故乡诗吟·我的家乡在高邮》）我们在汪先生的作品中，依稀找到了一位文学大家成长的"足迹"和"秘籍"。

汪曾祺曾经在一首题画诗中自述："我有一好处，平生不整人。写作颇勤快，人间送小温。"给人间送小温，这是汪曾祺写作的"初心"。是小温，不是大温；是微微的暖意，不是似火的激情，这就够了。高邮为汪曾祺的成长提供了温润的空气和土壤，而汪曾祺先生则用一生为他的读者送去小温。

原载《大众日报》2023 年 8 月 26 日

达坂城　白水镇

俞　胜

　　"达坂城的石路硬又平啊／西瓜大又甜呀／达坂城的姑娘辫子长啊／两个眼睛真漂亮……"

　　没来乌鲁木齐之前，我常常自作聪明、凡事喜欢想当然，居然把达坂城想成了位于新疆吐鲁番盆地的某个地方，因为这首耳熟能详的歌中唱道，"西瓜大又甜呀……"歌中的"西瓜"让我一下子把达坂城和传说中的"早穿棉袄午穿纱，围着火炉吃西瓜"的吐鲁番联系到一起。

　　来到乌鲁木齐才知道，原来达坂城是乌鲁木齐市的市辖区，达坂城古镇位于达坂城区的达坂城镇。

　　从乌鲁木齐市区驱车一个小时左右就来到了达坂城古镇景区。左手边一座山，我不知道山的名字，只知道它属于天山山脉。山苍黑色，光秃秃的，山石的褶皱让静默的山有了水墨画般的丰富与灵动。吐乌高速公路如一条丝带从山前飘过。右手边就是我们此行的目的地：苍穹下一座古城，褐色的石砌城墙和两座褐色的碉楼，让人一下子联想到在唐代边塞诗中频繁出现的胡天、大漠、孤城和长云等意象。

　　心里暗暗奇怪，那个辫子长长、两只眼睛真漂亮的姑娘，怎么偏偏和这么一座雄浑、壮阔的城池有关？

　　我带着一份疑惑，也带着一双捕捉异地风景的眼睛，向高天流云下的那座孤城走去。褐色碉楼墙体上部探出起内部加固作用的两组原木，这种粗犷的建筑风格迥异于我们在内地常见的楼阁，愈加给我们带来一些新奇的感觉。走近了才发现两座碉楼之间是城门，城门上挂有"白水镇"字样的匾额，向我们诉说着自己历史的沧桑。原来白水镇位于天山脚下，达坂城盆地的南端，扼进出天山的关口，是丝绸之路的必经之地，是南北疆的分界线，也是古代的一处要塞。

城门洞下，吊桥躺平在壕沟上面，吊桥两端还斜拉着两组粗壮的绳索，仿佛只要将军的一声号令，城门还会瞬间紧闭，吊桥还会瞬间高高扯起。

好在硝烟早已远去，让此刻的我们可以迈着安详的步伐，兴致勃勃地走过吊桥。眼前就是一座古镇，从古镇中心穿过的一道溪流，将古镇分成了两条半边街。半边街的建筑多仿唐代样式，有校军场、绣楼和商业街，另外有一家地窝子商店一定不是唐代的建筑。地窝子是一种半地下半地上的简陋建筑，在沙漠化地区可以抵御常见的风沙。据说今天的乌鲁木齐地窝堡机场，就是得名于当年那个地方多是连片的地窝子。古镇这家地窝子商店的门柱横梁上悬挂着出售和田玉石、手工地毯和艾德莱丝绸的字样，建筑和商品都是民族风十足。

绣楼上悬挂着红灯笼和红丝绸，只是一时没有看见那抛绣球的媚娘。我想，那位"辫子长，两个眼睛真漂亮"的姑娘一定不会和这带着梦幻般色彩的绣楼有关，她在这座镇上，应该只属于王洛宾先生纪念馆。

纪念馆里，用文字和实物的形式介绍着王洛宾先生的生平。尤其是这首《达坂城的姑娘》的创作经过。这是他改编的第一首新疆民歌，《达坂城的姑娘》的成功问世，是王洛宾先生音乐创作生涯的一个转折点，"西部歌王"也就是从这首歌开始被国人认识的。《达坂城的姑娘》将达坂城这个边疆小镇唱响了祖国各地，唱到了海外。《达坂城的姑娘》的成功，充分诠释了文化在旅游宣传方面无可替代的强大力量。

溪流的另一边，跨小石桥，在半边街的尽头，有王洛宾先生音乐广场。广场的中心位置是王洛宾先生半身塑像。塑像上的他头戴新疆风情的礼帽，双手轻抚着挂在胸前的吉他。他1949年随解放军进新疆，1996年病逝于乌鲁木齐，生命中的一大半旅程都在新疆。此刻的他透过眼镜深情地注视着这片土地，深情地注视着前来瞻仰他的我们。我们望着先生的眼睛，刚刚在纪念馆里了解的关于他一生的故事又像书页一样翻开来，于是，耳边就有一首首新鲜活泼又通俗易懂的歌儿像流水、像阳光一般流出来，一直流到他身后的杨树叶子上，让片片杨树的叶子都像波光一般闪烁起来。

但这里不只是情歌飘扬的地方，这里本来也不该是情歌飘扬的地方，因为这里是一座叫"白水"的古镇，一处和战争有关的要塞。其实，在我们还没有踏入城门之前，一座横戈跃马的将军石像就已经牵引了我们的目光。

将军叫李怀恩，石像的基座上刻有他的名字。据史料记载，公元640年，唐太宗在平定高昌之后，在西域设置西州，在此地设置白水镇。李怀恩镇守期间，白水镇"人杰地灵、社会稳定、丝路繁荣"，因此被朝廷封为"上柱国、昭武校尉"。唐代武官勋级分十二等，最高等级才是上柱国。查《新唐书》《旧唐书》的记载，唐初只有王君廓、李勣、秦琼三人被封为上柱国——这都是开国元老级别的人物。由此可以推测，李怀恩能获如此殊荣，恐怕卓越的功勋和出身的显贵，两者都不能缺少。

穿过王洛宾先生音乐广场，沿着一条木栈道往回转。前行百米左右，左手边有一段在岁月中坍塌了的古城遗址，倒塌形成两座石峰耸峙，从中能看出"城墙取当地碎石，夹沙土夯筑而成"的人工痕迹。这些倒塌了的沙石仿佛曾经用炉火炼过似的，呈苍黑色，且历经千年，依然寸草不生。而遗址脚下，长得差不多有一人高的芦苇在风中勾肩搭背，见到我就飒飒细语起来。它们是要告诉我一些什么？是关于李怀恩、白水镇，还是关于达坂城的往事？

"君不见走马川行雪海边，平沙莽莽黄入天。轮台九月风夜吼，一川碎石大如斗，随风满地石乱走。"这是岑参《走马川行奉送出师西征》中的诗句。诗句中的"轮台"，不是今天的新疆轮台县，而是距离达坂城不远的乌鲁木齐市的米东区。想当年，一到九月，白水古镇也一定是"一川碎石大如斗，随风满地石乱走"的。这些碎石走过来走过去，依然盘桓在我们的眼前，不曾老去。

这样想着，我脑海中历年储备的，那些关于边塞、关于胡笳、关于鼙鼓、关于旌旗的片段霎时间就鲜活起来，往事越千年，那些生啊、死啊、仇啊、恨啊、情啊、爱啊，都化作了眼前的清风、花香和流水潺潺。

回时，在城门的内侧，我有意识地放慢了脚步，仔细观察起两个起降吊桥的绞盘。绞盘由一段圆形整木制成，每个绞盘上面有四根木杠，人力转动木杠，带动绞盘松紧连接到桥板上端的绳索实现起降吊桥。

遥想那狼烟四起的岁月，远尘扬起，一股敌骑旋风一般旋到城门前，要做到吊桥的即刻升起，想必每个绞盘前都应该至少配备两个身强力壮的士兵吧。可此刻，我的眼前突然出现了几位莺声燕语的妙龄女子，她们一定也是第一次到达坂城来，她们如风摆杨柳般行走到绞盘边，摆起各种姿势，让镜头留下各自的靓影，欢乐得像一群叽叽喳喳的喜鹊。这些本来应该出现在绣楼上的倩影，却和这些与战争有关的物件融合起来，让人突然想起"阴阳相济，万物生辉"这样的词。

我想，这也许就是达坂城的迷人之处，白水古镇的迷人之处吧。

原载《中国纪检监察报》2023 年 8 月 25 日
原标题为《印象达坂城》

澧水娘亲

赵　敏

　　有关我家的故事，发生在澧水河南岸，距今已经过去了半个多世纪。澧水河岸边是我父亲的第二故乡，我在这里出生和成长，我是名副其实的澧水河畔的女儿。虽然我在澧水河畔的日子只是生命中飘忽一瞬的时光，可澧河水滋养我学会了这方热土上的乡音土话，我的户口簿上永远不能改变的出生地是那六个字：漯河市郾城县。

　　我父亲出生在离北京城最近的地方，那里的大山一重又一重，河道一湾又一湾，却阻隔不断乡音在他的喉咙里低吟。他16岁就参加了革命，经过抗日战争和解放战争。1948年大部队南下，他从河北老家保定城跟随部队过黄河来到河南，在澧水河边参加了一场剿匪战斗。就在那次不见史书记载的小仗中，父亲却受了重伤，被部队留在了河南，留在了澧水河的南岸。

　　伤情痊愈后，父亲当了邓襄镇（当时叫邓襄公社）的镇党委书记兼镇长，再后来他做了郾城县的副县长、县长。有天，父亲到乡中学去做报告，给学生讲战争年代的革命故事，讲台上的他讲得激情振奋，台下的同学们听得热泪盈眶。我继母就在那几百名同学当中，她比我父亲要小12岁。她来我家的时候，我母亲刚刚去世两个月，我父亲一个大男人尽管手忙脚乱，也照顾不好我这个吃奶娃娃。

　　因此，在领导的撮合下，我继母来了，她母亲也来了，我喊她姥姥。姥姥命苦，29岁就死了丈夫。但姥姥非常开明，新中国刚成立，就把唯一的女儿送到了速成班里学文化。我母亲是我父亲的第三任妻子，我继母是第四任。

　　父亲虽然生在乡野山村，却喜欢静思，非常有头脑。战争年代，他在部队转战的间歇里，从不放过在忙碌中得到的少许时间，刻苦勤奋地读书学习。我继母嫁给我父亲的第二年年尾，我大弟就出生了。

父亲在市委大院里工作时，我还很小，不太记事儿，但也隐隐约约想起一点什么，比如春天来临的时候，打开父亲办公室的后门，就会看见像花园一样的小径和万紫千红的花木，长长的柳条垂在小径蓝色的砖沿上，有鸟儿的鸣叫，近处还有水声。花园里不止一条小径，好像条条都能通到父亲的办公室，通到市委大院的每一个角落，我不知道小径旁都是什么花儿，但开得非常热烈，一簇簇，一丛丛，红白相间的，黄的、紫的、蓝的……

长大后常常驻足只想一个事儿：如果当年父亲不是干部，是个普通百姓，任我无忧无虑长大，该有多好啊。父亲办公室的落地窗前放着一张躺椅，父亲怜惜我从小没了亲妈，恨不能天天把我带在身边。几十年后，姥姥告诉我说，我父亲刚和继母结婚那阵儿，我父亲不信任她们，怕后母亏待我。我父亲只要一下班，第一件事就是抱起我，左看右看。见我在凉席上躺着玩儿，咿咿呀呀地学说话，他拿起我的小脚看了又看，然后嘱咐她说："看紧点儿，小心凉席上有刺儿，扎坏了闺女的脚板儿。"姥姥当时心里不舒服，眼一瞪，嘴一撇说："说什么呢，不会有人害了你闺女。"

其实，姥姥虽然不是我亲姥姥，却最亲我。我从小没有吃过母乳，肠胃不好，拉肚子、上火发烧是经常的事儿。姥姥经常背着我翻过灞水河寨墙，给我挖黄花苗熬水喝，让我败火消炎；还背着我从邓襄寨一直走到她的老家马湾村，指挥着家里的大舅二舅给我煮鸡蛋吃。懂事后我才知道，大舅二舅也不是姥姥的儿子，而是她婆家侄子。说来奇怪，我大舅二舅不听他们娘的话，却非常听我姥姥的话。

姥姥是个小脚儿老婆，一对小脚是真正的三寸金莲。真的不知道，她那样一双小脚，是怎样背着我，抱着我，还能够走那么远的路。姥姥时时呵护着我，我能平安健康长大，绝对与姥姥长年累月的抚育分不开的。姥姥心善，善得就像灞水河里的清水一样，软溜溜的。她对人总是眉眼先笑，再开口说话。

姥姥非常通情达理，因此她和继母督促我父亲，把河北老家我大妈妈的两个女儿都接来了河南。我姥姥说，我大妈妈是我奶奶给我父亲包办的婚姻，我父亲那时候才14岁，还是个半大孩子，什么事儿都不知道。但人家既然到了我家，就是我父亲的妻子，我奶奶的儿媳妇。后来，妈妈生了两个女儿，再后来因病去世了。但那时候，人死了就死了，也没办法。姥姥说得淡然，我也听得淡然，因为我当时不知道，还有这样一个大妈妈。

大姐二姐来了以后，姥姥给她俩做衣服、纳鞋底做鞋子。再后来，大姐二姐有了工作，又都走了。我继母只比大姐大了不到十岁，可大姐终生都叫继母"妈妈"。在我眼里，我姥姥和顺善良，不知怎的，她却和我继母不对缘法。两人看似在一个屋檐下过日子，却不咋说话。我那时候太小，不知道究竟船在哪儿歪着。我和弟妹们都知道这事儿，可谁也解决不了，就算父亲也解决不了她们母女二人的嫌隙。

邓襄寨的寨门很多，算是历史遗留，但好像只能开着，不能关。我姥姥背着我，爱坐在寨门旁边的石墩子上沉默不语。姥姥心里的忧伤，我是无法知道的。渐渐长大的我，慢慢记事懂事了，也从姥姥口中得知了一些往事。

姥姥没儿子，丈夫去世得早，夫家不让年轻的她再嫁。她婆婆不止一次给她叩头，让她把孙女儿养大，还说会把姥姥当烈女供奉。婆婆跪地哭泣的样子，让她又惊又怕又难过，她心一横，干脆拿把剪刀剪下头发，立誓说，这辈子不走家了！她婆婆这才肯罢休。她苦心孤诣养育着唯一的女儿，希望她能有个好的归宿，然而，长大后的女儿执意嫁给了一个大她12岁的男人。在姥姥心里，这些都是不可磨灭的伤痛——这可能是她忧伤和与我继母不和睦的根源吧。

潕水河无声流淌，姥姥悲苦的人生也如河流缓缓流逝。潕水河畔，又有多少这样的故事，这样的女子的命运，与这块土地不可分割呢？

1995年浅秋，姥姥去世了。那一年，她89岁，我带着10岁的儿子又回到了潕水河畔。看着姥姥的遗容，我百感交集，泪水如断线的珠子一个劲儿地流。去世前的一个月里，我继母一直守在榻前。在姥姥短暂的清醒时间，大舅将她接回了老家。姥姥去世了，继母哭着说：娘啊，你咋一直都不理我，我嫁给她爸，不是心疼那个小闺女儿没有娘吗？你不是也疼她爱她了那么多年，这都半辈子过去了，你咋还记恨我呀……

其实，我15岁时就明白了继母的心思。听见此话，我一下哭晕在了继母的怀里。是她，给了我母爱。是她的母亲，给了我温暖。她们母女给予我的爱，超越了血缘，超越了年龄。后来，我不止一次带着儿子回到潕水河南岸，可变化太大了，我已找不到姥姥背着我在邓襄寨门前的石墩子上坐着的痕迹，也找不到姥姥翻越寨墙去给我洗尿布的地方。如今的郾城县，又被赋予了新的名字——郾城区。但我知道，世事的变迁，也阻挡不了我与姥姥灵魂的相通。无论旧时的澧水河畔，还是现在的澧水河畔，都遗留着姥姥的音容笑貌。

原载《牡丹》2023 年第 5 期

梅花误

杨　方

　　林果笑起来脸上有五条皱纹，如果在他笑的时候用笔把他脸上五条皱纹描画出来，那他不笑的时候，舒展开的五条皱纹呈现出来的图形，刚好是一朵梅的五根梅蕊。林果生命里有梅的印记，只是他自己不知道。

　　林果从北京来，北京的梅，开得有点像桃花。那一年在鲁院，有天夜里刮大风，第二天，我发现鲁院的梅一夜之间全被大风吹开了。北方干硬的阳光下，梅显得拥挤而热闹，全然没有梅该有的清冷和孤高。风吹的落梅花，也是整朵整朵的，不是零落成瓣的星星点点。这样的梅，看上去有落难人间的感觉。梅开是植物的生长，属于物候。在南北地域的差异下，这个物候却是如此的不相同。江南梅大致是按南宋宋伯仁的《梅花喜神谱》开的，从蓓蕾，小蕊，大蕊，欲开，大开，烂漫，欲谢到就实。梅的种种形态，种种神态，看梅人尽可以不慌不忙地去品赏。北京的梅，算起来比江南梅要晚开一个多月，时间似乎真的可以在某个地方已经流逝，而在另一个地方却是刚刚开始。但这种开始有点突然和贸然，鲁院梅显然是在毫无准备的情况下就一下子进入了盛花期，之后在另一个刮大风的夜里，尽数飘落。细算了一下，花期不过一周。

　　我觉得有必要带林果认识一下江南的梅。朋友家的花园里植有一株梅树，梅树枝干参差，万蕊千花。我在夜里带林果去看，借着手机的光，梅像银河系里的星辰隐现出来，发出遥远而清冷的光亮，那种光亮，类似星云在宇宙将黑时被发光天体映照的微亮。黄昏刚下过一场短暂的雨，空气里弥漫着梅湿润的幽香，林果个子高，站在梅树下，像一只长腿的鹤探头嗅一朵梅。一滴梅瓣上的雨珠落在林果脸上，雨珠替梅亲吻了林果，或者说，梅借雨珠的形式亲吻了林果。林果睁大眼睛看梅，他有些惊讶。这其实没什么好惊讶的，在我的眼里，梅是梅，林果是鹤。梅与鹤的相会，发生在唐，在宋，在明，在清，在神话传说中，或者在故宫博物院虚谷的《梅鹤图》里。但是那个夜晚，我站在癸卯年一座婉约的花园中，看见了梅与鹤的相会。妆梅鹤瘦，鹤是呆鹤，梅是痴梅，鹤对着梅发呆，梅屏住呼吸，突然颤抖了一下，不是整树颤抖，是鹤嗅过的那一枝梅，是梅的一部分，突然颤抖了一下。梅瓣和雨珠纷纷落下来，落在鹤的肩膀上。

我站在局外发愣，怀疑梦境里看见过的一幕，现实里又看见了一次。哈扎尔人阿克萨尼身上发生的，也有可能在我身上发生——

阿克萨尼在君士坦丁堡把一片月桂树的叶子放进澡盆，然后把头埋进水里想洗洗头发，结果当他把头从水里抬起时，他发现他在其间洗发的那个世界已踪影全无。他正置身在伊斯坦布尔一个宾馆内，时间是耶稣诞生后的第 1982 年，他有一个妻子，有一个儿子。他操法语。然而在浴缸底部有一片湿漉漉的月桂树叶。

带林果出来看梅花前，我也曾洗过发，梳洗台上的瓶子里插着一枝梅，我把头埋进水里，几秒钟后，当我从水里抬起头，我感觉时间，空间，万事，万物，包括我自己，都不在原来的点上了。我曾经生活在遥远北部一个靠近边境的小城里，现在我在江南常年雨水不断的另一座小城里有一个家，花园里种满开花的植物和结着柚子的树木。我说江南某地的方言。在此之前我说标准的普通话，还会说一点卷舌音的维吾尔语和哈萨克语。而我眼前白瓷色的梳洗盆里，漂着一片湿漉漉的梅花。

我带林果去看普明寺的梅的时候，普明寺的梅一半含苞，一半绽放，这是梅开得最好的时候，不早也不晚。林果走在梅林中，经过一株梅，又经过一株梅，他经过的时候，每一株梅都零零碎碎地往下掉花瓣。今年普明寺的梅迟开了一个月，似乎在等什么人。迟开一个月，对植物来说，是多么不易做到的事。当风从东边吹来，带来雨水潮湿的气息，花蕾日渐饱满，鼓胀，梅得拼命忍住了不打开自己，得违拗不断变暖的天气和地气，得将十二节气一一往后延迟，就像一个人，在某个点上停顿下来，孤立无援地违抗命运的向前推进。

我告诉林果，梅适宜种在凹进去的地方，暮晚，可以看见梅的香气魂魄一样飘逸出来，在山坳聚拢成团，风一吹就散，风一停又聚拢。林果纠正我，眼睛怎么能看见香气呢？我在心里叹息一声。这个不通梅意的人，也不通植物，他对植物的认知可以用贫乏来形容。去年林果在婺江边把栾树叫槐树，那个下午，高大的栾树上金黄的栾花静静地飘落下来，婺剧院就在我们对岸，它的倒影像一只天鹅轻灵地漂浮在水面上。

那个金黄色的下午已经轻灵地从我们的生命里飘了过去。眼下，当下，时下，我们站在普明寺一棵两百多年的老梅前，老梅梅枝横斜，梅朵稀疏，它用两百多年的时间长成了梅的美学经典，它经历风霜雨雪、霹雳雷电、朝云暮霞，完成时间的穿越和空间的转换，出现在我们面前，我们却无法沿着时间回到两百多年前的梅树前。人，大概是万物中最不能通灵的物种。

梅与鹤都是空灵之物。梅清冷，鹤清高。清代虚谷的《梅鹤图》，梅清而不枯，鹤孤傲放逸，画出了梅鹤双清之意。高剑僧笔下的梅与鹤，鹤是独鹤，独鹤赏梅，高冷而有仙意。明代画家项圣谟《天寒有鹤守梅花图》，也是孤鹤守梅，孤鹤有寒骨，苍梅有傲骨。梅与鹤在画纸上，通常是同时出现在同一个空间里的两个灵物，构成了一种梅鹤文化。梅常见，鹤不常见，鹤在现实里的缺失，是一种遗憾的感伤主义。鹤是迁徙性候鸟，宋代林逋曾在孤山植梅养鹤，他常独自划着小舟在西湖上荡漾，有客来，童子放出鹤，鹤追着小舟缓缓而飞。林逋回，鹤也鸣叫着飞回梅园。林逋养的鹤，不迁徙去别的地方吗？据说动物园里的鹤，是剪去了飞羽的，能飞，但飞不远。飞不远，自然无法进行几千公里上万公里的迁徙。伊犁的昭苏草原，每年五六月，会有一群蓑羽鹤飞来，停留一两个月后，蓑羽鹤便飞往天气温暖的尼泊尔和印度过冬。昭苏草原天苍苍野茫茫，羊群在下面吃草，鹤群在天空飞，这时候的鹤，与梅鹤图里的鹤，简直让人怀疑是两种不同的禽鸟。说来也的确是不同，地球上有15种鹤，梅鹤图里的鹤，是丹顶鹤。

林果在梅林里抬起长腿跨过横陈的梅枝，这是鹤的动作。他穿过梅林，疑是鹤影在动。林果不笑的时候，脸上的五条皱纹隐遁不见。我无法沿着这五条隐遁的纹路进入他的思想，然而连寒气都可以轻而易举地侵入他。林果在某个降温的下雨天冻得瑟瑟发抖，他想不到这个时候南方的天气会这么湿冷，简直像把人浸在了西湖的水里。林果穿上拍电影时别人送给他的军大衣，糟糕的形象跟鹤毫不搭边。

林果是一个认真的人，每天认真写日记，记下一天里见过的人，发生的事，听到的话。这些天我们一直跟着婺剧团的草台班子走，他们的大卡车上拉着搭建戏台的钢架、篷布、道具、化妆箱、观众坐的折叠椅，后面跟着拉演员的大巴车，有的演员开自己的车。浩浩荡荡的车队在乡村流动演出，让人想起吉卜赛人的大篷车队。我们和戏班子混熟后，跑到后台看演员上妆卸妆，看他们台上花拳绣腿，台下眉目传情。我们要拍一部和婺剧有关的电影，片名叫《断桥》，听上去就很美。婺剧属于地方戏，只在浙江和江西少部分地方流传，这种又老又不大众的地方戏剧，莫名地给人一种绝唱般的美。说不定哪一天，这些声音就在乡村的大地上消失了。林果是编剧，他此前从未听说过婺剧，就像他没有看过梅一样。他要亲自来江南体验一下婺剧。体验这个东西，很抽象，很不靠谱。林果只能体验到一些表面的东西，他没法进入到婺剧华美的梦里。捕梦者马苏迪能追踪别人梦中的影像，从一个人的梦里追至另一个人的梦里，甚至穿越动物或者魔鬼的梦。婺剧演员不卸妆的时候，我觉得我可以像捕梦者马苏迪一样，从一个唱花旦的梦里追至另一个唱花脸的梦里，这就像是在水下睁着眼睛看东西。他们一旦卸了妆，我追踪的路径就断了。我猜想华美的戏剧脸谱里，一定藏有捕梦术的密码。我送给林果一本婺剧脸谱图册，所有婺剧人物的脸谱都在其中。林果对这些涂满油彩的脸一脸茫然，他看不懂《鱼藏剑》中专褚的额头上写了一个孝字。《玉麒麟》里的张顺，面上画着一条活蹦乱跳的鱼。《探五阳》的王英，传说是蝴蝶精转世，脸上画着一只蝴蝶。《三结义》中的张飞，额头上画着一只桃子。复杂的婺剧脸谱，类似一部难懂的《哈扎尔辞典》。脸谱的每一种色彩，每一根线条，都暗含着不同的内容。林果脸上的五条皱纹，如果描画出来，和戏剧脸谱有类似之处。五条纹路延伸向五个方向，沿着哪一条追踪下去，最后都会消失不见，如同追踪一条在沙漠里消失的河流。

我不是一个捕梦者，林果更不是。大多数时候，他像是一个忠实的白昼记录者，为了不遗漏掉什么，他将体验到的每一个细节都详细地写进日记以免遗忘。林果告诉我，去普明寺看梅回来，他在日记里是这样写的：离开普明寺的时候，我回头看了一眼梅林，果然像杨老师说的，梅林像一片不在人间的红云。

我不认为林果写日记就能记住所有的细枝末节，那只是一种记忆的表面形式。其实人的大脑有自己的记忆方式，它只选择它想要记住的人和事去记住，这是自然记忆法，记住了就记住了，时间再久远，一生再漫长，一抬头，或者一低头，都能清晰地想起来。比如看梅的那个夜晚，江南一座雨后的花园，梅潮湿的气息，幽暗的光亮，林果是一只鹤。我是看梅鹤图的人。我看见了一幅绝世的梅鹤图。虚谷画不出来，高剑僧画不出来，项圣谟也画不出来，我在大脑的记忆板上画出了它。

林果在几日之后鹤一样回到北方，他坐的高铁以每小时三百多公里的速度快速向北，而他头顶的云却向他身后的南方飞退。他走的那一日，我再去普明寺看梅，梅已迅速露出了凋零之意。两个长着同样眉眼的三四岁龙凤胎，蹲在梅树下用小手抓泥巴葬花。他们葬得很认真，一把泥土葬梅骨，一把泥土葬梅魂。

原载《散文》2023 年第 9 期

吉鸟灰鹊

宁 雨

北人以喜鹊为吉鸟。画稿中喜鹊登梅图、万事如意图、竹枝图，鹊儿时常作为雅静、吉祥的配角出现。画稿做了影壁、门楣、掸瓶、屏风、团扇、脸盆、穿衣镜、梳头匣子、立柜的底稿，于是出门入户、梳妆打扮，举手投足之间皆见"喜"。

我们村小雅出嫁的时候，她娘陪送她一条四角绣着喜鹊登梅的门帘。小雅她娘手巧，会绣花，也会蒸面花、炸面花，会唱迎亲送亲的喜歌儿。陪送小雅的门帘，就是她娘一针一线绣成的。因为小雅没有多少陪送，送嫁妆那天，门帘被一个小伙子高高举着，像面鲜艳的旗帜飘过一整条街。在西北风呼呼呼地缠绕挑逗中，鹊儿就要从布面里飞出来，随风飞向天边去。

喜鹊这东西，不知道何人给命名的。就声音而论，其音色中并不带一丝丝的和雅和美妙。吱吱吱吱，吱吱，吱——粗糙、喑哑，还不如最寻常的麻雀和白头鹎，麻雀的声音至少是活泼的，而白头鹎的声腔可谓婉转而清丽了。小区里飞来一对白头鹎，隐在两棵木槿上对唱，院子里的人纷纷驻足，寻找那美妙的歌手。相比之下，灰鹊的叫声，实在是难听得紧。但作为吉鸟，能给人带来吉祥的鸟，谁还会跟它的声音计较呢。

有一个春天的早晨，我办公室窗台降下一只长尾灰喜鹊。它的眼珠圆溜溜、亮晶晶，两条细长腿慢悠悠踱步，目光与我相遇的一瞬，现出慈怀、体恤的柔光。在它几近优雅的步子里，我内心的喜悦竟然像雨后的溪流瞬间湍急起来。我即刻相信了，这只喜鹊会给我和我熟识的人们带来吉祥，它将引领着那只掌管命运的无形大手去为我们打开一扇光明幸福之门。

再度让我不断回味的灰鹊，不是一只，而是一群。一个阴天的早晨，闷热。公园漫步。刚刚转过雷蒙山，熟稔的叫声便一递一声地响起来。说熟稔，比平时的粗糙暗哑又大不相同，这是拉长了好几倍的叫声，急吼吼的，是咆哮了，似滹沱河水越出太行峡谷的呼喊。

咆哮的鹊鸣，引来十几、几十只的同类，或许是族人，乡亲，朋友，也许并无太近的血缘关系。它们占据柏树林的制空优势，轮番俯冲、包抄，啄食一只大黑猫的耳朵、脊背、屁股、尾巴。开始，猫儿身法灵活地闪展腾挪，左冲右突，企图突破喜鹊群的包围和控制。几个回合之后，便完全没有了招架之力，更遑论还手之功。还好，柏树林底下是一片矮生的卫矛，其中一丛密匝匝的，猫儿施展缩骨术一忽钻进去，再也不肯出来。任凭喜鹊们如何咆哮、俯冲，大黑猫在卫矛的掩护之下，完全像老僧入定。晨练的人议论，战争的起因是鹊窝曾遭黑猫的偷袭，小鹊挨了欺负。也有人说，灰喜鹊非常敏感多疑，尤其是孵化和哺育小鸟的时期，不管是人还是动物，只要靠近鸟巢，必然遭到喜鹊家族群起而攻之。鹊猫之战，以较低等的卵生动物集群对较高级的哺乳动物个体，前者完胜。

年岁渐长，我更喜欢看真正的飞鹊。一个人在夕阳里目送回巢的灰喜鹊，看它悬停、盘桓，从一棵槭树飞到一棵枫杨树，然后又折返回槭树。忽而，"吱"的一个长声鸣叫，蹿过林梢，远了，墨云一般冲到目力之外，只剩下远处烟紫灰红的晚霞。这样的场景下，古人一定是要吟诗填词的。比如，"平林漠漠烟如织，寒山一带伤心碧"。只此一句，就抵达了李太白的现场。"玉阶空伫立，宿鸟归飞急"。这样的场面，怎能不勾起旅人的乡思。那宿鸟，该不是喜鹊吧？太白的不是，我所目送的，或者也不是。世间无事不关心，关心惹来一腔泪。于是，又想起小雅，还有那条喜气洋洋的门帘。村子里多少跟小雅一样的姑娘，就是从那样一条喜鹊登梅的门帘，挑开风里雨里的生途。

我家乡的女人，似乎也有着凶猛的鹊性，顾家，护犊子。许多"乡村战争"，都是因孩子或家庭闲话而起。有个俊俏的媒婆儿，做姑娘时跟一个有势力的汉子通好，后来却嫁给另一个其貌不扬的小伙子。村里人没事悄悄议论，媒婆儿的二儿子、三儿子，简直跟那个汉子一个模子里刻出来的。有次，矮小的媒婆男人跟汉子动了手，媒婆支使三个年幼的儿子一块出手，差点把汉子给揍成残废。从此，没人再敢私下嚼舌头。还有那个小雅，结婚之前娇生惯养，婚后生了两个孩子，完全脱去了当闺女的娇憨样儿。夫家穷，什么来钱就干什么。磨豆腐、收粮食、养鸡、种甜玉米。有阵子时兴红白事上唱小戏，小雅跟耗子搭伴演猪八戒背媳妇。耗子是村里有名的晃荡鬼，扮上俊媳妇风流妩媚，小雅反串猪八戒，肚子上拴口大锅，外罩一件宽大的黑棉袄，要多滑稽有多滑稽。小雅和耗子走到哪家，哪家的事上就格外有人气。有人当小雅孩子面，骂她要钱不要脸。小雅一怒之下扑棱起翅膀飞到深圳，在小餐馆、小发廊、小工厂、小石料厂，干最脏最累的活计。回村，却穿得头脚干净，左邻右舍一份一份送礼物。后来，两个孩儿都供给得读了大学。小雅却因肺癌早早过世。

　　人生的关键时刻，是没有谁真的把一只吉鸟的出现作为救命草的。如果有，这个人一定有些滑稽，或者迂腐。面对命运之门，常人所欠缺的，只是灰喜鹊那一声长长的、凶猛的咆哮和抗争、撕咬罢了。鹊性凶猛，所以能逢凶化吉，这才是一只吉鸟的意义。

原载《沧州晚报》2023 年 1 月 17 日

家乡的小桃树

卓　然

　　大概是受了桃符文化的影响，我的家乡有一个风俗，即新生儿头一次去姥姥家，必须折一枝桃树枝相伴；老人去世了，也会折一枝桃树枝护送老人的灵魂。因为我家的院子里有一株小桃树，于是常常有人来要桃树枝。尽管我爱小桃树如爱子，但我还是会折下一枝柔柔的桃枝。我愿天秉符瑞的桃枝去伴随一个幼弱的心灵，去伴随一位熬过艰难岁月、走完自己生命旅程的善良的老人。

　　因为有这样一个风俗，我始终都认为我的小桃树是有灵性的，所以每到过年的时候，我都会给小桃树贴上红纸，写上一个端端正正的"福"字，让小桃树福满乾坤。

　　我小时候就特别喜欢桃树。

　　每年春天，村子里里外外，野地里、庄稼地里、小河边，昨天还是荒草漫野，夜里一阵儿春雨，第二天早晨就会到处冒出一株一株鲜嫩的小桃树苗来。小桃树苗只有几片叶子，叶尖上滚动着一颗两颗晶莹的露珠儿。小桃树的叶子太嫩，似乎承受不了那一两颗露水之重，于是会微微抖动，越抖动越显得清秀，越让人爱怜。

　　一个稚嫩的小生命诞生在春光中。小桃树苗让春天格外富有生机，春天则赋予它清纯和天真。

　　无论如何，它将在春风中成长。春光会为小桃树苗折腰，小桃树苗也会将生命托付给春光。

　　看见春天的野地里有那么多小桃树苗，我就想把所有的小桃树苗都移回来，种在我们家的屋前屋后。我不光想有一棵小桃树，我还想拥有一片桃林。我想有一树一树的桃花，开给邻居们看，让所有姑娘们都来折花，插在她们的头上，插在她们窗明几净的屋子里，让她们的梦里都是桃花香。我想让世界上所有的蝴蝶和蜜蜂，都来我的桃林中采蜜。到桃子成熟的时候，我也学七奶奶那样，给每个邻居送一颗又甜又脆、沥着蜜溢着香的大桃子。不管是蟠桃还是仙桃，反正让吃到我的桃子的人一个个都长命百岁。

在我的家乡，桃子分两种，一种是蟠桃，一种是仙桃。蟠桃是扁的，像个柿饼。仙桃即寿桃，近似圆锥形。按我家乡对桃子的界定，不管是电视剧《西游记》，还是绘画里的《西游记》，王母娘娘的蟠桃会上摆着的不是蟠桃，而是仙桃。我母亲剪的窗花叫《猴吃仙桃》，我们墙上贴的年画《麻姑献寿》，献的就是寿桃，也就是仙桃。

蟠桃没有仙桃那样的形象和气质，很少有画家画过蟠桃，然而蟠桃与仙桃都可以入诗。比如，杜甫就有"九重春色醉仙桃"，孟浩然也有"仙桃正发花"，王举之有"蟠桃仙露种"，汪元量的词有"醉王母、蟠桃春色"。为其毕竟是"桃"，本身就带有无限诗意。"桃之夭夭，灼灼其华""投之以桃，报之以李"，给了"桃"一个诗的高度。

说到《西游记》，我想起了猴子。我那时候还想到，也请山上的猴子都来吃仙桃，也许还能请到孙悟空呢。一个孩子，已经沉浸在桃树的神话中。

结出的是蟠桃也好，是仙桃、寿桃也好，总之，我多么想拥有一棵小桃树啊！

遗憾的是，我没有能够移活过一棵小桃树，那么多小桃树都因为我移栽的方法不当而殒命，这是让我异常难过的一件事情。种活一棵小桃树，成了我多少年的一个心愿。

人只要立志做成一件事，机会总会有，也一定会成功。

在我有了一定能力之后，我在自家院子里辟了一个小小的园圃，比窗户大，比屋门小。疏松土壤后，掘一个小坑，浇一瓢清水，埋一粒桃种。我天天等，等桃核发芽，等小桃树破土而出。

第二年春天，果然就有一棵亦弱亦嫩的小桃树苗，从土里拱出来了。一个鲜活的小生命，从天地间突然跳出来，跳到我的面前，跳到我那个小小的园圃里。

像一根羽毛，颤颤巍巍，立在小园圃中间，小风轻轻吹过，似乎就有折茎的危险。我小心侍弄，精心呵护，给它浇水，还给它埋了蛋壳当肥料，紧张到手忙脚乱。

小桃树一年会变一个样。头一年像一根筷子，第二年就像一根竹子。

果然是桃三杏四。三岁时孕了花蕾，先是裹着白毛的小苞，缀在红润的细枝上，春风一夜，便拱破毛茸茸的萼，成了淡绿的蓓蕾。继而是淡粉的花苞，接着就怒放了。粉嫩的花儿，在春风中舞蹈，在枝头上招摇。

我激动得把那些开放的花儿数了数，是七朵；又数了数，还是七朵。

七朵桃花，恰如七仙女，点燃了七盏明熠熠的小灯，从天而降。

七朵桃花，又像是七位诗人，在细细的桃树枝上，题写了七首抒情诗。

可惜的是，还没等这些小灯给世界照出个明儿，它们就倏地熄灭了。

小桃树那一年没有结桃子，过了一年，也没有结桃子。小桃树生病了。

一种叫"雨汉"、学名"瓢虫"的小东西，密密匝匝地藏在叶子的背面吸食养料，使桃叶卷曲、发黄，以至枯萎。

"砍掉吧，不但生雨汉，还藏蚊子，它不会结桃子了。"朋友对我说。

我先是犹豫。但我终于做出一个决定，我要给小桃树请医生。

经过医治，小桃树第二年就长到了瓷碗那般粗，个子比我还要高，开了一树桃花。长长的叶子舒展开来，比柳叶宽厚、肥实，却像柳叶一样秀气、潇洒。无论早晨傍晚，无论有风无风，那柔柔的小桃树枝都一样婀娜多姿。微风中，小桃树摇起来就像是一团袅袅绿烟；月光下，圆圆的树冠就像是一颗硕大的祖母绿；春雨中，小桃树有一点矜持，有一点凝重，却总是那么精神。早晨或者傍晚，细嫩的桃树枝上缀着一颗一颗的露珠儿，那么清澈，那么晶莹，无论在阳光下，还是月光下，都闪射着珠宝一样的光。

闲下来的时候，我会泡一杯清茶，与我的小桃树静静地坐一会儿，说说话，说说我的世界，说说我的人生。

在我郁闷的时候，小桃树纤细的枝条、纷披的叶子，会垂下来，感觉就像女儿的小手，轻抚我的额头，让我驱散忧愤，消除烦恼。

我在小桃树下读书的时候，树下几丛草兰、几株茉莉，会散发缕缕清芬，让我清静，让我淡泊。几只雀儿在枝头跳来跳去，嘤嘤鸣鸣，也如读书。亦诗亦文，且咏且吟。催我上进，催我发奋。

每逢此时，我总会抬起头，久久地望着小桃树，深情地望着小桃树。

那一年，小桃树终于结果了。九个大仙桃，就像画的一样，却有醉人的香气萦萦绕绕。

我把九个大仙桃摆在中秋明月下，邀我的好邻居来，一边饮酒，一边分享桃子。

家乡的小桃树，我永远的记忆，我的一段乡愁。

原载《光明日报》2023 年 2 月 17 日

穿越时空的恒久长调

蒋　新

一

在《正气歌》问世 740 周年前夕，我又一次走进北京东城府学胡同 63号，文天祥祠坐落在这里。

胡同不长，大门不大，两侧灰墙简朴，呈八字形向外展开，与红门黑瓦相互映照，似雁翼振翅。院落十分普通，其式样与规制，在处处闪现古迹建筑的京城中轴线上，并不显山露水。然而，这座朴素的二进式院落，在人们心中的分量则很重，这里是文天祥生命的最后驿站，光耀千秋的《正气歌》，连同"人生自古谁无死，留取丹心照汗青"的无畏豪气，从这里飞出，横亘华夏长空。

二

每次走进这个院落，都像步入硕大校园的新生学子，寻觅和品读留在此处的一切符号。

1278 年 5 月，南宋消亡前一年，文天祥兵败广东五坡岭，后被元军押解大都，锒铛进了府学胡同，囚禁的日子由此开始。府学胡同是后来的名称，元初为柴市，嘈杂而不繁华。63 号院更是"单扉低小，污下而幽暗"，属于兵马司的一个土牢。

文天祥的才气、勇气、骨气和胆识，让胜利者刮目相看，他们开始一轮接一轮的劝降。劝降花样多，队伍也庞大，既有与文天祥对阵过、厮杀过的武将，也有将他押回京城的文官，还有已归顺元朝的南宋状元和赵氏皇亲。遗憾的是，不管他们怎样摇唇鼓舌，怎样恐吓威逼，怎样笼络怀柔，都没有得到希望的结果。文天祥没有用他的信仰与人格做活着的交易。

厚禄与权位，一旦在生命册上失去价值，就会成为无法左右天平的草芥。

刑场上，面对刽子手的刀，文天祥神色淡然，他知道这一天早晚要来，他泰然自若，轻轻掸去衣服上的草芥与尘土，向一路围观跟来的人群，抑或送他最后一程的市民问明方向，从从容容朝南弯下耿直不屈的脊梁，将一腔热血和满怀忠义洒向壮怀激烈的遥远地方，也将最后的绝笔写给已经画了句号的南宋："唯有一腔忠烈气，碧空常共暮云愁"。

那天是1283年的1月9日，距今整整740年。

我站在院子里遥望太空，太空让秋阳洗得碧蓝，一群鸽子在飞翔。

三

文丞相祠前院有树三棵，松树、丁香和柿子；后院也有三棵树，枣树、李子和山楂。我不知道这些树是什么时候栽种的，也不清楚栽这些树有什么用意，但从资料里知道，枣树为文天祥亲手所植，已作为北京市一级古树受到特别保护。这棵历经风霜、见过朝代更迭的古树，树干斑驳、皲裂、干涩，上面系着些红绸带。老树虽呈耄耋状，却不改初衷，躬躯南向，甚至青绿的枝丫上处，亦倾于相同方向。枣树的倔强指向与威武姿势，惊讶和震撼着走近它身边的人，以至被赞叹为"指南树"。"指南树"让人想到文天祥在刑场上的姿势。无言的古树，懂得文天祥的心，成为"几日随风北海游，回从扬子大江头。臣心一片磁针石，不指南方誓不休"的灵魂写照与行为代言。

眼睛又一次与树旁边的享堂楹联碰在一起：正气贯人寰河月日星垂万世，明禋崇庙貌丹心碧血照千秋。品咂着楹联，想着将他送上刑场的元世祖。这位续写中国历史、开一代新朝和疆土的人物，有许多行为和壮举可圈可点，但在对待文天祥之事上，失去了驰骋疆场的大气和包容天下的雄阔心胸。《宋史·文天祥传》告诉我们，忽必烈不想杀文天祥，无论人格、文采、意志与胆略，他都赞佩有加，只是没有办法摇撼文天祥不做贰臣的底线原则。面对许多谣言，许多蛊惑，许多别有用心的谗言，他的初衷还是被动摇了，被改变了，以所谓"成全"的借口，将文天祥的生命永远定格在47岁上。

四

蓝天，秋风，古树，青瓦，与我一同站在前院东面长墙下。墙上雕刻着人们熟稔的《正气歌》，是明代大书法家文徵明的笔迹：

> 天地有正气，杂然赋流形。下则为河岳，上则为日星。于人曰浩然，沛乎塞苍冥。皇路当清夷，含和吐明庭。时穷节乃见，一一垂丹青……

正气如风，如歌，旋着，飞着，弹跳着，在静谧的院子鼓荡。

宋朝之于我，有着强大的吸引力。它不像大唐那样豪放、浪漫和夸张，也没有汉魏与元代那样禀直与粗犷，像枝多彩多姿的奇葩，在历史星空摇曳闪烁。陈寅恪先生赞其"华夏民族之文化，历数千载之演进，造极于赵宋"。造极的内容琳琅满目，撩开宋朝衣角便能装个满怀。但我不想去罗列科技发明、商业流通、文学、史学、书画、陶瓷造船，还有水利、丝织等一切立体与生动的灿烂；也不用家喻户晓的一卷宋词，一门苏氏，一个包拯，一部通鉴，一摞可为世界第一的"交子"纸币，一卷清明上河图和一张只此青绿，来图解和诉说。单是那许多耿直不屈的形象，足以让后人仰望和深思。在威武拼打的影像册里，有先天下之忧而忧的范仲淹，有一门忠烈的杨家将，有精忠报国的岳飞，有冒死弹劾奸相严嵩的杨继盛，有鬓发沧浪骨髓干的韩世忠，有死亦为鬼雄的孱弱女子李清照，有家祭无忘告乃翁的陆游，有留取丹心照汗青的文天祥……他们用敢打敢死的脊梁，为中国两个热血汉字做注脚，那就是正气。

文天祥的正气迸发并非一时激愤和冲动，也不是做了丞相才萌生，而是历久弥新的动力基因和精神基本盘，踏着生命节拍成长，融合于青春的步履和成长的肝胆骨骼。无论居庙堂之高，还是处江湖之远，顺境抑或逆境，屈原都是他不改的效仿偶像。在受同党诬陷而遭羁押时，他抚摸牢门上的香艾长吟："五月五日午，赠我一枝艾。故人不可见，新知万里外。丹心照夙昔，鬓发日已改。我欲从灵均，三湘隔辽海。"同朝代的岳飞，更是他仰望的一颗星。他在给友人的信函中毫不掩饰追慕的心迹："……先武穆王手扶天戈，忠义与日月争光，名在旗常，功在社稷。天报勋劳，虽百世可知也……"岳飞的"怒发冲冠"与不畏浮云的大写人生，如原子核裂变生成的能量，在他身上聚集和散发。他像位铁杆追星族，以"我以我血荐轩辕"的姿势，把偶像举在灵魂高处去崇拜和效仿。

我继续吟咏墙上的刚烈文字——

　　孟子曰：我善养浩然之气。彼气有七，吾气有一，以一敌七，吾何患焉！况浩然者，乃天地之正气也……

这些集合在一起的方块文字，簇成一束高燃的火焰，把天地映照得通红。这股在历史中穿越，又在历史中激荡不朽的浩然之气，从来不是炫耀的装饰和美丽的说辞，而是一腔不可玷污的殷红热血，一座人格雕筑的精神伟岸。由此想到那些为民请命、为天地立心和铁肩担道义的一辈辈人……一抬眼，又与门内悬挂的"浩然之气"大红匾额碰在了一起。

原载《大众日报》2023 年 2 月 5 日

风从东山吹来

芷　妍

一

北方的春天一点点从天地尽头碾压过来，有些瑟瑟的不够开阔，东山又站在我的眼前了。山上的石灰窑厂早已停止了开采。废旧石灰厂，窑炉，残垣，好像历史书上古楼兰遗址的图片，表白着时间在这里走过。刚刚露头的野草长满石灰窑顶用来证明荒凉。

东山从北向南绵延开，是燕山支脉的一部分。其实它并没有真正的名字，只是一座无名山，因为在居民区东边，大家就叫它东山。1976年，唐山经历了一场大地震。父母在地震第二年结婚，他们的婚房是一间简陋的简易房，就是石棉瓦做顶的平房。这种房子直到前些年还有零星的遗迹，孤单、异样地站在城市高楼的边角。随着城市建设，现已经彻底绝迹，成为历史的惊鸿一瞥。这一切来自老照片和父母的回忆。我想象不出当时的情景，墙壁是刷的白灰，手摸会掉白面儿，报纸糊的顶棚，没有单独的厨房，厕所是公共的。而且那是个什么都要票的年代，买肉要肉票，买布要布票，日常生活是和票绑定的。父母的婚礼总是要有肉的，全家人攒了很久的肉票买了几十斤肉招待客人。婚礼在腊月，因为腊月储存食材不会变质。新婚贺礼现在看起来是可笑的，暖瓶、毛毯、脸盆，甚至痰盂。

就在1981年的元旦，我们一家人搬出简易房，进了新居。也就是现在的老宅。一个院子，两层楼房。地震后的平房和二层楼房是最抢手的，能有一处二层楼房而且自带小院也算奢侈。最冷的日子，北风和雪花摧折万物，征服着燕山的苍老。没有搬家公司，没有汽车，父亲只找到了几辆排子车。那是一种双轮木板车，胶皮轱辘，木质的平板车底和车把，人力推着行走。搬家时幸好父亲的几个朋友来帮忙。父亲不是那种身体强壮的人，容貌气息就是文弱书生，那时我三岁，只会站在雪地里哭，是一只等待哺育的幼崽。母亲张罗着搬家也顾不上我。这恰好是矿区文艺演出的日子，总导演是父亲的好友，也是领导，非要让父亲上台表演节目，父亲刚搬完家，来不及换衣服，笨重的棉衣棉裤，就这样定格在 1981 年的元旦———一张略显特殊的演出剧照。这让我长大后多少能从这张照片中找到一些父母讲述搬家的痕迹。

二

母亲年轻时在内蒙古支边好多年，她的青葱岁月是在草原度过的。现在家里还有很多她在内蒙古的照片。母亲长得比我漂亮，大眼睛里含着水，扎两条大辫子，戴着皮帽子，穿着军装，拿着马鞭，骑在马上，草比我想象的要高很多，几乎没了半截马腿。母亲回到唐山已经 28 岁。

父亲、母亲、我，组成一个完整的家。每晚的日常说笑都是岁月缝隙里最美好的时光。

还记得许多那时温暖的闲话。

"妈，你怎么没在内蒙古那边找个老公？"

"还是觉得离家太远，不舍得落在那边。当时还有个南方人追求我，是浙江的。找个南方人多好，你就生在江南了。"

父亲会说："我那时也很帅啊，在宣传队长期上台演出，也有好多女孩喜欢我。那时介绍过几个姑娘我都嫌长得不漂亮，一看到你妈，我心里就啊呀一下。追着问介绍人你妈同意没，告诉我等信儿，我哪等得下去，第二天就找上门去了。"

"嗯，我爸平时慢性子没主意，这事还是蛮有主意嘛。"

"后来你爸每天接我下班，还常买猪头肉。"

"太可笑了，猪头肉！人家都是买花，也太不浪漫了。"

"那时没有卖花的，猪头肉还是攒的肉票买的。"

"都是大肥肉我根本不喜欢吃。"

"我都省着肉票，你妈还不喜欢吃。那时条件也是太不好，啥也没卖的，连看个电影都不容易，和现在没法比。而且刚地震不久还都住在简易房，结婚都没个好房子。你小时候没暖气，还得天天一个被窝搂着睡，怕踢了被子感冒。"

父亲在学校上班，每天骑着自行车带我上下学，早晨背对着东山向着学校骑行，晚上向着东山的怀抱回家。我就坐在自行车的大梁上，坐着无聊就抠父亲的白色线手套，给路边居民区的阳台窗打分，干净的铝合金的打一百分、九十分，破旧的木头框的就给六十分、七十分。赶上冬天白昼短，晚上下班回来天已经黑了，父亲让我拿个手电筒坐在前面照着路，我向着东山使劲照，总想照清楚东山的细节。父亲越说照着前面的路，不要向远处照，我偏要向着远处的东山乱晃，父亲只会说我调皮。

我是个很执拗的孩子。上中学的时候，姥姥身体不好，晚上母亲和小姨轮换到医院陪着姥姥，第二天还要上班，做饭。那时母亲总说，就喜欢晚上，躺下睡觉太好了，啥时候退休啊。我上初二那年，已经初冬，下起了小雪，我还穿着单皮鞋，专门往雪里踩，小脚趾都冻了，每天晚上躺在被窝里痒得不行不停地挠。我就和母亲闹，说她不关心我，根本不想着我，也没有别的女孩子那样漂亮的棉服。棉鞋我已经记不清是什么时候买的了，也忘记了什么样子。我看上了一件杏色的浅色棉服，印象中很喜欢。可老妈说，你这邋遢的女孩子，还是买个深色的吧，我也没时间总给你洗，而且总洗也不暖和。气得我二话没说哭着就跑出了商场，一个人往家跑，东山也在奔跑的脚步中上下起伏，好像要给我一个宽阔的胸怀和拥抱。第二天娘俩意见折中一下，买了一件桃红色的，不太浅也不太深。前几天在母亲家找东西还见到了，已经很薄很旧了。还有钢笔水的点子，心里就又有些感慨。

原载《当代人》2023 年第 10 期

牡丹的风骨

顾晓蕊

牡丹花大色艳,香飘云天,素有"国色天香"之称。任其文人雅士,或是达官贵人,甚而寻常人家,置身牡丹花丛中,皆熏染一身芬芳,获得美的慰藉和心灵的安宁。

牡丹花又称富贵花、木芍药、百雨金等,自古以来,它受到世人的盛赞和推崇。牡丹雍容大气,端庄秀雅,贵气天成,然若论牡丹的文化意象,却又深得民间喜爱,成为富贵、吉祥、幸福的象征。

记忆中的童年,在乡下,家家户户的床单、被罩上大多印有牡丹图案,就连搪瓷脸盆、搪瓷碗、花瓶、年画中也多以牡丹绘饰。一朵朵牡丹,花朵硕大而艳丽,秀韵多姿,有吉祥兴旺的美好寓意。

平时喜欢绣花的母亲,还在门帘、窗帘、枕套上都绣上牡丹。母亲微笑着对我说,牡丹与玉兰同绘是"玉堂富贵",牡丹配牵牛花是"富贵千秋",牡丹与凤凰组合是"凤穿牡丹"……

然而,当我问母亲是否见过牡丹时,她却茫然地摇头。原来她也只见过画里的牡丹,并不曾见过真正的牡丹花。在那个年月,虽人人都道牡丹好,但人与牡丹,又仿佛隔着云端。

恍若天姿仙影的牡丹,承载着乡民对生活的盼望,带着对未来的美好祈愿,成为那个贫穷匮乏的年代,一抹温暖靓丽的底色。

二十余年后,又到一年暮春时节,我陪母亲去洛阳看牡丹花会。

我们走进王城公园,发现这里已是花如海,人如潮,川流熙攘,欢声鼎沸。园内数万株牡丹花叶蕊绽放,到处花团锦簇。每一株牡丹都有诗意的名字,植株旁侧还立有花名牌。

一朵花开两色,红白相间的是岛锦;株型挺直秀美,粉色叠瓣的叫如花似玉；花瓣繁密如云，重重交叠的为叠云；花色墨紫，质如丝绒的称墨润绝伦。还有魏紫、赵粉、姚黄、豆绿、洛阳红、二乔、青龙卧墨池等。

每一朵花都姿态各异，或凌空绽放，或含羞带娇。我们一路走来，目光如蝶，起起落落，千朵万朵的牡丹，看得人心中溢满欢喜。

因是初次见到牡丹花，这盛大的喜悦，令母亲欣然赞叹：这花美得像仙子呢！我笑着回她，还真让你说着了，牡丹，乃是百花之首，又被誉为"花中仙子"。

这背后还有一个动人的传说。相传女皇武则天冬日游园，见满园萧瑟，便下令百花开放，百花惧其威，纷纷冒雪开放。唯有牡丹傲然不屈，拒不绽放。女皇大怒，命人火烧牡丹，并将其连根掘出，贬至洛阳。

谁知牡丹一入新土，扎下根来。来年到了谷雨，株株牡丹蓬勃盛放，娉婷袅娜，花开倾城。百花敬其气节，尊牡丹为花王。当地人惊诧叹服之余，更感动于它的钢骨烈心，称牡丹为"焦骨牡丹"。

洛阳人皆酷爱牡丹，故城中栽植牡丹的人颇多。畅游途中，我结识了位本地花农，在与他的攀谈中，得知了更多牡丹的习性。他说："牡丹长一尺退八寸，生长极为缓慢。牡丹懂得进退，恪守取舍之道。"

他还说："若要种植好牡丹，必取洛阳土，洛阳牡丹最恋乡，一寸乡土一寸情。"除却洛阳水土适合牡丹生长的缘故，我更愿意相信，是牡丹对故土有依依难舍之情。

"牡丹原本隐遁深山，后被人引植庭院，所以它有贵气而无骄奢之气。"他接着说，"牡丹浑身都是宝，既可食用也可入药。牡丹花蕊可制茶，常饮活血润肤。它的根皮又名丹皮，有清热化瘀的功效。牡丹籽油营养丰富，有花的清香味。牡丹鲜花瓣入羹入菜，都是一道美食……"

花农的话语中，藏着人生的大智慧。我想，或许是因为人与花相处久了，便会沾染花的气息和秉性。

牡丹入馔自古就有，清代《养小录》中记载："牡丹花瓣，汤焯可，蜜浸可，肉汁烩亦可。"可若细想来，却不如苏轼那句"未忍污泥沙，牛酥煎落蕊"，更为清雅入心。

半生颠沛流离的苏轼，尤爱牡丹，据说他曾为牡丹写诗三十余首。他怀有惜花之情，不忍看花瓣零落成泥，将它轻轻摘下，用牛酥煎牡丹花片，一品清芳，把春天留在舌尖上。

林语堂曾说:"世上有一个苏东坡,却不可能有第二个。"苏轼号东坡居士,世称苏东坡,他是才气纵横、傲骨铮铮的人间绝版。东坡遇牡丹,有心心相知之感,他赞赏的不止是牡丹的花容端丽,更是它的风骨清奇。

牡丹坚守自心,不畏权贵,真不愧是铁骨朱颜,就连拒绝都如此坦荡从容。而对于芸芸百姓,它又甘愿倾付所有,舍却一身。这是牡丹的风骨,也是一朵花的传奇与力量。

一座城开在牡丹花里,一朵花明媚了一座城,这是花与城的相互成全,亦是一段不解之缘。因而,小城人与这座城、这朵花,有了永远割舍不断的血脉亲缘,化作印刻在心底的乡土记忆。

原载《脊梁》2023 年第 3 期

邻家女孩

张寄寒

那年夏天，我在苏州二中上初一，放暑假的第一天，我就心血来潮地做出决定，先不回家，去上海看望二姐。于是，我只身来到苏州火车站，身上剩下的零钱，正好够购买一张去上海的火车票。

我上了火车，坐在靠窗的座位，随着慢车的"哐当哐当"的节奏，车窗外柳树上传来知了的聒噪声，掠过阡陌的田野、浓密的绿树、一排排的电线杆。我的思绪飞入上海二姐家，陷入了遥远的童年，二姐比我大几岁，我上小学一年级那年初夏，有天下午第一节写字课时，我写好一页大字，伏在桌上睡着了，老师走到我身边把我推醒，不小心手中的蘸水钢笔尖触在我的鼻孔，流血不止。二姐读五年级，她闻讯奔到我的教室，立刻让我平躺课桌上，她去校门口水河桥下摸了两颗螺蛳，塞在我的鼻孔，才止住了流血。然后，二姐把我驮在她背上回家。

二姐小学未毕业便辍学，和妈妈学女红，十四岁学得一手女红。十六岁去上海当保姆，二十岁嫁给南货店的宁波籍的青年职工，在上海有了小家庭，定居在开封路120号的三层小阁楼。

我考取苏州二中那年暑假，二姐从上海回家看望妈妈，她给我带来一件海派时尚的格子衬衫，我喜欢极了，我穿着它去苏州二中报到，班里的同学都说我是上海人。

今天我依然穿着二姐给我的格子衬衫，去上海向二姐汇报我的学习成绩。一路上，东想西想，上海火车站到了，我下了火车，走出火车站。烈日当空，我汗流浃背，搭上去开封路的公交车，坐在一个靠窗的座位，车厢内热浪滚滚。忽然间，我的全身抖擞起来，别人满头大汗，我却冷得瑟瑟发抖，我把卷起的长袖放下来，再把袖口的纽子扭好，仍然寒到后背脊梁骨，牙齿咬得"咯咯"作响。我无奈地等待公交车早点到站。尽管只有十分钟的时间，我却一分钟也等不及了，我咬紧牙齿，痛苦地憋住，终于熬到车子到站。

一下公交车，直奔开封路 120 号，熟门熟路登楼，到了二姐的家门口，我一边"砰砰"地敲门，一边喊"二姐！二姐"。没人应，我依然敲门！生怕二姐睡着了，我又敲了好久的门，依然没有人应。我绝望地瘫倒在二姐的家门口，忍不住发出痛苦的呻吟。

"你找你二姐吗？"一个女孩柔柔的声音。

我抬头望，一个穿着白色连衣裙的女孩，羞涩地站在我的面前。

"是的，我是她的小弟，请问她去了哪里？"我颤抖着说。

"你二姐与你二姐夫，一早去宁波了！我是他们邻家女孩小芳。"

"姑娘，我病了，浑身发冷难熬，实在走不动……"我痛苦地说。

"我和你二姐是好朋友，常听她说起你，我上初二，比你大一岁，小弟，你先去我家，我替你想想办法！"她一边自我介绍，一边带我下楼。

我尾随她走进她家客堂，抬头望，就是二姐的小阁楼！

"小弟，我有个办法可以上你二姐的小阁楼，这个办法虽不文明，但你病得不轻，我顾不了什么了！"小芳为难地对我说。

"我是她的亲弟弟，随便什么方法，只要能进去，都没事的！我二姐不会怪罪你！"我给小芳壮胆说。

"我们把这只方桌搬到小阁楼的护栏板下，你站在方桌上，翻过护栏板，便进你二姐家！"小芳俏皮地说。

于是，我和小芳把小方桌移到护栏板下，我爬上小方桌，两手扳着护栏，一个引体向上，两脚越过护栏，翻进二姐的小阁楼。我立刻从橱门里取出一条棉被，蒙头躺在床上。身子依然瑟瑟发抖，痛苦地呻吟着。不知什么时候似做梦似的，昏昏沉沉地睡着了。

睁开眼睛，天色已暗。有人敲门，我起床时，头昏脑涨，跌跌撞撞地去开门，小芳进门时，我跌倒在地上，小芳忙把我扶到床上，说："你发烧发得这么厉害，浑身好烫啊！你躺一会，我去家里拿退热药！"

小芳给我倒了一杯冷开水，让我把退热药片吃下，再让我把一大杯开水喝下去！我无精打采，昏昏沉沉地又入睡了。小芳离开二姐的小阁楼我都不知道。

没隔多久，浑身发寒，我开了灯，又找了一条棉被盖在身上，依然发寒发抖，头疼得撕裂似的，我实在控制不住自己，不断地发出呻吟的声音，一声比一声响。

有人敲门，我跌跌撞撞地去开门，小芳来了，她扶我到床上，一只手把一支体温计塞在我的嘴里说，别动，给你量量热度！我靠在床板上含着体温计看着小芳，她静静地坐在我对面靠椅里等候。小阁楼里只有时鸣钟发出的"嘀嗒，嘀嗒"的声响。

小芳取出体温计凑到电灯光下一看，大声嚷着："39度8！不好了！我带你去医院！"便风风火火带我离开二姐的小阁楼。

走出门口，我忽然想到自己身无分文，只好如实地对小芳说："我身上一分钱也没有，别去吧！"小芳当机立断地说："我带了！你能走吗?"我强装地说："能!"其实，我已有点头重脚轻的感觉，走路也走不稳，小芳扶着我走，一路上磕磕绊绊地走着走着……

铁路医院到了，小芳让我坐在走廊的长椅上，她去替我挂号，走进值班内科室，一个女医生替我量了热度，问了病情后，她说我患的是传染性疟疾病，让我开点药，挂点盐水！小芳拿了药方，东奔西跑地配了药和盐水，带我走进一间病房。一个小护士给我挂盐水。小芳去拿了热水瓶，倒了一杯开水，让我服药。

我昏昏沉沉地躺在病床上，病房里一盏昏暗的电灯泡，两只双人床铺，我对面的双人床铺空着，小芳一会儿给我吹凉茶杯里的开水，一会儿走出病房找医生。

病房里外一片静寂，小芳又伸手摸着我的额头说："你还是这么烫，我再去问问医生。"小芳走出病房，我望着她的白色的背影，想起我的二姐，我常听二姐说这个邻家女孩小芳就像自己的亲妹妹，二姐出门回家，忘记带钥匙，小芳让二姐从她家客堂摆了方桌翻进去，二姐烧了好小菜也给小芳捎一碗。

小芳一边拿了一只冒着气的小布袋，一边兴奋地对我说："医生给你一个冰袋，帮你退热！"小芳随手把凉飕飕的冰袋给我作枕。刚放上去，透心凉！眼看一滴一滴的盐水注入我的血液，一瓶接一瓶。小芳一直睁大了眼睛，安静地陪着我，我从混沌的睡梦渐渐清醒。

早晨天快亮了，最后一瓶盐水挂完就可以出院。小芳又用手摸摸我的额头，兴奋地说："退烧了！退烧了！"我对小芳说："我的头也不痛了，想吃东西了！"小芳把我当孩子一样哄："天亮出院，给你买好吃的！"

窗外透进一缕白色的曙光，病房有了生气。

"你回小阁楼，我去菜场给你买生煎馒头。"小芳边笑边说，小芳的笑脸在一片晨曦的映照下特别美。

"小芳，让你陪了一夜，太辛苦你了，这医院费用让我二姐还给你！"我语无伦次地说。

"这事你别管！养好身体最重要！"

我到二姐的小阁楼，刚刚坐定不久，小芳一手托着生煎馒头说："你两顿没吃，饿了吧？"小芳边说边把生煎馒头摊在我面前，我看着油光光的生煎馒头，食欲大开，边吃边赞："好吃！太好吃了！你也吃！"小芳说："我回家吃泡粥，你多吃点！"我真饿了，我的吃相一定很难看，不然小芳怎么会笑得前仰后合呢？

吃罢早饭，我说我要回家了，不等二姐了！小芳送我去火车站，一路上，她悄悄地塞了一把钱给我，我还假客气地边推边说，不用！不用！小芳幽默地说："你难道会爬火车吗？"我朝她苦笑着。

送我坐上火车，她站在月台上，我趴在车窗口，朝她挥手，她走近车窗口轻轻地对我说："回家给我写信！"我朝她默默地点点头。

火车渐渐地离开月台，我回头远远望去，只见小芳的白色连衣裙随风飘逸。我闭上眼睛，脑海中全是小芳的影子……

原载《小溪流》（少年号）2023 年第 6 期

万物的光

黎　筠

　　春天，风从紫丁香的花香中穿过时，小染正伏在一张破旧的木板床上望星月，确切地说是望着星月洒在院子里的光。这些光从树叶间漏下来像谷粒，颗粒饱满，在黑夜中星星点点地诱惑着幼童小染。小染的眼睛具有猫眼的敏锐，自然界的光一层层地向她打开，很多时候她看到了别人看不到的东西，小染是充满灵性的。

　　在万物的光中，小染首先迷恋上家里的几幅画。几幅画把黑黢黢的堂屋的一堵墙给占领了，那堵墙成了小染学习的课堂，那些画就是小染的课本。她把目光专注在课本上的时候，通常是每天下午三四点的光景，这个时候大人们通常赶着日头，赶着牛羊下地了，他们用汗水一点点地把日子弄咸了，弄出了滋味儿，这种滋味儿是有色彩的，有声响的；这个时候小染从午睡的床榻上走下来，揉揉眼睛，伸伸懒腰，和窗外的世界对对光，就摇摇晃晃地走向她的课堂，小染只用了一分钟的时间就肃穆地立在那些画前——她是什么时候学会这庄严的仪式呢？小染还不认识这些图画下面的汉字，她只有读墙上的画。她完完全全地读出那些汉字是在七八年后，当然，读的时候还要借助家里一本发黄的小字典。墙上张贴的那些画并不陌生，小染的哥哥曾经带着她去冈上拜访过画上的药草。画上的药草有的有花，那些花就绽放在村南边的黄土冈上，红的绿的紫的黄的铺得满眼都是，整个土冈看上去像是一张由鲜花铺成的床。当小染用汉字叫出那些药草的名字时，整片土冈都生动起来。

　　小染长大后语速极快。她说是从小阅读墙上的那些药草练成的，小染是这样读墙上的药草的：柴胡、忍冬花、白术、枸杞子、白芍、蒲公英、金银花、连翘、车前子、苦地胆、穿心莲、急性子……墙上的药草还有很多，这些药草有的是花，有的是茎，有的是果实。小染读了一遍又一遍，不厌其烦地，流水一样流来流去地读，小染读到了骨缝里、血液里和迷走神经里。这些药草的药性在她的身体里挥发着，医治了小染通身的病，或许可以穿越时空医治小染几十年后的病。小染这个年纪，村里的孩子们可以随大人去田野里挖野菜了，可小染的身体还是软软的，掏不出绿豆大的劲儿，只能每天从午睡的梦中醒来，趁着家里人不在去阅读墙上的药草，这些药草一棵一棵被她稚嫩的牙齿嚼碎，溢出了汁浆，在墙上放出苦涩的清香。

小染被药草医治的时候，大人们没有任何的察觉，日头和日头下的一切生灵都没有察觉。只有日头的光依旧照射着村南边的土冈，这光穿透草木穿透乡间的瓦砾，穿过小染的身体，一直反射到那面墙上，小染看到墙上的药草花分明在光波中摇曳着，摇曳着……

小染说梦中她的骨头会发光，会燃烧。小染说这话时，额头上的皱纹已经深入正午、深入黄昏，小染的文字里已经有了哲学与命理的玄味儿。而她总是回想起爬满药草花的那面墙。事实证明小染被满墙的药草附了体，她的思维一直逆向发权、开花。她在这种姿态的思维里，用文字呼吸，用家乡的药草呼吸。一次文学交流会上她说，文学把她的人生捆绑了，故乡又把她的文字捆绑了。小染的思绪回到孩提时，又总是想起故乡的那些飞鸟。飞鸟饿得仿佛没了肉体，只剩下灵魂。一群群的飞鸟在一场大雪中，肉体灵魂都放光，这光同样照亮了小染的文字。雪天，饥饿的飞鸟疯狂地在人家的屋檐下抢夺食物，疯狂得没了底线。之后这些飞鸟又一排排地站在电线杆上，姿态很优美。它们用雪水互相洗濯羽毛，清洗过的羽毛在日头下熠熠生辉。小染能够准确地使用修辞的时候，这些飞鸟就自由自在地在她的文章里展翅了，它们把身体里的草籽撒得到处都是，飞鸟是天使一般的播种机。请看，来年春天一丛丛的花草在瓦舍上、小河边、旷野之地无拘无束地生长，开着明艳或娇羞的花。小染最喜欢瓦舍上的蒲公英花，这些蒲公英也是飞鸟播下的，蒲公英的种子即便衔着一粒泥土也要在大自然里生根、发芽、开花、结实。盛花季节，一阵风吹来，蒲公英就开始在天空中飘来飘去，轻盈得似精灵，像善良聪慧的孩子，驾着翅膀在白云中俯瞰大地，像飞鸟一样把籽粒留给大地，大地便开始一轮轮的抽搐、孕育。大地的深奥是一棵蒲公英无法解读的。

一个人和万物的关系是有密码的，小染说她是村里和泥土最亲的孩子，土地在她的眼中会发光，小染在土地的眼中也发光。小染于故乡也是自由的，她闭上眼睛自己就变成了会飞的鸟，她眨眨眼睛就变成了会飞的蒲公英。她到底是谁呢？小染在一篇文章里还说，她想成为万物的管理者，她要有一双翅膀，每天飞行数千里去拜访无数的方格田、药草、高山及河流。注意，她用了极具仪式感的"拜访"一词，就像当初她极具仪式感地立在贴满药草的一堵墙前。她站在那里的一瞬间，其实就成了万物的管理者。许多年后小染证明了这一点，小染不是用皮鞭和其他的劳动工具去管理它们，小染是用文字，用文字里散发出的血肉气息去管理它们。小染习惯在万物的光中行走，小染的身体是单薄的，没有文字的功效，小染也许还没有学会在大地上直立。文字在她的生命中是发光的，文字像药草一样也有附体和医治的作用。小染写过许多文章，小染的文章大多涉及一条河、一座山冈，和一片野性的药草花。小染也是野性的，有时她是一朵野蔷薇，有时是山冈上的一棵不经修饰的野山楂，有时是天边一朵流荡的云，而有时又仿若一头猎豹。村里人无数次看到她赤着脚去追赶一团旋风，她极迷信地把腋下夹着的鞋扣向大地，然后把鞋拿起来，看看鞋子里是否有灵魂的影子。村里人一代代这样相传着，说刮旋风时把鞋扣在地上，拿起来时会看到鞋子里有各种灵魂的影子。那个时候小染十一二岁，激昂得浑身的血液嗞嗞嗞往头顶上冲，小染要看看人的灵魂是什么样子，花鸟的灵魂是什么样子。小染在大地上赤脚跑着，跑着跑着，她的发辫上冒出了生命的脂油，蓝色的脂油一滴一滴地往地下淌，肥沃了她脚下的土地！这时候有人喊道：小染，小染。小染头也不回地依旧往前跑，世界上所有的灵魂都往前跑，可她追不上，她看不到灵魂的样子。小染始终没有停下脚步，在时光中，她把自己跑成了青春的样子，跑成了一缕光。

　　小染后来终于看见了灵魂的样子，故乡的灵魂就藏在自己的文字里。

　　一个孩子走多远，还是父母的孩子；一朵蒲公英飞过多少重天空，它仍然是蒲公英。小染呢，小染仍然是乡村的孩子，乡村的日头照耀过她，乡村的五谷菜蔬养育过她，一只乡村的飞鸟和她对视过！

原载《散文百家》2023 年第 3 期

院　子

李　霞

现在，我格外喜欢那方院子。那是父母家的一方小院。

我格外喜欢的，是院子里那些自然生长的植物。准确点说，院子内外，除了砖石铺设处，其他每一小块裸露的地面，不管是整块的还是边边角角，凡能植种之处，我对它们都情有独钟。

院子中的那一大块地，不知土质出了什么问题，原先到了收获时节，我总能收割一茬茬长势葱茏的韭菜，但从前年开始，它们逐渐显出萧条之势，去年甚至仅有几个纤细身影。

母亲说，再种点葱试试吧。我没有丝毫犹豫，赶在芒种之前，到市场带回四斤葱苗，同母亲一道刨沟、培土、浇水，把它们一一栽种上。末了，看还有片余地，我又买回两斤葱苗，直到把那儿栽种满方鸣金收兵。

隔天去市场买菜，看到有人在卖嫩绿的茄苗，禁不住又买回六棵。我在院子内外来回几遍察看，发现只有墙外植种方瓜与葫芦的中间还有点空隙，于是又开始铲窝、培土、浇水，一番小小劳作后，六棵耷拉着脑袋、尚显羸弱的茄苗也已算是安家落户了。我剩下的事情便是静等它们长大，结出紫黝黝的果实。

除了葫芦、方瓜、茄子、葱等蔬菜，还有香椿树、无花果树，以及半人多高的两棵杏树、大小不一的十几盆花卉和几簇太阳花，林林总总，组成了院里院外一到夏天便葱葱茏茏的耐看景致。有时才一个星期不见，方瓜和葫芦的藤蔓就会攀蹿出近一人高，在微风中轻盈摆动，蓄满了生机。往往到十月末凉风初起，它们或壮硕或小巧玲珑的果实再没多少长势时，就该将它们收获下架了。到那时，我会登梯爬至小屋顶的平台，在繁茂但已然有些颓萎的藤叶间，用钳剪把它们一一剪下。它们大多全身被藤叶覆盖，好似和人在玩捉迷藏。我轻轻拨开藤叶，看到它们形状有别但一律饱满圆润的身影，心里溢满欣悦之情。

无花果当初被移种到院子里时还是一棵幼株，如今八年过去，已长得粗壮的老树干不知为何已枯竭而亡。好在它的一侧又分生出手腕般粗细的两棵，它们是老树的两个孩子，完成了生命的接力。只是，累累果实的景况一时半会见不到了。在跟哥哥的一次电话中，我曾就老树的枯竭，猜疑，继而责诘他春节回家时将它修剪太甚所致。我这样追究根源、在意一棵树的生死，实在是因为念旧。它如一个不可分割的家庭成员，联结着一方院落、一座房子和生活在此的已到耄耋之年的父母亲。无花果清淡的味道为父母所喜。尤其是父亲，近年来，所有水果中他几乎只接受无花果。每年，当果实陆续收获，母亲常常将它们同馒头一起放锅里馏给不喜欢凉食的父亲吃。有时我若有事去不了，母亲便将熟透的果实摘下，放冰箱里留存。也每当那时，母亲会常常仰头欢喜地一个一个清点着它们的数量，像在清点她的宝贝。的确，她当初从邻居施姨家移栽的小枝杈长成小树又长成大树，这日益繁盛的事实，是无法不充盈了欣慰的。

站在那棵树下，她有时睹物思人，说以这棵树算起，老施已过世七年了……它说这话时，我脑海中出现施姨和善白皙的面孔。那时作为邻居，她和母亲常有走动。作为一个老干部小区以老人居多的事实，那时前后左右邻居家的院子都是热闹的。之间年龄的相近和较为充裕的闲暇时间，让他们多了相互串门和唠嗑的机会。现在回头看，似觉那样的时光极为短暂，且已离去得太久。当初熟稔的老邻居，后来，由于搬家或一方失掉老伴，另一个被子女接走等各种原因，热闹的走动在逐渐减少，至屋后的孟家阿姨两年前被儿子接走，母亲喟叹道，再无老邻居家可去了。那些空出来的房子，也都相继变卖或租赁。无法再回转的时光，愈加寂静下来。愈加年迈的双亲，在这样的寂静中，一天的生活几乎完全退守在家中。院落，成为他们与日光与自然接触的主要之地。

有一次，我坐在父亲喜坐的高背马扎上，从他常常落座的位置望出去。正面相对的，是院中爬满葡萄架的藤蔓和一株小杏树；再稍微抬眼，已高于屋顶的香椿树的枝叶在微风中摇曳；再望远一点儿，是早已易主的邻家房顶的烟囱和空茫的一角天空。

父亲通常在这样看的时候，不知不觉会上下眼皮打架，困倦袭身，继而垂头睡去。母亲担心他从马扎上歪倒下来，见他睡着了，就会赶紧将他叫醒。倒垃圾，看报纸，收看央视国际新闻频道，在台历上做碎片式生活小记录——每天只在固定时段做固定几件事的父亲，时光于他，有了大量的空白，变得缓慢和寂寥了许多。时光将颓靡样的枯坐和瞌睡填塞给他，同时也将它深幽苍凉的一面借此袒露出来。

而母亲，更愿意将这些空白的时间交付给花草和菜蔬们，她和它们说话，和它们厮守。她会迈着嘁嘁嚓嚓略显沉重的脚步，院里院外顾看那些杂七杂八的植种。茄苗刚栽种上的那几天，她担心干旱，会一舀子一舀子给它们浇上六七遍水。还把喝完攒下的牛奶袋不厌其烦地一个一个冲洗内里，之后将那些混合着牛奶残液的水，营养给她的花花草草们。

可是，同父亲一样，她日益的衰老显露无遗。爬梯到小屋顶平台于她而言，已成梦想。甚至有天看到头顶位置一条葡萄藤蔓垂落时，她想踩在旁边一个矮台凳上将它搭挂好，都没能做到。

父母家一进入春天，草木便开始葳蕤的院子，现在于我忽然情有独钟，我是否潜意识中察觉到且害怕身边某种珍贵东西的行将消失，所以格外用力地将其维护？我捕风捉影地对哥猜度、抱怨；我摩挲粗韧的树干，犹如摩挲再熟悉不过的亲切的家人；我乐此不疲地植种，让小院看起来更富生机；每次回去，我都会第一时间去探寻它们的细微变化，看看它们是旺盛还是萎靡，壮健还是衰颓，如同回家后第一眼就要捕捉的父亲母亲的气色……

是的，那是父母亲生活的院子，是他们的家，也是我能够望得到我的来处的家。那里面藏着我所有宁馨的过往。我害怕它失去色彩，不再富有生机。我害怕失掉它。

原载《初中生》2023 年第 13 期